[redacted]

Janette Oke

Jeder Winter geht vorüber

Janette Oke

JEDER WINTER GEHT VORÜBER

Schulte & Gerth

Die amerikanische Originalausgabe erschien im Verlag
Bethany House Publishers, Minneapolis, MN 55438,
unter dem Titel „Winter Is Not Forever“.

Aus dem Amerikanischen übersetzt von Beate Peter

Best.-Nr. 15 178
ISBN 3-89437-178-1
1. Auflage 1992
Umschlaggestaltung: Bethany House/Ursula Stephan
Satz: Typostudio Rücker & Schmidt, Langgöns-Niederkleen
Druck und Verarbeitung: Ebner Ulm
Printed in Germany

Personen der Handlung

Josua Chadwick Jones: Josch wuchs bei seinem Großvater, seinem Großonkel und seiner jungen Tante auf, nachdem seine Eltern bei einem Unfall ums Leben gekommen waren. Als Heranwachsender zog er dann zu seiner Tante Lou und deren Mann Nat Crawford in die Stadt, wo er eine weiterführende Schule besuchte. Die Wochenenden verbrachte er jedoch bei den Männern auf der Farm.

Lou Jones Crawford: Obwohl sie eigentlich Joschs Tante war, zählte sie kaum mehr an Jahren als er selbst. Die Pfarrersfrau Lou sah nun erneut Mutterfreuden entgegen. Ihr erstes Kind war kurz nach der Geburt gestorben.

Opa: Der Besitzer der Farm, auf der Josch seine Kindheit verbracht hatte. Er hatte Josch den Vater ersetzt, den er nie gekannt hatte.

Onkel Charlie: Opas wortkarger, aber gutherziger Bruder. Die beiden Männer bewirtschafteten die Farm gemeinsam und teilten sich auch die Arbeit im Haushalt.

Willi: Joschs guter Freund, mit dem ihn nicht nur manches gemeinsam erlebte Abenteuer verband, sondern auch ein fester persönlicher Glaube an Gott.

Carmen: Joschs erste große Liebe, wenn er auch bald einsehen mußte, daß Carmen als Nichtchristin niemals zu ihm passen würde.

Herr und Frau Foggelson: Carmens Eltern. Ihr Vater war der Schulmeister am Ort; mit der Evolutionslehre, die er im Unterricht vertrat, erregte er das Mißfallen der meisten Stadtbewohner. Frau Foggelson hatte bis zu ihrer Heirat ein Leben als Christin geführt.

Wer die Wahl hat …

„Hast du dich schon entschieden?"

Willis beharrliche Stimme verlangte meine Aufmerksamkeit. Ich drehte mich zu ihm um und sah ihn fragend an. Ich begriff nicht recht, was er meinte.

„Was hast du denn nach dem Schulabschluß vor?" wollte er wissen. „Willst du nun Pfarrer werden? Oder was sonst?"

Ja, was sonst? Gute Frage! Was denn nur?

Genau dieselbe Frage hatte ich mir auch schon oft gestellt, und zwar am laufenden Band. Doch eine Antwort wußte ich noch nicht. In einem Monat sollte schon die Abschlußfeier in der Schule sein, und ich war anscheinend der einzige in der ganzen Schule, der immer noch keine Zukunftspläne hatte. Nicht, daß ich mir etwa nicht den Kopf darüber zerbrochen hätte – ganz im Gegenteil! Hatte ja kaum an etwas anderes gedacht in der letzten Zeit, und gebetet hatte ich auch deswegen. Meine Verwandten hatten mir ebenfalls versprochen, für mich zu beten. Trotzdem blieb mir jetzt nichts anderes übrig, als Willi in aller Offenheit zu antworten: „Ich weiß noch nicht." Und so lautete meine Antwort schon seit eh und je.

Dabei muß ich wohl die Stirn kraus gezogen haben, und Willi schien meine Lage zu begreifen. Er wartete nicht erst darauf, daß ich ihm eine wortreiche Erklärung gab, sondern redete gleich weiter.

„Gottes Fahrplan sieht für jeden anders aus, und er hat schon seine Gründe dafür, daß manch einer warten muß", sagte er nachdenklich. „Das braucht aber noch längst nicht zu bedeuten, daß er keinen Plan für deine Zunkunft hätte. Wenn der richtige Zeitpunkt da ist, dann …"

Ich ließ ihn reden und machte mir derweil meine eigenen Gedanken. Willi hatte schließlich gut reden; der brauchte sich nicht mit Zweifeln und Fragen über seine Laufbahn zu plagen. Gott hatte ihn zum Missionar berufen. Nach dem Sommer sollte er eine Bibelschule im Osten der Vereinigten Staaten besuchen. Irgendwie beneidete ich meinen Freund. Das geb' ich zu. „Muß schon 'n tolles Gefühl sein, wenn man weiß, wo Gott einen haben will", brummte ich vor mich hin.

„Und ich kann's immer noch nicht richtig fassen", sagte Willi gerade, als ich mich wieder auf ihn besann. „Mein ganzes Leben lang – jedenfalls solange ich denken kann, geh' ich tagein, tagaus zur Schule. Damit soll's jetzt fast vorbei sein. Komisch, nicht? Ich kann's mir noch gar nicht richtig vorstellen!"

Ich zerrte an meiner Angel, als wollte ich die Fische damit anlocken. In Wirklichkeit dachte ich aber über das nach, was Willi eben gesagt hatte. Er hatte recht: Es war schon reichlich merkwürdig, so bald schon aus der Schule entlassen zu werden. Jahrelang hatten wir uns darauf gefreut, endlich mit der Schule fertig zu sein und dem alten Schulhaus den Rücken kehren zu können, aber jetzt, wo wir kurz vor dem Abschluß standen, war ich alles andere als begeistert. Um ehrlich zu sein, war mir sogar eine Spur bange. Das hätte ich allerdings nie im Leben meinen Schulkameraden gestanden. Wir redeten ja von nichts anderem als von dem Tag, an dem wir aus dem „Gefängnis" entlassen werden sollten. Wir hüpften und jodelten und warfen unsere Kappen in die Luft. Jungen hatten sich nichts aus der Schule zu machen und froh zu sein, den Unterricht hinter sich zu haben, aber zugleich hatte ich auch ein mächtig komisches Gefühl in der Magengrube, wenn ich an die Abschlußfeier dachte.

Ich ließ mir Willis Worte durch den Kopf gehen und rutschte dabei unruhig hin und her, als hätte ich Rückenschmerzen vom langen Stillsitzen und Warten auf den ersten hungrigen Fisch. Wieder zog ich an meiner Angel und stellte dabei fest, daß ich den Köder vom Haken verloren hatte. Insgeheim hoffte ich, daß das Willis Aufmerksamkeit entgangen war. Mir war ohnehin die Lust am Angeln vergangen; einen neuen Köder war mir die Sache nicht wert. Nach Hause gehen wollte ich allerdings auch noch nicht.

Ein Leben ohne Schule konnte ich mir absolut nicht vorstellen. Ehrlicherweise mußte ich mir eingestehen, daß ich die täglichen Lektionen, die Pausen und die Bücher vermissen würde. Sie würden mir sogar arg fehlen, aber das mochte ich niemandem auf die Nase binden – nicht mal meinem besten Freund.

„Solche Sorgen wie ich hat Willi ja nicht", dachte ich beinahe neiderfüllt. „Im Herbst hat er wieder Unterricht, neue Bücher und neue Freunde." Wieder rutschte ich unbehaglich auf meinem Platz hin und her.

„Hier", sagte Willi, „lehn dich doch 'ne Weile an diesen Baumstamm!"

„Nee!", winkte ich ab und warf einen Blick zum Himmel. „Ist gleich Zeit für die Stallarbeit. Die Fische beißen heut' sowieso nicht an."

In Willis Augen zwinkerte es – wie immer, wenn er nur mühsam ein Lachen unterdrücken konnte. Das gleiche Zwinkern war mir an ihm aufgefallen, als unser Lehrer der Klasse einen Vortrag hielt und sein Buch dabei verkehrt herum in den Händen hielt, oder als Agatha Marshall mit einem Bissen von ihrem Pausenbrot auch die Ameise mitgegessen hatte, die darauf herumgekrabbelt war, und auch, als wir Averys Schnürsenkel in der Pause aneinandergeknotet hatten, während Avery sich faul auf dem Schulhof ausgestreckt hatte.

Ich warf Willi einen argwöhnischen Blick zu.

„Hab' noch nie Fische erlebt, die ohne Köder anbeißen, Josch", sagte er. Dabei wurde aus seinem Zwinkern ein breites Grinsen. „Du angelst ja schon seit 'ner halben Stunde ohne Köder!" teilte er mir lachend mit.

„Und warum hast du mir keinen Ton davon gesagt?" schimpfte ich und bemühte mich, recht aufgebracht zu wirken.

Willi wurde ernster.

„Dachte halt, dir liegt heut' nichts am Angeln. Den ganzen Tag bist du schon mit den Gedanken woanders."

Energisch riß ich meinen leeren Haken aus dem Wasser,

wischte ihn im Gras trocken und nahm ihn von der Schnur. Willi ließ mich gewähren, bis ich fertig war.

„Geht dir die Sache mit Carmen immer noch nach?“ wollte er wissen, als wir uns wieder auf den Weg zur Farm machten.

„Carmen?“ Bei diesem Namen fuhr mein Kopf herum.

Willis Augen hielten meinem Blick stand. Die Frage hing noch immer unbeantwortet in der Luft. Vor Willi konnte ich nun mal nichts verbergen, und ich brauchte tatsächlich einen, mit dem ich über alles reden konnte.

„Ich glaub' schon ... jedenfalls ein bißchen. Stell dir vor, jetzt sind wir fast fertig mit der Schule, und die ganze Zeit hab' ich gebetet und gebetet und mir fast 'n Bein ausgerissen, um Carmen zu zeigen, daß die Bibel recht hat, egal, was ihr Vater dazu sagt, aber sie hört mir nicht mal richtig zu. Bald ist sie auch mit der Schule fertig, Willi, und dann zieht sie in irgendeine Stadt und fängt 'ne Ausbildung als Dekorateurin an und ...“

„Innenarchitektin“, berichtigte Willi mich.

„Also schön, Innenarchitektin“, redete ich achselzukkend weiter. „Wer weiß, was für Leute sie dann kennenlernt oder in was für eine gottverlassene Stadt sie gerät ...“

„New York“, wußte Willi. „Ihr Vater hat von New York gesprochen. Wenn man von den Besten lernen will, gibt's nur eins: New York.“

„New York? Das ist ja noch ärger, als ich befürchtet hatte!“ entfuhr es mir. „Ein schlimmeres Pflaster gibt's doch gar nicht!“

Willi nickte nur feierlich.

Schweigend trotteten wir nebeneinander her, während mir die Vorstellung von Carmen, mutterseelenallein im fernen New York, durch den Kopf geisterte. Schließlich riß Willi mich wieder aus meinen Gedanken.

„Dir liegt immer noch an ihr, nicht, Josch?“

Irgendwie bekam ich die Frage in den falschen Hals. Klar, daß mir an Carmen lag! Wir kannten einander schließlich gut, oder etwa nicht? Und als Christ hatte ich ein Herz für meine Mitmenschen zu haben, oder? Willi kannte sich so gut wie ich in der Bibel aus. Er wußte genau, daß mir an Carmen liegen mußte.

„Dumme Frage!“ schleuderte ich ihm entgegen. „Mir hat schließlich an ihr zu liegen, ob's mir paßt oder nicht! Ich bete jetzt schon seit Jahren für sie, und Onkel Nat und Tante Lou ebenfalls. Wir haben alle ...“

„Du weißt genau, daß ich's anders gemeint habe, Josch“, fiel Willi mir ins Wort. „Hast du Carmen immer noch so gern?“

Darauf hatte ich keine Antwort parat. Erstens ging Willi das nicht das geringste an, selbst wenn er hundertmal mein bester Freund war. Zweitens war ich mir in dieser Hinsicht selbst nicht so ganz sicher, auch wenn ich nicht darüber nachdenken wollte. Hatte ich Carmen immer noch so gern – als Mädchen, nicht bloß als irgendeinen Mitmenschen? Ich hatte ihr die Freundschaft aufgekündigt, weil sie in geistlichen Dingen ganz anders dachte als ich. Carmen vertrat sogar den Standpunkt, daß alles, was mit Religion zu tun hat, albern und abergläubisch sei. Sie glaubte nicht an Gott, hatte sie mir erklärt. Religion sei eine Krücke für ängstliche Leute. Ich dagegen glaubte von ganzem Herzen, daß Gott lebte und daß er seinen Sohn für mich, für meine Sünden geopfert hatte. Nicht nur das, sondern ich glaubte auch, daß Gott etwas ganz Bestimmtes mit meinem Leben vorhatte. Wie konnte ich da nur an eine eventuelle Verbindung mit Carmen denken? Überhaupt nicht, versteht sich; aber das hielt mich nicht davon ab, die Hoffnung nicht aufzugeben und dafür zu beten, daß sie eines Tages zum Glauben kam, und dann ... dann ... Aber jetzt lag die Schulzeit fast hinter uns, und Carmen hörte sich meine Argumente immer noch nicht an. Die bevorstehende Abschlußfeier lag mir deshalb aus mehr als einem Grund schwer im Magen.

Willi ließ seine Frage auf sich beruhen.

„Kommst du morgen zu dem bunten Abend?“ erkundigte er sich statt dessen.

Es handelte sich um einen bunten Abend, der extra für unsere Kirchenjugend organisiert worden war. Bei solchen Gelegenheiten kamen wir immer auf unsere Kosten. Dafür sorgten Tante Lou und Onkel Nat. Mehrere junge Leute aus der Stadt hatten sich unserer Gemeinde angeschlossen, weil sie durch die bunten Abende Kontakt zu uns bekommen hatten. Die meisten Leute in meinem Alter kamen gern zu den bunten Abenden, die jeden Monat stattfanden. Sonst war ich eigentlich immer mit Eifer bei der Sache, aber heute murmelte ich nur: „Mal sehen."

„Hoffentlich kannst du kommen!" Willi nahm seine Angel und den einen Fisch, den er gefangen hatte, in die linke Hand, um sein Pferd mit der rechten vom Pflock losbinden zu können.

Ich hatte mich heute nicht besonders gesellig aufgeführt, und plötzlich schämte ich mich deswegen. Willi trug immerhin keine Schuld daran, daß Carmen noch immer nicht an Gott glaubte. Und es war auch nicht sein Fehler, daß ich immer noch keinen blassen Schimmer hatte, was Gott nun mit meinem Leben vorhatte. Willi war unschuldig an der Tatsache, daß die Abschlußfeier unaufhaltsam näherrückte und damit auch die unbeantworteten Fragen, die sie mit sich brachte. Er konnte die Zeiger der Uhr ebensowenig aufhalten wie ich. Es war nicht nett von mir, mich ihm gegenüber so ungenießbar zu zeigen.

Ich tat mein Bestes, um meine finsteren Gedanken beiseite zu schieben und mich von meinem Freund so zu verabschieden, wie er es verdient hatte.

„Dank' dir, Willi", stieß ich hervor. Dann wußte ich plötzlich nicht weiter. „Dank' dir, daß du gekommen bist."

Wieder sah ich das Zwinkern in seinen Augen.

„Nur schade, daß die Fische einfach nicht anbeißen wollten."

„Beim nächsten Mal versuch' ich's vielleicht mit 'nem Köder", grinste ich zurück. „Obwohl ... jetzt bleibt mir wenigstens das Fischesäubern erspart, und ich kann mich vor der Stallarbeit noch kurz auf die faule Haut legen."

Willi warf einen Blick auf den Fisch, der einsam an seinem Sattel baumelte. Ein gespieltes Stirnrunzeln verfinsterte sein Gesicht.

„Ich glaub', ich mache kurz bei den Turleys halt und überreiche Mary einen Fisch fürs Abendessen", sagte er. „Bei der Gelegenheit lade ich sie am besten gleich zu dem bunten Abend morgen ein." Ich wußte nicht, ob Willi das ernst meinte oder nicht.

Wir lachten, und Willi machte sich auf den Weg.
„Bis morgen abend also, Josch!“ rief er mir zu.
Ich gab ihm die Antwort, die er erwartet hatte: „Klar! Bis dann!“

Der bunte Abend

Am nächsten Abend beeilte ich mich mit der Stallarbeit und rannte dann ins Haus, um mich gründlich zu waschen und umzuziehen. Zum guten Schluß rückte ich mir den Schlips zurecht und kämmte mich mit einem nassen Kamm, nahm meine Jacke vom Haken und ging die Treppe nach unten, wobei ich die knarrende Stufe übersprang.

„Große Feierlichkeit heut' abend, was, Junge?"

Es war Opa, der sich da erkundigte. Er saß mit Onkel Charlie am Küchentisch und sortierte Farmrechnungen.

Ich grinste nur. An dem geselligen Abend war eigentlich nichts Besonderes, aber ich freute mich trotzdem darauf. Ich nickte.

„Nat sagt, die Jugendgruppe wird immer größer", fuhr Opa fort.

Wieder nickte ich und fügte hinzu: „Wir sind ungefähr zu zwanzig."

„Bestens!" erwiderte Opa. „Kommen die Neuen auch mit zum Gottesdienst?"

„Ja, jedenfalls drei von ihnen."

„Ist ja prima!" freute Opa sich.

Onkel Charlie trank einen Schluck aus seiner heißen Kaffeetasse und ließ die Stuhlbeine mit einem dumpfen Krachen auf dem abgewetzten Linoleumboden landen. Er musterte mich sorgfältig von dem schnurgerade gezogenen Scheitel bis zu den Bügelfalten in meiner Sonntagshose. Dann nickte er mir wohlwollend zu.

„Genieß deine Jugendzeit, Josch!" sagte Opa zu mir. „Die Sorgen des Lebens kommen früh genug auf dich zu."

Ich mußte fast gegen meinen Willen schmunzeln. Was wußte Opa schon von Jugend? Wenn er glaubte, ich hätte keine einzige Sorge, bis ich offiziell als Erwachsener galt, dann war er schiefgewickelt. Oder vielleicht hatte er auch nur vergessen, wie es war. Er hatte keine Ahnung, womit ich mich in letzter Zeit herumgeschlagen hatte. Aber ich ließ die Sache auf sich beruhen und tat so, als hätte ich nichts anderes als den bunten Abend voller Spaß und Spielen und danach Tante Lous Limonade und Kuchen im Sinn. Trotzdem hatten Opas Worte mich irgendwie wieder nachdenklich gemacht, und ich hatte es jetzt plötzlich nicht mehr so eilig wie vorhin.

Wieder hatte Onkel Charlie seine scharfen Augen auf mich gerichtet. Er schien an mir herumzurätseln. Ich rang mir ein Lächeln ab und machte, daß ich aus seinem Blickfeld kam. Mir war nicht nach einem Verhör zumute. Nicht, daß Onkel Charlie mir etwa Fragen gestellt hätte; nicht direkt jedenfalls, aber ich kannte seinen forschenden Blick. Seit eh und je war mir dabei unwohl gewesen.

„Ich komm' nicht allzu spät nach Hause“, sagte ich als Abschiedsgruß. Die beiden Männer wußten, daß ich von dem bunten Abend geradewegs heimkommen würde und daß Onkel Nat und Tante Lou schon für ein zeitiges Ende sorgen würden.

„Nur keine Eile. Amüsier dich gut!“, rief Opa mir nach.

Beim Gedanken an Tante Lou wurde mir reichlich bange zumute. In ein paar Wochen sollte ihr Baby ankommen, und nach dem, was bei der Geburt ihres ersten Kindes passiert war, machte ich mir allerhand Sorgen um sie. Immer wieder hatte sie mir versichert, daß alles in Ordnung sei. Sie hatte die kleine Amanda verloren, weil sie während der Schwangerschaft die Röteln bekommen hatte. Diesmal war Tante Lou aber die ganzen neun Monate über kerngesund gewesen. Der Doktor hatte ihr des öfteren bestätigt, daß dieses Baby einen lebhaften, gesunden Eindruck machte. Er vermutete einen kräftigen, strammen Jungen, aber Tante Lou wünschte sich wieder eine Tochter, und auch ich hoffte insgeheim auf ein Mädchen.

Im Stall erwartete mich Chester, der prächtige Braune, mit dem Opa und Onkel Charlie mich zu meinem letzten Geburtstag überrascht hatten. Ich konnt's noch immer nicht richtig fassen, daß mir ein solches Pferd gehören sollte. Ich klopfte ihm auf die glänzenden, runden Schultern und holte seinen Sattel. Er rieb die Nüstern an meinem Hemd auf der Suche nach einem Stück Zucker.

„Laß das!“ schalt ich. „Du bringst mir meine Sonntagssachen noch ganz durcheinander!“ Das kümmerte ihn nicht im geringsten; unbeirrt schnupperte und schnaubte er weiter an mir herum. Ich zog mich aus seiner Reichweite zurück und breitete die Satteldecke auf seinem Rücken aus. Danach führte ich das Tier aus dem Stall, schloß die Tür hinter mir und stieg in den Sattel. Chester konnte es kaum erwarten, auf offener Straße loszulegen, auch wenn ich sein Stück Zucker oder den Apfel diesmal vergessen hatte. Ich mußte ihn daran hindern, im vollen Galopp davonzurasen. Opa hielt nicht viel davon, Pferde im Galopp zu scheuchen, obwohl mir ein kleiner Blitzritt auf Chester bestimmt Spaß gemacht hätte. Er galoppierte für sein Leben gern, und seine kräftigen Beine zitterten förmlich vor Ungeduld, sobald er merkte, daß es auf die Straße zuging.

Es war ein warmer Frühlingsabend. Die Sonne schien noch, aber beim Rückweg würde es dunkel sein. Chester hätte auch im Stockfinstern wieder nach Hause gefunden, wenn's sein mußte, aber bei Mondschein ritt es sich halt doch besser. Nur ein paar verstreute Wolken segelten am Himmel; später würde der Mond mir bestimmt den Weg erhellen.

Dann dachte ich an den bunten Abend. Ob sich wohl neue junge Leute dazu einfinden würden? Wäre es nicht eine Wucht, wenn Carmen auch kommen würde? Vielleicht wäre es besser, wenn wir mehr Mädchen in ihrem Alter ... Aber wir hatten ja mehrere Mädchen, die im gleichen Alter wie Carmen waren, und trotzdem hatte sie sich noch nie für unsere Jugendgruppe interessiert. Es schien überhaupt nichts auf der Welt zu geben, was Carmen zum Besuch einer Kirche bewegen könnte.

Als ich mir überlegte, wer sich heute abend alles einstellen würde, hatte ich's plötzlich wieder eiliger. Chester schien das gespürt zu haben, denn bevor ich wußte, wie mir geschah, galoppierte er auch schon auf der staubigen Landstraße los. Ich zügelte ihn, was er mit einem verächtlichen Schnauben quittierte. Dann warf er den Kopf in die Höhe und stolzierte am Straßenrand weiter, während ich mir den Staub von den Sonntagssachen klopfte.

Obwohl ich mich bemüht hatte, zeitig dazusein, waren mir mehrere junge Leute aus unserer Gruppe schon zuvorgekommen. Ich band Chester im Hof vor der Kirche fest und rief den anderen einen Gruß zu, um dann schleunigst ins Pfarrhaus zu laufen. Tante Lou konnte bestimmt Hilfe bei den letzten Vorbereitungen gebrauchen.

„Josch!" rief sie mir froh entgegen. „Schön, daß du gekommen bist! Wie steht's denn auf der Farm?"

Sie begrüßte mich immer so überschwenglich, als hätte sie mich seit Monaten nicht gesehen, und dabei war ich gerade erst gestern von der Stadt zur Farm gefahren.

„Gut", antwortete ich. „Und wie geht's dir?"

Tante Lou sah auf ihren gewölbten Leib hinunter. Sie strich liebevoll mit der Hand über das wachsende Baby und lächelte mich an.

„Uns beiden geht's prächtig, nicht wahr, mein Schatz?" sagte sie zu ihrem ungeborenen Kind.

Ich schmunzelte. Tante Lou redete immerzu mit ihrem Baby. Ich hatte mich inzwischen längst daran gewöhnt. Und sie sah tatsächlich prächtig aus mit dem Leuchten in ihren Augen und den vor Gesundheit glänzenden Wangen.

„Kann ich dir irgendwas helfen?" erbot ich mich.

„Nicht nötig – ist schon alles fertig. Nat ist drüben in der Kirche. Das Essen und die Getränke haben wir schon rübergebracht."

„Tut mir leid, daß ich so spät ..." wollte ich mich entschuldigen, aber Tante Lou ließ mich nicht einmal ausreden.

„Du bist gar nicht spät daran. Alle anderen sind halt früher gekommen, weiter nichts. Bestimmt vor lauter Ungeduld! Liebe Güte, die Gruppe ist ganz schön gewachsen! Weiß ja kaum noch, wie ich genug zu essen herbeischaffen soll!"

Ihr Lächeln verriet mir, daß ihr ein solches Problem das größte Vergnügen bereitete.

Gemeinsam gingen wir über den Hof der Kirche. Immer mehr junge Leute kamen an, und es gab eine muntere Begrüßung.

Ich unterhielt mich gerade auf den Stufen vor der Kirche mit ein paar meiner Freunde, als eine Kutsche um die Ecke gebogen kam und in den Hof einfuhr. Zuerst hielt ich den Kutscher für einen Neuen, doch plötzlich erkannte ich Willi. Willi fuhr sonst nie mit einer Kutsche; eigentlich kam er immer zu Pferd, genau wie ich. Kein Zweifel, es war Willi – und zwar in weiblicher Begleitung.

Ein paar Sekunden lang sagte keiner von uns einen Ton. Wir standen nur sprachlos da und sahen zu, wie Willi aus der Kutsche kletterte und das Pferd festband. Dann reichte er dem Mädchen die Hand, um ihr beim Aussteigen zu helfen. Sie trug ein duftiges rosafarbenes Kleid, und die Locken hatte sie sich hochgesteckt; nur ein paar davon kringelten sich um ihr Gesicht. Irgendwie kam sie mir bekannt vor, aber ihr Name wollte mir einfach nicht einfallen. Willi hatte sein Pferd in einiger Entfernung von uns festgebunden. Wir spähten neugierig, um herauszubekommen, wen er denn mitgebracht hatte.

„Da bleibt dir doch die Spucke weg!" zischte Tom Newton. „Das ist ja Mary Turley – und obendrein in ihrer pfingstbesten Aufmachung!"

Das konnte doch nicht wahr sein! Tom hatte wohl Tomaten auf den Augen, oder? Aber tatsächlich: Der gute alte Willi führte jetzt niemanden anders als Mary Turley zum Eingang unserer Kirche.

Am liebsten hätte ich lauthals losgelacht und Willi aus Leibeskräften auf die Schulter geklopft, um mich über ihn lustig zu machen, aber das ließ ich tunlichst bleiben. Statt dessen stand ich nur wortlos da und harrte der Dinge, die da kommen sollten.

Meine Güte! Kaum zu fassen, wie Mary sich verändert hatte! Das gleiche galt auch für Willi, der sich auf das feinste herausgeputzt hatte, so daß ich ihn kaum wiedererkannt hatte. Obendrein wirkte er plötzlich furchtbar erwachsen und vornehm. Uns allen fehlten die Worte, und ich hätte wetten mögen, daß die anderen Jungen neben mir sich insgeheim ärgerten, weil sie nicht selbst auf die Idee gekommen waren, Mary einzuladen.

Mary lächelte schüchtern, als sie an uns vorbei in die

Kirche ging, und Willi warf mir im Vorübergehen ein fast unmerkliches Augenzwinkern zu. Ich hatte es genau gesehen. Der Schalk saß ihm wieder einmal im Nacken. Mir konnte Willi nichts vormachen!

Avery versetzte mir einen Rippenstoß, der mir fast den Atem nahm, und dann schickten wir uns umständlich an, den beiden in die Kirche zu folgen.

Wir suchten uns einen Platz und setzten uns. Wie immer saßen die Mädchen entlang der einen Wand und wir Jungen an der gegenüberliegenden. Alle bis auf Willi, meine ich. Der bot Mary den Platz neben Martha Ingrim an und setzte sich, anstatt auf die Jungenseite zu kommen, mir nichts, dir nichts geradewegs neben Mary!

Onkel Nat eröffnete den Abend und begrüßte alle. Die jungen Leute, die heute zum ersten Mal mit von der Partie waren, ließ er uns von denen vorstellen, die sie mitgebracht hatten. Ein neues Mädchen aus der Stadt war auch dabei, aber sie war mit Thelma und Virginia Brown gekommen, so daß wir sie nicht weiter beachteten.

Dann stellte Willi Mary vor. Er sprach ohne jede Spur von Verlegenheit. Im stillen mußte ich ihn deshalb bewundern.

„Ich möchte euch Mary Turley vorstellen“, begann er. „Mary wohnt nicht weit von uns entfernt. Wir – Josch und ich und ein paar andere – sind ein paar Jahre lang mit Mary zur Schule gegangen.“

Bei den Spielen, die wir dann spielten, geriet unsere Sitzordnung durcheinander, und Willi und Mary wurden voneinander getrennt. Mary schien das aber kaum etwas auszumachen. Ich war froh darüber, wie schnell sie sich bei uns wohl fühlte.

Ich hatte Mary immer für so 'ne Art Mauerblümchen gehalten, und vielleicht war sie das auch, aber heute fiel mir auf, daß sie auf ihre Weise sogar hübsch zu nennen war. Wenn sie lächelte, mußte man einfach zurücklächeln, und ihre Augen waren tief und aufrichtig. Immer wieder sah ich in ihre Richtung. Sie wirkte so erwachsen und selbstsicher im Vergleich zu den Mädchen, die ich kannte.

Und dann fiel mir der Grund ein, weshalb ich Mary in

den letzten paar Jahren kaum gesehen hatte. Ihre Mutter war krank gewesen, und Mary hatte sich um den Haushalt und die Küche kümmern müssen. Mit der Schule war's für sie aus gewesen. Ich hatte mir nicht groß den Kopf darüber zerbrochen, als ich das gehört hatte, aber jetzt wurde mir klar, daß Mary viel erwachsener als wir übrigen wirkte, weil sie eine größere Verantwortung zu tragen gehabt hatte.

Sie war weder sauertöpfisch noch trübsinnig, sondern lachte und amüsierte sich nicht weniger als die anderen jungen Leute. Dabei legte sie allerdings ein beachtliches Maß an Selbstsicherheit an den Tag.

Nach den Spielen holte Onkel Nat seine Gitarre hervor, und wir setzten uns im Kreis und sangen sämtliche Gemeindelieder, die wir auswendig kannten. Die Texte waren Mary wohl zum großen Teil neu, aber sie hörte aufmerksam zu und schlug sogar mit dem Fuß den Takt dazu. Ich saß zwar nicht nahe genug bei ihr, um es genau zu wissen, aber ich hätte wetten mögen, daß sie die Melodie mitsummte.

Als Tante Lou die Erfrischungen anbot, ging Mary ihr zur Hand. Ich schenkte die Limonade aus, so daß ich mich kurz mit ihr unterhalten konnte. Ich erkundigte mich nach ihrer Mutter und schämte mich insgeheim dafür, nicht schon längst nach ihr gefragt zu haben. Mary teilte mir mit einem frohen Lächeln mit, daß es ihrer Ma schon viel besser ging und daß sie sogar wieder selbst in ihrer Küche schalten und walten konnte.

Der Gedanke an Frau Turley und ihre geräumige Küche rief alte Erinnerungen an unsere Wanderung in die Berge zurück, als Willi, Avery und ich auf dem Rückweg bei den Turleys eingekehrt waren. Wir waren halb verhungert, und Frau Turleys Küchenvorräte hatten uns das Leben gerettet. Damals war Mary ein ziemlich schlaksiges, sommersprossiges Mädchen gewesen. Ich hätte mir nie träumen lassen, daß eines Tages die nette junge Dame aus ihr werden könnte, mit der ich jetzt sprach.

„Da bin ich aber froh – ich meine, daß es deiner Mutter bessergeht“, sagte ich.

„Ich auch“, erwiderte Mary. „Es war schwer, sie so leiden zu sehen.“

Mit keinem Wort beklagte sie sich über die Jahre, die sie als Haushälterin und Krankenpflegerin zugebracht hatte. Sie schien sich einfach nur aufrichtig zu freuen, daß ihre Mutter wieder gesund war.

„Vielleicht kannst du ja zu unserem nächsten bunten Abend wieder kommen", traute ich mich, sie einzuladen.

„Das würde ich gern tun", antwortete Mary, und an dem Leuchten in ihrem Blick konnte ich ablesen, daß sie es ernst meinte. Es wäre prima, wenn sie sich unserer Jugendgruppe anschließen würde. Mary sollte sich bei uns wohl fühlen. Soweit ich wußte, glaubte sie aber nicht an Gott, und ich mußte mich doch sehr über Willi wundern. Er hatte sich ein Mädchen ausgesucht, das nicht gläubig war, aber ich, ich hatte meine Freundschaft mit Carmen genau aus diesem Grund aufgegeben. Irgendwie fand ich das ungerecht, konnte aber Willi auch wiederum keinen Schwachpunkt in seinem Glaubensleben unterstellen. Obwohl ... Ließ Willi sich etwa auf ein Risiko ein, indem er einem ungläubigen Mädchen den Hof machte? Meine Gedanken wanderten unwillkürlich zu Carmen. Ich dachte an ihre funkelnden Augen und ihre langen, kupferglänzenden Lokken. Sie war das hübscheste Mädchen, das ich je gesehen hatte. Ach, wenn sie doch nur ... Aber da rief Tante Lou mich auch schon, um mich zu bitten, Limonade nachzuschenken.

Große Aufregung

Die ganze nächste Woche über hatten wir herrliches Frühlingswetter, und die Leute fingen an, von Frühjahrsmüdigkeit zu reden. Ich weiß zwar nicht, welche Müdigkeit mich überfallen hatte, aber ich konnte mich kaum auf meine Schularbeiten konzentrieren.

Die Abschlußprüfungen sollten in ein paar Wochen stattfinden, und unsere Zensuren hatten einiges mit unseren Aussichten zu tun, aufs College gehen zu können. Vielleicht machte mir genau das so sehr zu schaffen. Die meisten meiner Klassenkameraden hatten sich nämlich schon ein College und ein Studienfach ausgesucht. Fast jeden Tag wurde ich gefragt: „Na, Josch, was hast du denn vor?", worauf ich mit rotem Gesicht die Antwort murmelte, mich noch nicht endgültig entschieden zu haben.

Endgültig? Das klang gerade, als erwöge ich ernsthafte mehrere Möglichkeiten. In Wirklichkeit war ich so weit von meinen Zukunftsplänen entfernt wie an meinem allerersten Schultag.

Ich ging den Leuten aus dem Weg, wo ich nur konnte. Mir war nicht danach zumute, auf solche Fragen Rede und Antwort zu stehen, wenn ich überhaupt keine Antwort wußte.

Aus diesem Grund verbrachte ich auch viel Zeit daheim. Ich gab vor, Schularbeiten zu machen, wogegen Onkel Nat und Tante Lou keinerlei Einwände hatten. Ich bemühte mich sogar, aber es fiel mir schwer, mit den Gedanken bei der Sache zu bleiben.

An einem besonders sonnigen Frühlingstag, als der Duft der ersten Blüten durch das offene Fenster in mein Zimmer strömte und mir die Arbeit noch schwerer als sonst machte, saß ich an meinem kleinen Schreibtisch und versuchte, mich auf meine Mathematikaufgaben zu konzentrieren, aber das wollte mir irgendwie heute nicht gelingen.

Statt dessen machten sich meine Gedanken auf die Reise. Die Abschlußfeier rückte mit jedem Tag näher. Ich dachte an meine noch so ungewisse Zukunft. Ich dachte an Carmen und ihre Absicht, bald nach New York zu ziehen, um sich dort als Innenarchitektin ausbilden zu lassen. Wie würde sie je in einer solchen Großstadt zurechtkommen? Wie konnte ihr Vater nur sein Einverständnis dazu geben?

Der milde Frühlingswind trug den flüsterzarten Duft jener Rosen in mein Zimmer, die auch jedes Frühjahr am Bachufer blühten. Ich sah das junge Grün vor mir, das mit schmalen Spitzen aus dem Erdboden hervorsproß. Beinahe konnte ich das frische, sanft rauschende Wasser riechen und das Plätschern eines Fisches hören, der nach einer Fliege schnappte, um dann wieder in das kühle Wasser einzutauchen.

Der Ruf des Baches erinnerte mich an Uropa. Er fehlte mir noch immer sehr. Ich konnte mich einfach nicht daran gewöhnen, daß er nicht mehr da war. Immer, wenn ich zur Farm fuhr, suchte ich unwillkürlich nach Spuren von ihm. Der leere Stuhl am Tisch starrte mich einsam an; der Haken, an dem seine abgetragene Farmjacke gehangen hatte, war ein trauriger Anblick, und der gepolsterte Stuhl am Küchenfenster, wo er in seiner Bibel gelesen und seine Kreuzworträtsel gelöst hatte, stand still und verlassen da.

Nein, ich wünschte ihn mir nicht zurück; das wußte ich genau. Uropa hatte es doch jetzt viel besser als hier bei uns. Das änderte aber nichts an der Tatsache, daß er mir furchtbar fehlte.

Obwohl ich die Woche über bei Tante Lou und Onkel Nat in der Stadt wohnte, zog es mich am Wochenende mit Macht zur Farm zurück. Ich hing an dem Grund und Boden, auf dem ich aufgewachsen war. Alles daran gefiel mir: der Frühling, wenn die Aussaat stattfand, der Sommer, wenn wir zuschauten, wie das Saatgut aufging und von Woche zu Woche heranreifte, und der Herbst, wenn Gott uns seine Güte erwies, indem er uns mit den Erzeugnissen der Farm beschenkte.

Sogar die Wintermonate machten Spaß auf der Farm. An den frostklirrenden Morgen dampfte die warme Milch in dem Eimer, den ich aus dem Stall ins Haus trug. Das trokkene Stroh, das ich für Bleß und die anderen Tiere im Stall ausbreitete, duftete unvergleichlich gut, und die Stallkatzen bettelten mit ihrem Miauen um eine Portion von der guten, frischen Milch zum Frühstück. Ja, auf der Farm fühlte ich mich rundherum wohl.

Und dann dachte ich an Opa und Onkel Charlie. Ein seltsamer Gedanke kam mir dabei: Was sollte eigentlich aus der ganzen Farm werden, wenn die beiden Männer sie eines Tages nicht mehr bewirtschaften konnten? Darüber hatte ich mir bisher noch nie den Kopf zerbrochen; hatte wohl immer geglaubt, die beiden würden bis in alle Ewigkeit die Felder bestellen und die Tiere versorgen, so wie sie es getan hatten, solange ich zurückdenken konnte. Aber das war natürlich Unsinn. Die Jahre waren nicht spurlos an Opa und Onkel Charlie vorbeigegangen. Ihr Gang war nicht mehr so aufrecht wie früher. Das hatte sogar ich gemerkt. Onkel Charlie schien es dabei am schlimmsten erwischt zu haben. Das war mir neulich aufgefallen, als wir die Stallarbeit miteinander gemacht hatten. Er bewegte sich viel langsamer als früher und hatte Schwierigkeiten mit seinen Händen. Ich mußte ihm den Knoten am Getreidesack aufbinden, weil er selbst damit nicht zurechtkam.

Der Gedanke daran, daß Opa und Onkel Charlie die Farm eines Tages nicht mehr allein bewirtschaften könnten, machte mich unruhig und besorgt. Ich konnte mir das Leben ohne die Farm überhaupt nicht vorstellen. Auch wenn Gott mich zum Pfarrer in irgendeine Stadt weit von hier entfernt berufen sollte oder wie Willi zum Missionar in ein fernes Land, dann wollte ich die Farm immer noch als mein Zuhause wissen. Ich wollte zu Besuch kommen können, wann ich wollte, und auch meine Familie mitbringen – falls ich je eine mein Eigen nennen sollte. Ich wollte mich auch weiterhin mit dem guten Farmland und mit allem, was darauf wuchs, verbunden fühlen. Ich war tief mit dem Grund und Boden verwurzelt, den Opa bestellt hatte, solange ich denken konnte. Mit der Farm würde ich auch einen Teil meiner selbst verlieren.

Ein sanftes Winseln unter meinem Schreibtisch riß mich aus meinen Gedanken.

„Pixie!“ sagte ich überrascht. „Wußte ja gar nicht, daß du da bist! Ich hab' dich in letzter Zeit arg vernachlässigt, nicht wahr?“ Das Hündchen wedelte putzmunter mit dem Schwanz und sprang auf meinen Schoß. Ich klappte mein Mathematikbuch zu und schob es beiseite. Mir war sowieso nicht nach Schularbeiten zumute. Ich brauchte eine Pause. Pixie sprang auf den Boden zurück, als ich aufstand und mich ausstreckte.

„Ich glaube, ich hole mir ein paar von Tante Lous Plätzchen und ein Glas Milch in der Küche. Was meinst du?“ sagte ich zu Pixie. Gerade wollte ich aus dem Zimmer gehen, als ich Geräusche von der Küche her hörte.

Was ich hörte, war weder laut noch überstürzt. Es war einfach nur ungewöhnlich. Ich hörte genauer hin. Jetzt war alles still. Pixie lief zur Tür und kläffte. Dann hörte ich Onkel Nats rasche Schritte näher kommen. Ich stand wie angewachsen da.

Onkel Nat klopfte nicht mal erst an, sondern öffnete die Tür einen Spaltbreit und steckte den Kopf in mein Zimmer. Er trug seinen Hut, was er eigentlich sonst nie zu Hause tat.

„Lou sagt, es ist soweit, Josch“, flüsterte er. „Ich hole den Doktor.“

Mir wurde der Mund trocken, und ich bekam kaum Luft. Es war also soweit. Ein eiskaltes Schaudern lief mir über den Rücken. Ich hatte von Anfang an gewußt, daß es irgendwann soweit sein würde, aber richtig gefaßt war ich darauf immer noch nicht.

Das kleine Menschlein, das Tante Lou mit sich herumgetragen hatte, war in Sicherheit gewesen, solange es von Tante Lous Körper umgeben war, aber jetzt war die Zeit gekommen, wo es das Licht der Welt erblicken sollte – das Licht einer Welt, in der überall Krankheit und Gefahren lauerten. Würde dieses Baby am Leben bleiben? Noch einen Säugling zu verlieren würden wir nie verschmerzen können.

Ich wäre am liebsten zu Tante Lou gerannt, um mich mit eigenen Augen davon zu überzeugen, daß es ihr gutging, aber meine Füße wollten mir nicht gehorchen. Ich versuchte zu schlucken, aber mein Mund war pulvertrocken. Ich wollte Onkel Nat zur Eile antreiben, aber dann machte ich mir klar, daß das nicht nötig sein würde.

„Ich hole den Doktor!“ stieß ich hervor. „Bleib du bei Tante Lou!“

Onkel Nat hatte keine Einwände. Er trat wortlos beiseite, um mich an sich vorbeizulassen.

Ich war schon fast an der Küchentür, als er mir leise nachrief: „Brauchst nicht zu rennen, Josch. Lou sagt, wir haben noch jede Menge Zeit.“

Ich hatte es zwar gehört, aber ich rannte schon, bevor ich auch nur zur hinteren Haustür hinaus war. Als ich vom Hof auf die Straße rannte, hatte ich mein Höchsttempo erreicht.

Unterwegs betete ich inbrünstig für Tante Lou. Ich betete für das kleine Baby. Ich betete dafür, daß der Doktor jetzt bloß nicht irgendwo auf dem Land zu einem Hausbesuch unterwegs war.

Als ich an der Pforte der Arztpraxis haltmachte, war ich ganz außer Puste. Ich klopfte fest an die Tür und trat einen Schritt zurück, um zu warten. Der Doktor kam selbst an die Tür. Er sagte kein Wort, als er mich keuchend dastehen sah, sondern nahm sich nur seinen Hut vom Hutständer und seine schwarze Arzttasche von dem Garderobentisch. Dabei rief er seiner Frau zu, daß er im Pfarrhaus gebraucht würde, und dann waren wir auch schon auf der Straße.

Wir rannten nicht. Das gemächliche Tempo des Doktors brachte mich fast zur Weißglut, und es kostete mich die größte Anstrengung, mich an seine gesetzten Schritte anzupassen. Schweigend gingen wir nebeneinander her, bis der Doktor meinte, daß ich wieder genug Puste zum Sprechen hatte.

„Wann haben die Wehen eingesetzt?“ fragte er.

„Keine Ahnung“, gab ich kleinlaut zu. „Onkel Nat ist nur zu mir in mein Zimmer gekommen und hat gesagt, daß es soweit ist.“

„Hat Lou mit euch zu Abend gegessen?“

„Also, sie ... sie ...“ Ich überlegte. „Sie hat mit uns am

Tisch gesessen, aber gegessen hat sie kaum was. Hat eigentlich bloß auf ihrem Teller herumgestochert."

Ich hatte mir nicht allzuviel dabei gedacht, um ehrlich zu sein.

„Gesagt hat sie aber nichts", fügte ich hinzu.

„Ist auch nicht ihre Art", meinte der Doktor und beschleunigte seine Schritte, wofür ich dankbar war.

Als wir zu Hause ankamen, war Onkel Nat nicht da, um uns hereinzulassen. Doch der Doktor kannte sich bei uns aus, und nachdem ich ihm die Tür geöffnet hatte und er ins Schlafzimmer gegangen war, gab es nicht mehr viel, was ich tun konnte, außer zu beten.

Die Zeit schien geradezu stillzustehen. Jedenfalls kam es mir so vor, obwohl bestimmt in Wirklichkeit alles ordnungsgemäß seinen Gang nahm. Ich ging in der Küche auf und ab, ging draußen auf der Veranda auf und ab, und dann auf dem Bretterweg vor dem kleinen Pfarrhaus.

Endlich hörte ich den piepshohen Schrei eines Neugeborenen. Da wußte ich, daß jetzt alles vorbei war. Ich horchte mit angehaltenem Atem auf weitere Geräusche; ich muß wohl einen entsetzten Schrei von Tante Lou erwartet haben, aber es blieb still. Und dann hörte ich Lachen und Onkel Nats Stimme, als er ein Dankgebet sprach. Ich holte wieder Luft und rannte zur hinteren Haustür.

Ich traf Onkel Nat in der Küche. Sein Gesicht strahlte. Keiner von uns sagte ein Wort; wir fielen einander nur kurz um den Hals und hasteten dann ins Schlafzimmer. Wir hatten wohl beide Tränen im Gesicht, Tränen der Erleichterung und der Freude.

Der Doktor sagte gerade etwas, als ich ins Zimmer kam. Ich weiß nicht genau, ob er Tante Lou damit meinte oder das winzige Bündel, das er da in seinen großen Händen hielt.

„Na, so was!" sagte er. „Hab' doch felsenfest mit einem strammen Stammhalter gerechnet, aber so kann man sich eben irren. Kerngesund ist's, das Kleine!"

Lou lächelte ein zufriedenes, liebevolles Lächeln. Sie sah noch reichlich blaß aus, fand ich, aber zugleich unbeschreiblich glücklich!

Der Doktor wandte sich an Tante Lou.

„Hast deine Sache prima gemacht, junge Frau! Und schau nur deine Belohnung an! Hübsches Baby, wirklich! Genau wie ihre Mama, als ich ihr vor mehr als zwanzig Jahren ans Licht der Welt geholfen hab'."

Ihre Mama? Dann war es also ein Mädchen! Tante Lous Traum war Wirklichkeit geworden, und der stramme Junge, von dem der Doktor immer gesprochen hatte, hatte sich als kleines Mädchen entpuppt. Ich grinste und kam mir plötzlich irgendwie überflüssig vor. Unauffällig zog ich mich in eine Ecke zurück und wußte nicht so recht, was ich tun oder sagen sollte. Tante Lou hatte es gleich gemerkt. Sie hob den Kopf von ihrem Kissen und streckte mir ihre Hand entgegen.

„Komm und schau sie dir an, Josch", sagte sie. „Der Doktor hat recht: Sie ist einfach bildhübsch!"

Zögernd trat ich näher, als der Doktor ihr das kleine Bündel in die Arme legte. Das winzige Gesicht war rot und voller Falten, und die Augen waren fest zugekniffen. Die dunklen Haare klebten noch feucht an dem Köpfchen. Ich fand das Baby längst nicht so hübsch wie der Doktor und Tante Lou, aber daß die Kleine ein besonderer Schatz war, das wußte sogar ich.

Und dann ruderte sie mit ihrem Fäustchen durch die Luft und suchte mit ihrem offenen Mund danach. Wie durch ein Wunder gelang es ihr, beides zusammenzubringen, und sie lutschte geräuschvoll drauflos. Wir lachten alle, und Tante Lou zog sie dichter an sich. Onkel Nats Augen füllten sich wieder mit Tränen. Die Kleine war tatsächlich niedlich!

Als Tante Lou ihre Stimme wiedergefunden hatte, sah sie erst ihre Tochter an und dann mich.

„Sarah Jane", sagte sie, „hier ist dein Vetter Josua Jones. Einen patenteren Vetter kann sich ein kleines Mädchen wie du kaum wünschen. Da hast du mächtig Glück gehabt, Sarah Jane. – Nein, nicht Glück, sondern den Segen Gottes." Tante Lou warf mir ein herzliches Lächeln zu. Ich spürte Onkel Nats Arm um meine Schultern und fühlte mich plötzlich geborgen und beschützt.

Wieder sah ich auf das winzige Bündel in Tante Lous

Armen hinab. Seitdem meine Eltern nicht mehr lebten, war Tante Lou mir Mutter und Tante zugleich gewesen. Jetzt hatte ich die kleine Sarah Jane dazu. Vielleicht war ich bei weitem nicht der Pfundskerl, als den Tante Lou mich bezeichnet hatte, aber eins wußte ich genau: Ich hatte dieses kleine Wesen riesig lieb, und es sollte ihm niemals etwas zustoßen, soweit ich es irgendwie abwenden konnte.

Eine Freudenbotschaft

„Jemand muß zur Farm!“ rief ich und riß den Blick von dem Baby und Tante Lou los, um mich zu Onkel Nat umzudrehen.

„Das kann gut und gern bis morgen früh warten“, sagte er. Ich konnte ihm anmerken, daß ihm nicht viel daran lag, seine Frau und seine kleine Tochter ausgerechnet jetzt allein zu lassen.

„Bis morgen? Das ist ja viel zu lange! Und Opa und Onkel Charlie würden uns das nie verzeihen!“

„Du, es ist inzwischen reichlich spät“, meinte Onkel Nat. Er holte seine Taschenuhr hervor. „Fast Mitternacht.“ Dann beugte er sich über die winzige Sarah Jane. „Hast den Geburtstag deiner Großmutter um zehn Minuten verpaßt, Kleines!“

Onkel Nat sprach nicht allzuoft von seiner Mutter, aber ich hatte das Gefühl, als wäre es ihm durchaus recht gewesen, wenn Sarah es mit ihrer Ankunft nicht ganz so eilig gehabt hätte.

Aber Onkel Nat konnte mich nicht von meinem Vorhaben abbringen.

„Mitternacht hin, Mitternacht her“, sagte ich, „irgendeiner muß zur Farm reiten. Mir würde es nichts ausmachen. Chester findet den Weg auch im Stockfinstern, und dabei ist's nicht mal stockfinster draußen. Sieht noch richtig hell aus. Der Mond scheint bestimmt ...“

„Nun, was meinst du, Lou?“ fragte Onkel Nat. Lou lächelte bloß und nickte.

„Bring mir doch einen Bleistift und den Schreibblock“, bat sie. Ich wußte, daß ich gewonnen hatte und mit der freudigen Nachricht losgeschickt werden sollte.

Da Tante Lou beide Hände zum Schreiben frei haben mußte, hob Onkel Nat das kleine Neugeborene aus ihren

Armen, ging mit dem Bündel in der Stube auf und ab und redete dabei leise. Ich hörte zwar nicht, was er der Kleinen alles sagte, aber hin und wieder schnappte ich ein Wort auf. Er erzählte ihr von Gott. Kaum zu fassen! So klein, wie sie war, bekam sie schon ihre erste Predigt von ihrem Papa vorgetragen, extra für sie!

Tante Lou tat sich schwer mit dem Schreiben im Bett. Sie wollte Opa und Onkel Charlie bestimmt selbst von dem neugeborenen Baby erzählen; sie schrieb und schrieb, als wollte sie überhaupt nicht mehr aufhören. Ich fragte mich im stillen, wie man nur so viel über jemanden schreiben kann, den man erst vor ein paar Minuten kennengelernt hat.

Endlich war sie aber dann doch fertig und faltete den Bogen Papier zusammen, um ihn mir zu reichen. Den Block und den Bleistift legte sie auf die kleine Nachtkonsole neben ihrem Bett. Wieder lächelte sie zufrieden und glücklich, wenn ich ihr auch ansehen konnte, wie erschöpft sie jetzt war.

Ein Geräusch von der Tür her ließ uns alle aufhorchen. Es war der Doktor. Ich hatte ganz vergessen, daß er auch noch da war. Er hatte sich wohl in der Küche einen Tee gekocht, während wir mit der kleinen Sarah Jane Bekanntschaft geschlossen hatten. Jetzt wollte er ein letztes Mal nach Tante Lou und dem Baby sehen, bevor er wieder nach Hause ging. Ich drückte Tante Lou schnell einen Kuß auf die Wange und sah mir Sarah Jane noch mal an, um zu sehen, ob sie schon gewachsen war oder sich verändert hatte. Immerzu hörte man Frauen davon reden, wie schnell das bei Babys der Fall war. Nein, sie sah noch genau aus wie vorhin, nur daß sie jetzt eingeschlafen war – mitten unter ihres Vaters Predigt!

Chester schien mir meine Ungeduld anzumerken, und kaum waren wir auf offener Straße, als er auch schon losgaloppierte. Er hoffte wohl, daß ich ihn diesmal gewähren lassen würde. Darin hatte er sich allerdings getäuscht. Obwohl der Mond schien und Chester bei Dunkelheit besser sah als ich, wußte ich genau, daß man ein Pferd bei Nacht niemals im vollen Galopp reiten sollte.

Der Weg zur Farm kam mir heute besonders lang vor. Normalerweise nutzte ich die Zeit, um in Ruhe über dieses und jenes nachzudenken, aber jetzt hatte ich nur das neugeborene Baby im Kopf. Gesund und munter und gerade eben erst zur Welt gekommen war die Kleine, und der Doktor hatte uns bestätigt, daß ihr nichts fehlte.

Endlich hatte ich die Farm erreicht. Etwas überrascht stellte ich fest, daß alle Lichter im Haus schon gelöscht waren. Eigentlich hätte mich das kaum wundern sollen, denn Opa und Onkel Charlie gingen jeden Abend gegen zehn zu Bett, und heute abend war da keine Ausnahme.

Ich focht einen inneren Kampf aus, ob ich Chesters Zügel einfach kurzerhand an den Zaunpfahl binden und flink mit der aufregenden Nachricht ins Haus stürzen sollte oder ob ich Chester zuerst in die Scheune bringen sollte, was ich sowieso früher oder später tun mußte. Dann rang ich mich aber doch dazu durch, Chester sofort zu versorgen. Das fiel mir zwar schwer, aber ich wußte genau, daß es mir später noch schwerer fallen würde, wenn ich erst mit Tante Lous Brief im Haus war.

Chester freute sich, in seine eigene Box zu kommen. Allzu hungrig konnte er zwar nicht sein, weil er schon reichlich Futter bekommen hatte, aber ich streute ihm trotzdem noch eine Gabelvoll Heu in die Krippe. Er zierte sich nicht lange und fing gleich zu knabbern an.

Hastig verriegelte ich das Scheunentor und rannte zum Haus. Die Scheune stand ein ganzes Stück vom Haus entfernt, eine Tatsache, die mir bisher eigentlich noch nie aufgefallen war. Außer Atem kam ich auf der hinteren Veranda an. Wie immer fand ich die hintere Haustür unverschlossen vor. Ich bezweifelte, daß Opa sie überhaupt je abschließen konnte, selbst wenn er gewollt hätte. Einen Schlüssel zu dieser Tür hatte ich noch nie gesehen. Leise quietschend ließ sie sich aufschieben.

Am liebsten hätte ich lauthals die große Neuigkeit ins Haus hineingerufen, aber das unterließ ich dann doch. Mit einer solchen lautstarken Ankündigung würde ich Opa und Onkel Charlie in ihren Betten nur zu Tode erschrecken.

So leise wie möglich stieg ich die Treppe hinauf. Die knarrende Stufe hatte ich dabei allerdings restlos vergessen. Unter meinem Fuß protestierte sie so laut wie eh und je.

„Wer da?“ rief Opa aus seinem Zimmer.

„Ich bin's“, antwortete ich halb flüsternd, halb rufend.

Ich hörte, wie Onkel Charlie, dessen Tür offenstand, sich in seinem Zimmer regte, aber das Geräusch kam nicht von seinem Bett. Er hatte auf einem alten Sessel am Fenster gesessen. Demnach hatte er genau gesehen, wie ich in den Hof geritten war, Chester in den Stall gebracht hatte und dann zum Haus gerannt war.

Für einen Augenblick vergaß ich Opa, Tante Lou und das Neugeborene.

„Was machst du denn so spät noch am Fenster?“ fragte ich Onkel Charlie.

„Nichts Besonderes“, antwortete er ausweichend. „Manchmal ist's mir halt zu unbequem in meinem Bett, weiter nichts.“

Opa rief mir aus seinem Zimmer zu: „Ich komme sofort!“, und ich konnte die Sprungfedern unter seiner Matratze ächzen hören, als er aus dem Bett stieg, um in seine Hose zu steigen.

„Du hast anscheinend Neuigkeiten für uns“, sagte Opa, als er dann mit einer brennenden Lampe auf den Flur kam.

„Und ob!“ strahlte ich, und meine Gedanken machten einen Satz zu der kleinen Sarah Jane.

„Und?“ drängte Opa.

„Wieder 'n Mädchen“, verkündete ich, „und es geht ihr prima.“

„Und Lou?“ fragte Opa. Er wußte haargenau, daß ich kaum von einem Ohr bis zum andern grinsen würde, wenn es Tante Lou nicht ebenfalls prima ginge. Aber Lou war nun mal seine Tochter, und Opa würde nicht eher lockerlassen, bis er es wortwörtlich von mir gehört hatte.

„Der geht's auch gut“, sagte ich. „Sie ist ganz aus dem Häuschen vor Glück!“

„Danke, Vater im Himmel!“ flüsterte Opa. Dann breitete sich ein Leuchten auf seinem Gesicht aus. Ich konnte es genau im Licht der Lampe sehen, die er in der Hand hielt. Opa strahlte wie ein Honigkuchenpferd.

Nun kam auch Onkel Charlie zu uns auf den Flur. Auch in seinem Gesicht stand ein breites, ansteckendes Grinsen. So fröhlich hatte ich ihn noch nie erlebt. Es überraschte mich allerdings, wie langsam er ging. Opa drehte sich zu ihm um; in seinen Augen stand Besorgnis.

„Wieder 'ne schlimme Nacht, was?“ erkundigte er sich, und Onkel Charlie nickte. Weder mit der Frage noch mit der Antwort konnte ich etwas anfangen. Wieso sollte Onkel Charlie schlimme Nächte haben? Warum schlurfte er wie ein alter Mann über den Flur zur Treppe? Warum hielt er sich am Treppengeländer fest? Das alles war mir neu. Warum hatte mir denn keiner etwas davon gesagt?

„War der Doktor da?“ fragte Onkel Charlie. Er wußte, daß der Doktor manchmal ausgerechnet dann, wenn er dringend gebraucht wurde, zu einem Hausbesuch unterwegs war.

„Hab' ihn selbst geholt“, erklärte ich. „Er war zu Hause, als ich kam.“

„Und war Nat dabei?“ wollte Opa wissen. Ich wußte, daß er ans letzte Mal dachte.

„Ja, die ganze Zeit über“, antwortete ich.

„Gut!“ Opa strahlte noch froher. Die Lampe stellte er auf dem Küchentisch ab.

Onkel Charlie schlurfte an den Herd, stocherte in der Asche und legte ein paar frische Holzscheite nach. Das Feuer war für die Nacht eingedämmt gewesen. Es dauerte aber nicht lange, bis es wieder aufloderte. Onkel Charlie schob die blecherne Kaffeekanne auf die Herdplatte.

„Na, jetzt erzähl uns aber von der Kleinen!“ drängte Opa ungeduldig.

Onkel Charlie rückte sich einen Stuhl zurecht und ließ sich umständlich darauf sinken. Dann beugte er sich gespannt vor, um sich nur ja kein Wort entgehen zu lassen.

„Also, sie ist ziemlich klein“, fing ich an und beschrieb ihre Länge mit den Händen, eine Methode, von der ich oft nach einer Angelpartie Gebrauch machte.

„Versteht sich“, nickte Opa.

„Und sie ... sie ...“ Wie konnte ich nur erzählen, wie rot und runzlig und verschwollen ihr Gesicht war? Ob Opa und Onkel Charlie bei solchen Dingen Bescheid wußten?

„Hat sie Haare?“
„Jede Menge. Dunkle.“
„Genau wie Lou“, meinte Opa.
„Welche Augenfarbe hat sie denn?“ wollte Onkel Charlie wissen.
„Ich ... ich weiß nicht. Sie hat sie ja kaum aufgemacht. Dunkel sind sie, glaub' ich.“
„Hat der Doktor gesagt, wieviel sie wiegt?“
Über ihr Gewicht hatte ich niemanden was sagen gehört. Ich schüttelte bloß den Kopf.
„Und Lou? Erzähl uns, wie's ihr ergangen ist!“ drängte Opa.
„Ja, also ...“
„Hat alles sehr lange gedauert?“ fragte Opa.
Es war mir zwar wie 'ne halbe Ewigkeit erschienen, aber ich zuckte nur mit den Achseln und sagte: „Der Doktor hat gemeint, alles wäre genau nach Plan verlaufen, ganz ohne Komplikationen. Ich hab' ihn viertel vor neun geholt, und kurz vor Mitternacht ist Sarah dann zur Welt gekommen.“
Opa und Onkel Charlie wechselten ein Kopfnicken und ein Grinsen, woraus ich schloß, daß sie mit dem Gehörten höchst zufrieden waren.
„Aber Tante Lou sagt, daß die Schmerzen – nein, das Weh ...“
„Die Wehen“, verbesserte mich Opa.
„Ja, daß die Wehen um ein Uhr eingesetzt haben. Bis zum Abendbrot waren sie aber noch halbwegs auszuhalten gewesen.“ Die beiden Männer sollten mir keineswegs auf die Idee kommen, das Ganze wäre ein Picknick im Grünen für Tante Lou gewesen.
„Aber jetzt geht's ihr gut?“ fragte Opa weiter.
„Ja, ihr geht's prima“, versicherte ich ihm.
Onkel Charlie erhob sich mühsam von seinem Stuhl und holte die Kaffeekanne. Ich konnte mir nicht vorstellen, daß der Kaffee schon brühend heiß war, wie er ihn am liebsten trank, aber vielleicht brauchte er einfach nur eine Beschäftigung.
Er schenkte drei Tassen aus und trug zwei davon zum Tisch. Sie dampften nur schwach. Die eine Tasse reichte er

Opa und stellte die andere vor mich hin. Zum ersten Mal fiel mir auf, daß seine Finger irgendwie komisch aussahen. Ich wollte ihn gerade fragen, ob er sich verletzt hatte, als ich sah, daß die andere Hand genauso aussah. Ich klappte den Mund schleunigst wieder zu und warf Opa einen Blick zu, doch der schien meine Verwunderung nicht bemerkt zu haben. Er war wohl zu beschäftigt damit, die Ankunft seiner Enkelin in Gedanken zu feiern.

„Ach, ihr Name!“ fiel ihm plötzlich ein. „Du hast uns ja noch gar nicht gesagt, wie sie heißt!“

„Sarah“, sagte ich. „Sie heißt Sarah Jane.“

„'n schöner Name“, meinte Opa, und auch Onkel Charlie, der gerade mit seiner eigenen Kaffeetasse wieder an den Tisch kam, sagte: „Sarah Jane. Sarah Jane. Das klingt schön.“

Plötzlich fiel mir Tante Lous Brief wieder ein. Ich fischte ihn aus meiner Jackentasche hervor und reichte ihn Opa. Der öffnete ihn hastig und fing an, ihn Onkel Charlie vorzulesen. Viel mehr blieb mir nicht über die kleine Sarah Jane zu erzählen. Tante Lou hatte gründlich Bericht erstattet.

Wir saßen noch 'ne Weile beisammen und tranken Kaffee und unterhielten uns dabei über das neugeborene Baby und Tante Lou und Onkel Nat. Der Anblick von Onkel Charlie, der mit ungeschickten Fingern seine Kaffeetasse zum Mund führte, nahm mir allerdings etwas von meiner Freude. Die dunkle Flüssigkeit rann ihm öfter über die Finger, wenn er sich anschickte, aus der Tasse zu trinken. Vielleicht war das auch der Grund, weshalb Onkel Charlie den Kaffee nicht so heiß wie sonst aufgewärmt hatte.

Ich dachte daran, wie Onkel Charlie früher immer die Tasse an die Lippen geführt hatte, einen vollen Schluck von dem siedend heißen Gebräu genommen und diesen dann irgendwie hinuntergebracht hatte, ohne sich daran zu verbrühen. Damals hatte er allerdings 'ne ruhige Hand gehabt und keine knotigen Finger, mit denen er nichts mehr richtig festhalten konnte.

„Wißt ihr, ich bin ziemlich müde“, entschuldigte ich mich schließlich. „Ich glaub', ich geh' am besten ins Bett.“

Opa grinste noch immer, aber auch er unterdrückte ein Gähnen.

„Ich auch“, sagte er und nahm die Lampe.

„Geht ruhig schon nach oben, ihr beiden“, winkte Onkel Charlie ab. „Ich bleib’ noch ein Weilchen hier sitzen und trink’ noch ’ne Tasse Kaffee.“

Ich warf Opa einen Blick zu.

„Hast du eine von deinen Pillen genommen?“ fragte der, und Onkel Charlie nickte.

„Ist’s davon nicht besser geworden?“

„Etwas.“

Opa und ich wußten beide, daß Onkel Charlie uns damit nicht erschöpfend geantwortet hatte.

Im Flur faßte ich Opa beim Arm.

„Was hat das zu bedeuten?“ fragte ich flüsternd.

Opa schien nicht zu wissen, wovon ich sprach.

„Was ist denn mit Onkel Charlie los?“ drückte ich mich deutlicher aus.

„Was soll denn mit ihm los sein?“

„Na, seine Hände halt. Sie sind ja ganz ... ganz knorrig, und dann geht er so langsam, und ...“

„Ach, das“, antwortete Opa nüchtern. „Das ist bloß sein Rheuma. Es wird schlimmer.“

Rheuma? Und schlimmer? Warum war mir das bis jetzt nicht aufgefallen?

„Wie lange plagt er sich denn schon damit rum?“ hörte ich mich fragen.

„Rheuma hat er schon seit Jahren“, erklärte Opa mir. „Er hat seine guten und schlechten Tage. Man sagt, es liegt am Wetter. Mit der Zeit ist’s aber schlimmer geworden. Seine Hände machen ihm ziemlich arg zu schaffen. Früher hatte er’s nur in den Knien und im Kreuz.“

Es gab nicht viel, was ich dazu sagen konnte, so daß ich Opa zu seinem Zimmer weitergehen ließ.

„Bis morgen früh dann!“ murmelte ich und ging in mein Zimmer.

In dieser Nacht lag ich lange wach. Nicht nur der Gedanke an unsere kleine Sarah Jane hielt mich vom Schlafen ab, sondern ich grübelte auch über Onkel Charlie nach.

Sein Rheuma machte mir einige Sorgen. Er war ja jetzt schon deswegen zum alten Mann geworden. Alles war so allmählich passiert, daß ich zuerst gar nichts davon gemerkt hatte.

Aber jetzt war es sonnenklar, daß etwas nicht stimmte. Onkel Charlie war nicht zimperlich, aber man sah ihm an, daß ihm auch die kleinsten Arbeiten Schmerzen verursachten. Wie sollte er da bei der Farmarbeit mithalten?

Ich gab mir Mühe, endlich einzuschlafen, erstens, um damit meinen Sorgen zu entfliehen, und zweitens, weil ich meinen Schlaf brauchen würde. Opa hatte davon gesprochen, zeitig am Morgen zur Stadt aufzubrechen, sobald die Stallarbeit erledigt war, und ich wußte, auch ohne zu fragen, daß Opa früher als sonst mit der Stallrunde anfangen würde.

Trotzdem dauerte es lange, bis ich endlich zur Ruhe kam und einschlafen konnte.

Die Abschlußfeier

Es dauerte mehrere Tage, bis alles wieder seinen gewohnten Gang nahm. Opa und Onkel Charlie statteten dem Pfarrhaus viel häufiger als sonst 'nen Besuch ab. Ich glaube, sie befürchteten wohl, daß die kleine Sarah Jane mit einem Schlag aufwachsen könnte, wenn sie gerade nicht hinsahen. Wie dem auch sei, jedenfalls kamen sie oft zu Besuch, um sie zu begutachten.

Sarah Jane verursachte einige grundlegende Veränderungen im Haushalt. Tante Lou schaffte nicht so viel an Plätzchenbacken und Einkochen wie sonst, und Onkel Nat und ich machten uns dann und wann in der Küche nützlich. Fast alle fünf Minuten, so schien's, hatte das Baby entweder Hunger oder 'ne nasse Windel.

Niedlich war die Kleine aber trotzdem. Lou sagte Onkel Nat und mir ein ums andere Mal, wie allerliebst sie sei, und ich war durchaus geneigt, ihr Glauben zu schenken. Die Kleine verbrachte den größten Teil ihrer Zeit mit Schlafen. Immer wenn ich einen von meinen Freunden mit nach Hause brachte, schlief sie entweder oder wurde gerade gestillt, so daß aus dem Vorzeigen und Bestaunen nichts wurde.

Ihre Röte und die Runzeln verloren sich ziemlich rasch, und statt dessen sah sie weich und rosig aus. Ihr rundes Köpfchen war von einem flaumigen, dunklen Schopf eingerahmt. Die Augen öffnete sie jetzt öfter. Manchmal lag sie in meinen Armen und sah mich an, als wüßte sie genau, wer ich war und wie ich in ihr Leben paßte. Ich hatte es gern, wenn sie mich so anschaute, und wenn gerade niemand in der Nähe war, erzählte ich ihr so allerhand über mich selbst, damit sie mich auch richtig kennenlernte. Wir alle hingen sehr an dem kleinen Mädchen. Schließlich hatten wir Lou alle riesig lieb, und auf die Ankunft dieses winzigen Wesens hatten wir lange gewartet.

Ich hatte damit gerechnet, daß mir die Schularbeiten jetzt noch schwerer fallen würden, und in gewisser Weise taten sie das auch. Gleichzeitig lag mir aber plötzlich mächtig viel daran, die Schule mit guten Zensuren zu verlassen. Ich hätte es zwar keiner Seele eingestanden, aber ich wollte auf keinen Fall, daß Sarah sich eines Tages wegen ihres Vetters Josch schämen müßte. Deshalb klemmte ich mich auch hinter meine Schulbücher wie noch nie, und der Erfolg blieb nicht aus: Ich bekam die besten Zensuren meines Lebens.

Hin und wieder schaute Willi bei mir herein. Manchmal lernten wir zusammen und spielten dann mit Sarah, aber meistens klappten wir unsere Bücher einfach zu und unterhielten uns. An einem Donnerstag, als er wieder mal an mein Fenster klopfte, sah ich ihm auf den ersten Blick an, daß er irgendwas Sagenhaftes erlebt haben mußte. Ich schob mein Wörterbuch beiseite und öffnete das Fenster.

„Schläft Sarah?“ fragte Willi.

Ich nickte.

„Dann komm schnell raus!“ Willi wollte auf keinen Fall den schlafenden Säugling wecken.

Ich schob das Fenster leise wieder zu und ging zur Haustür nach draußen.

„Was gibt's denn?“ fragte ich, sobald ich die Tür hinter mir zugezogen hatte.

„Mary hat sich bekehrt!“

Jetzt wurde mir klar, weshalb Willi vor Freude förmlich übersprudelte. Ich freute mich ja selbst riesig. Wir fielen einander in die Arme und klopften uns gegenseitig auf den Rücken. Mary war jeden Sonntag zum Gottesdienst gekommen, seitdem Willi sie zu unserer Jugendgruppe eingeladen hatte.

„Wann denn?“ fragte ich, als ich meine Stimme wiedergefunden hatte.

„Heute nachmittag. Ich bin schnurstracks zu dir gekommen, um's dir zu erzählen.“

Noch einmal schlug ich Willi auf die Schultern. Unwillkürlich mußte ich daran denken, wie froh ich wäre, wenn ich die gleiche gute Nachricht über Carmen zu berichten hätte.

„Ist ja prima!“ rief ich immer wieder. „Einfach umwerfend!“

Aus Angst, daß Willi meine Tränen sehen könnte, drehte ich mich um und ging auf die Gartenschaukel zu, die Onkel Charlie für Lou gebastelt hatte. Willi folgte mir, ohne ein Wort zu sagen. Er konnte es sich vielleicht denken, daß meine Gefühle etwas durcheinandergeraten waren.

Ich wich Willis Blick aus und stieß mich mit dem Fuß ab, bis die Schaukel sachte hin und her wogte. Dabei studierte ich Onkel Charlies Werk so gründlich wie noch nie. Onkel Charlie konnte geschickt mit Werkzeug umgehen. Jedes Brett war sorgfältig gesägt und fachmännisch in den Rahmen gefügt worden. Die geschwungenen Armstützen waren glattgeschliffen und lackiert. Ich strich mit der Hand darüber und fragte mich im stillen, ob Onkel Charlie je wieder mit Hammer und Hobel herumwerkeln würde. Dann machten meine Gedanken einen Satz in die Gegenwart zurück.

„Was sagen denn ihre Eltern dazu?“ fragte ich Willi.

„Was ihr Vater meint, weiß ich nicht; der hat sich nicht groß darüber geäußert. Ihre Mutter sagte, Mary könne sich frei entscheiden. Sie wolle ihr keinen Stein in den Weg legen. Ich glaub’, sie wünscht sich, daß sie selbst den Mut zu diesem Schritt aufbringen könnte. Hat wohl viel Zeit zum Nachdenken gehabt, als sie so lange krank war.“

„Schon möglich“, nickte ich.

„Mary betet jetzt schon für ihre Mutter. Ist nur ’ne Frage der Zeit, bis sie auch zum Glauben kommt, meint Mary. Ihre Mutter ist schon lange auf der Suche nach Gott, nur daß sie bis jetzt einfach nicht gewußt hat, wo und wie sie ihn finden konnte. Jetzt, wo Mary Bescheid weiß, kann sie ihrer Mutter helfen.“

In Willis Augen blitzte es förmlich vor Freude.

„Josch“, sagte er, „sie ist die erste, mit der ich über den Glauben gesprochen hab’ und die auch gleich zum Glauben gekommen ist. Es ist einfach das ... das Tollste, was ich je erlebt hab’.“

Da konnte ich nicht mitreden, obwohl ich’s ja versucht hatte: bei Carmen, bei ihrer Mutter und sogar bei Jack

Berry im Gefängnis, als ich ihm einen Brief geschrieben hatte. Bei keinem hatte es was genützt. Trotzdem betete ich immer noch für sie alle.

„Fühlt Mary sich jetzt auch in die Mission berufen?“ fragte ich.

Willi sah mich reichlich verdutzt an.

„Keine Ahnung“, sagte er achselzuckend.

„Ja, das ist doch ziemlich wichtig, oder nicht?“

„Hm, zuerst muß sie ’n bißchen mehr über den Glauben lernen, bevor sie sich überlegt, was Gott mit ihrem Leben vorhat, meinst du nicht auch?“

„Aber du weißt doch schon, was Gott mit dir vorhat“, gab ich zu bedenken.

„Ja und?“ Willi zuckte wieder mit den Achseln.

„Dann ist es doch wichtig, was er mit deinem Mädchen vorhat.“

„Mit meinem Mädchen?“ Jetzt schien Willi vollends verwirrt zu sein.

„Mary!“ half ich seinem nachlassenden Gedächtnis auf die Sprünge. „Das Mädchen, das du gerade bekehrt hast. Mary! Wenn du Missionar wirst, wäre es doch am vernünftigsten, wenn dein Mädchen die gleiche Laufbahn einschlagen würde.“

Willi starrte mich verblüfft an.

„Aber Mary ist doch gar nicht *mein* Mädchen“, sagte er endlich.

„Was?“

„Woher hast du denn so ’ne komische Idee?“

„Ja, von dir selbst natürlich!“ antwortete ich. „Schließlich hast du sie doch zur Jugendgruppe eingeladen und zum Gottesdienst mitgebracht und …“

„Aber sie ist trotzdem nicht *mein* Mädchen.“

„Weiß Mary das auch?“ stellte ich Willi zur Rede.

„Aber klar! Wir sind nur gute Kameraden, weiter nichts. Das wußte Mary von Anfang an. Wir haben am ersten Abend, als ich sie zur Jugendgruppe mitgebracht hab’, darüber geredet.“

„Dann seid ihr gar nicht fest miteinander befreundet?“ Ich kam aus dem Staunen nicht mehr heraus. „Du hast sie also einfach mitgebracht und mit ihr über den Glauben gesprochen, ohne fest mit ihr befreundet zu sein? Ohne in sie verliebt zu sein?“

Willi schüttelte den Kopf, als hätte ich nicht mehr alle Tassen im Schrank.

„Josch, wenn man einem Mädchen vom Glauben an Gott erzählt, dann hat das doch nichts damit zu tun, ob man verliebt ist oder nicht.“ Willi mußte trotz seiner Ungeduld schmunzeln. „Ich hab' Mary in unsere Jugendgruppe eingeladen, weil sie ein wirklich nettes Mädchen ist, ein prima Kamerad, und weil sie eigentlich noch nie etwas über Gott gehört hatte. Sie war noch nie in die Kirche gegangen. Hat ja keinen von unserer Jugendgruppe näher gekannt. Wie hätte sie also was von Gott erfahren sollen, wenn ich sie nicht mitgebracht hätte?“

„Ich dachte halt nur ... Hm. Alle haben gedacht, du wärst in Mary verliebt.“

„Ich hätte nie einem ungläubigen Mädchen den Hof machen können, das weißt du doch genau, Josch. Du weißt auch, daß Gott mich zum Missionar berufen hat. Wie soll ich denn Missionar werden, wenn ich mich in ein Mädchen verliebe und heirate, das nicht denselben Glauben hat wie ich? Also, ...“

„So was Ähnliches habe ich mir auch schon überlegt“, gestand ich. „Irgendwas stimmte nämlich nicht an der Sache.“

Wir saßen schweigend da. Nach einiger Zeit machte ich die waghalsige Bemerkung: „Na, jetzt ist sie ja gläubig. Du kannst dich also ruhig in sie verlieben, wenn du willst.“

Willi setzte einen Fuß auf den Boden und hielt die Schaukel mit einem Ruck an. Mit einer Hand strich er sich über die Haare. Das tat er immer, wenn jemand ihn auf die Palme zu bringen drohte.

„Schon gut, schon gut!“ winkte ich ab, bevor Willi sich dazu äußern konnte. „Sie bleibt also nur eine gute Bekannte.“

Ich sprang von der Schaukel und machte mich auf den Rückweg zum Haus.

„Werd' mich wohl am besten wieder hinter meine Bücher

klemmen“, sagte ich abwehrend. „Hab’ noch zwei Prüfungen vor mir.“

Willi grinste.

„Ja, ich weiß. Für dich ist keine Zensur gut genug!“

Jetzt wurde ich tatsächlich eine Spur rot.

„Was soll eigentlich die Geheimniskrämerei, Josch?“ fragte Willi plötzlich.

„Wie bitte?“ Ich blieb stehen und sah ihn erstaunt an.

„Na, so hätte ich’s vielleicht nicht ausdrücken sollen“, fuhr Willi fort. „Ich hab’s wirklich nicht böse gemeint. Ich dachte nur, vielleicht hältst du mit irgendwas Bombastischem hinterm Berg. Dachte, vielleicht willst du dich an einer ganz erlauchten Universität bewerben, wo man erstklassige Zeugnisse braucht.“

Ich schüttelte den Kopf. Ich hatte mir überhaupt noch keine Universität ausgesucht.

„Weißt du immer noch nicht weiter?“

Wieder schüttelte ich den Kopf.

„Ich bete für dich, Josch“, versprach Willi und klopfte mir auf die Schulter.

„Dank’ dir.“ Damit steuerte ich wieder auf mein Zimmer zu.

Ich beneidete Willi. Der wußte nämlich schon haargenau, was Gott mit ihm vorhatte. Er brauchte sich nicht damit herumzuquälen, wie’s denn nach der Schule mit ihm weitergehen sollte. Alles war schon geregelt. Er brauchte seine Ausbildung nur noch anzutreten.

Als der letzte Schultag dann kam, war mir reichlich merkwürdig zumute. Einerseits freute ich mich darüber, das Gymnasium endlich hinter mir zu haben. Bei der Abschlußfeier wurden ein paar nette, blumige Worte über mich gesagt. Ich sah, wie Tante Lou sich in ihrem Stuhl reckte und die kleine Sarah Jane hochhielt, damit ihr nur ja kein Wort von der Lobrede entgehen sollte. Opa und Onkel Charlie grinsten angetan. Opa platzte geradezu vor Stolz. Wenn ich ehrlich war, hatte ich allen Grund, mit meinen Leistungen zufrieden zu sein.

Andererseits fühlte ich mich innerlich irgendwie leer. Ich wurde aus der Schule entlassen, ohne den blassesten Schimmer zu haben, wie's denn nun mit mir weitergehen sollte. Wie ich schon erzählt hab', wollte Willi Missionar werden. Carmen zog bald nach New York, Janie und Charlotte wollten beide Lehrerin werden, Avery wollte bei seinem Vater in die Lehre gehen, Polly heiratete demnächst – ach, die Liste war ellenlang. Aber Josua Jones, der Klassenbeste, hatte nicht die geringste Vorstellung davon, was er nun mit all seiner Schulbildung anfangen sollte.

Ich trug meine gemischten Gefühle immer noch mit mir herum, als wir wieder bei Tante Lou waren, wo es zur Feier des Tages Kuchen und Limonade gab. Tante Lou hatte ein paar Freunde und unsere Verwandtschaft dazu eingeladen. Sie machte sich hier und da zu schaffen und plauderte über meine Schulleistungen, während sie Limonade ausschenkte. Opa prahlte ebenfalls mit meinen Zensuren, und Onkel Charlie saß in seiner Ecke, rieb sich die knotigen Hände und warf mir hin und wieder ein Grinsen zu. Auch jetzt konnte ich ihm ansehen, daß ihm die Hände wehtaten, aber darüber verlor er, wie's nun mal seine Art war, kein einziges Wort.

Immer wieder wurde ich nach meinen Zukunftsplänen gefragt. Ich tat die Fragen mit vagen Bemerkungen ab wie: „Ich überlege noch", „Ich bin mir noch nicht ganz sicher" und „Ich warte noch mit meiner Entscheidung." Opa und Tante Lou stärkten mir den Rücken. „Es eilt ja nicht", sagten sie, und: „Josch kann's sich nicht leisten, diese Entscheidung zu überstürzen. Dafür steht zuviel für ihn auf dem Spiel." Es klang gerade so, als hätte ich eine reiche Auswahl an Möglichkeiten.

Wir hatten längst ausführlich über alles gesprochen, und meine Angehörigen hatten mir geraten, bloß nicht Hals über Kopf irgendein Studium anzufangen, sondern mir in Ruhe zu überlegen, welcher Beruf mir am meisten zusagen würde und in welche Richtung Gott mich leitete. Ich wußte auch, daß sie alle nach wie vor für mich beteten. Ich konnte mich hundertprozentig auf ihre Unterstützung verlassen, aber keiner von ihnen ahnte, wie sehr mir die ungelöste Frage meiner Zukunft zu schaffen machte.

„Du kannst ruhig weiter hier bei uns wohnen und dir eine

Arbeit in der Stadt suchen, bis dir klar wird, was Gott mit deinem Leben vorhat", hatte Tante Lou mir gesagt. „Das Zimmer brauchen wir noch lange nicht für Sarah Jane."

Das war wohl auch, was alle mehr oder weniger erwarteten. Man hatte mir ja schon im Eisenwarenladen und in der Druckerei 'ne Arbeit angeboten, aber so dankbar ich dafür war, ich konnte mich weder für die eine noch für die andere Stelle so recht erwärmen.

Dies war also die kleine Feier zu meinen Ehren. Die Gäste kamen und gingen und brachten ihre besten Wünsche für meine Zukunft zum Ausdruck und ließen sich Tante Lous Kuchen schmecken und unterhielten sich miteinander. Es wurde viel geredet, gelacht und gelobt. Ich versuchte, das Ganze zu genießen, aber immer wieder wanderte mein Blick zu Onkel Charlie mit seinen gebeugten Schultern und seinen knotigen Händen hinüber.

Plötzlich kam mir eine Erleuchtung. Ich wartete eine günstige Gelegenheit ab, um in mein Zimmer zu gehen. Dort packte ich meine paar Habseligkeiten in eine Stofftasche. Es war Frühling. Zeit für die Aussaat. Ich konnte Onkel Charlies Händen ansehen, daß er in diesem Jahr kaum derjenige sein würde, der die Zügel hielt. Opa konnte die ganze Aussaat nie und nimmer allein bewältigen. Ich wurde auf der Farm gebraucht. Meine Wahl von Beruf und Studium konnte warten. Im stillen dankte ich Gott sogar dafür, daß er mir Zeit damit gelassen hatte. Später würde sich schon alles finden; vorerst hatte ich Wichtigeres zu tun.

Ich beeilte mich mit dem Packen. Dabei füllte sich die Leere in mir mit Vorfreude. Ich liebte das Leben auf der Farm. Diese eine Aussaat würde ich besorgen, bevor ich mich um meine Berufswahl kümmerte. Wir hatten keine Zeit, um uns anderweitig nach Hilfe für Opa unzuschauen, und er war auf den Ertrag dieser Ernte angewiesen. Wer sollte ihm auch helfen, wenn ich's nicht tat? Immerhin hieß es in der Bibel, daß wir unsere Eltern ehren sollen. Opa war zwar nicht mein Vater, aber einen anderen Vater als ihn hatte ich ja nie gekannt. Bestimmt hatte Gott es so gemeint, daß auch Opa in diesem Sinn als Vater für mich zählte.

Klar, ich würde Tante Lou und Onkel Nat und besonders die kleine Sarah vermissen, aber ich würde ja nicht allzuweit entfernt wohnen, so daß ich öfter mal zu Besuch kommen konnte. Immerhin hätte Gott mich auch zum Studium oder zur Ausbildung in irgendeine ferne Großstadt schikken können. Nein, so war's schon besser, jedenfalls vorläufig. Ich hatte das Gefühl, die richtige Entscheidung getroffen zu haben, und war mir ziemlich sicher, daß Gott damit einverstanden war. Ich war froh, dadurch noch eine Weile länger bei meinen Verwandten bleiben zu dürfen.

Als ich wieder in die Küche kam, war's still dort geworden. Opa und Onkel Charlie wollten sich gerade wieder auf den Rückweg zur Farm machen. Überrascht stellten sie fest, daß ich meinen Sonntagsanzug gegen meine Alltagssachen vertauscht hatte. Noch überraschter waren sie, als sie meine Stofftasche sahen.

„Habt ihr was dagegen, wenn ich meine Sachen in euer Fuhrwerk werfe?“ fragte ich. „Ich reite Chester.“

„Nicht die Bohne“, sagte Opa. „Willst dich auf die Farm zurückziehen und das Nachdenken bei uns besorgen, wie?“

„Es gibt nichts nachzudenken“, antwortete ich ihm seelenruhig. „Jedenfalls vorerst nicht. Die Aussaat steht an, und ich werd' dir dabei helfen.“

„Aber was soll aus deinem Beruf und aus deinem Studium werden?“ Opa verstand die Welt nicht mehr, schien's.

„Das kriegen wir schon geregelt, wenn's an der Zeit ist“, antwortete ich zuversichtlich. Das Komische an der Sache war, daß ich tatsächlich voller Zuversicht war. Onkel Nat versuchte mir schon seit langem beizubringen, daß Gott mich leiten würde. Gott würde mir rechtzeitig zeigen, was ich zu tun hatte. Im Moment bedeutete das für mich, daß ich Opa und Onkel Charlie auf der Farm zu helfen hatte. Mehr sollte mich jetzt nicht kümmern.

Auf den Gesichtern um mich her stand zuerst völlige Überraschung, dann nach und nach Zustimmung.

„Du wirst uns fehlen!“ flüsterte Tante Lou und legte mir ihre Hand auf den Arm.

„Das ist doch gerade das Gute daran“, sagte ich. „Ich bleib' ja in der Nähe. Ich werde öfter in die Stadt kommen.

Muß schließlich ab und zu bei Sarah nach dem Rechten sehen, wißt ihr."

Wir lachten alle, und die angespannte Stimmung löste sich.

Opa und Onkel Nat halfen mir, meine Siebensachen in die Kutsche zu laden. Ich ließ nichts zurück, weil ich mir selbst keinen Anlaß geben wollte, es mir am Ende doch noch anders zu überlegen. Ich ging in das Zimmer, wo Sarah gerade schlief, strich ihr leicht über den Kopf und verabschiedete mich flüsternd. Schließlich umarmte ich Tante Lou und Onkel Nat und nahm Pixie auf den Arm.

„Du fährst bei Opa und Onkel Charlie mit", erklärte ich ihr und reichte sie Onkel Charlie.

„Fahrt ihr ruhig schon voraus!" sagte ich zu den beiden Männern. „Ich komme nach. Ich geh' nur eben kurz zu Herrn Lewis und Herrn Trent, um mich für die Stellenangebote zu bedanken und ihnen zu sagen, daß ich auf der Farm gebraucht werde – jedenfalls vorläufig."

Ich weiß nicht, ob ich's mir nur einbildete oder nicht, aber Opas Schritte kamen mir leichter vor und Onkel Charlies Gang eine Spur aufrechter, als die beiden jetzt zur Kutsche gingen.

Farmarbeit

Hin und wieder verfiel ich ins Grübeln über meine Zukunft, während ich in diesem Frühjahr den Ackerboden für die Saat vorbereite und anpflanzte, aber größtenteils war ich mit Eifer bei der Sache.

Ich hatte noch nie viel mit der Aussaat zu tun gehabt. Das hatten bislang immer Opa und Onkel Charlie besorgt, und ich hatte derweil im Stall gearbeitet, aber jetzt waren die Rollen vertauscht. Opa und ich arbeiteten auf den Feldern, und Onkel Charlie kümmerte sich um die Tiere. Er kam nur langsam mit der Arbeit voran, und das Melken besorgte ich, weil Onkel Charlie das mit seinen kranken Händen kaum noch konnte.

Onkel Charlie übernahm auch die Hausarbeit. Das Kochen und Saubermachen schaffte er ganz gut, aber mit dem Waschbrett kam er nur mühsam zurecht. Ich konnte es manchmal kaum ansehen, wie er sich damit abmühte, ein Kleidungsstück mit den Händen auszuwringen. Um unter vier Augen mit Opa reden zu können, bat ich ihn eines Abends, mit mir in den Stall zu kommen und sich Macs Huf anzusehen.

„Na, was gibt's denn?“ fragte Opa und beugte sich vor, um Macs rechten Vorderhof anzuheben.

„Nichts Schlimmes“, beruhigte ich ihn. „Ich wußte nur nicht, ob wir ihn vielleicht noch eine Spur kürzer feilen sollten oder nicht.“

Opa runzelte vorwurfsvoll die Stirn, fing sich aber schnell wieder.

„Nimmst das Farmen nicht gerade auf die leichte Schulter, Junge, was?“ meinte er. „Du fragst mir ja direkt ein Loch in den Bauch!“

Das stimmte. Ich hatte ihm tatsächlich in letzter Zeit jede Menge Fragen gestellt. In der Landwirtschaft kannte ich mich nicht besonders gut aus, und irgendwie mußte ich's ja lernen. Opa und Onkel Charlie waren meine einzigen Quellen.

„Deswegen hab' ich dich eigentlich auch gar nicht hergebeten", fing ich an. „Ich wollte mal in Ruhe mit dir reden, und ich wußte nicht, wie ich's sonst anstellen sollte, ohne daß Onkel Charlie alles mitkriegt ..."

„Vor Charlie hab' ich keine Geheimnisse", fiel Opa mir entschlossen ins Wort. Ich merkte ihm an, daß er das von vornherein klargestellt haben wollte.

„Aber es hat doch mit ihm zu tun", protestierte ich. „Ich fänd's nicht gerade angebracht, in seiner Gegenwart über ihn zu reden."

„Was ist denn mit ihm?" fragte Opa skeptisch. „Er tut doch sein Bestes, oder nicht?"

„Das ist es ja gerade", legte ich den Finger auf die wunde Stelle. „Er gibt sich solche Mühe, aber manches fällt ihm furchtbar schwer."

„Was denn zum Beispiel?" fragte Opa.

„Na, das Auswringen der Wäsche."

Das ließ Opa sich durch den Kopf gehen. Welche Schwierigkeiten Onkel Charlie die Wäsche machte, hatte er selbst schon gemerkt.

„Weiß nicht, was wir daran ändern könnten", sagte er bedächtig und wandte sich mit einem freundschaftlichen Klaps von dem guten alten Mac ab. „Weder du noch ich haben während der Aussaat Zeit für die Wäsche."

„Ja, ich weiß", sagte ich und drehte mir einen Holzeimer um, damit ich ihn als Sitzgelegenheit benutzen konnte. „Ich hab' mir so meine Gedanken darüber gemacht, und ich meine fast, es wird Zeit für moderne Geräte."

„Moderne Geräte?" Opa hielt nicht viel von neumodischer Technik.

„Ich meine 'ne Waschmaschine", erklärte ich ihm. „Da ist so 'ne Art Mangel dabei. Man gibt die Wäschestücke hinein und dreht die Kurbel. Das Wasser wird automatisch ausgewrungen."

Waschmaschinen waren Opa nichts Neues. Es gab sie schon seit mehreren Jahren. Nur, daß Opa sie einfach für unnötig gehalten hatte – jedenfalls bis jetzt.

Ich wartete ab. Daß Opa sich bei solchen Entscheidungen nicht drängen ließ, wußte ich genau. Er kaute auf einem Strohhalm herum und überlegte dabei.

„Lou hat auch eine", gab ich schließlich doch zu bedenken.

„Die hat's auch dringend nötig", sagte Opa. „Hat schließlich lauter weiße Hemdchen und Kleidchen und Windeln zu waschen."

„Lou hatte ihre Maschine schon längst, bevor sie Windeln zu waschen hatte."

„Und läuft sie gut, die Maschine?" erkundigte Opa sich zu meiner Überraschung.

„Erstklassig", bestätigte ich ihm. „Hab' sie ja selbst schon betätigt. Also, du stehst davor – es geht auch im Sitzen – und drehst die Kurbel vor- und rückwärts. Die Dreharme waschen die Wäschestücke. Wenn du lange genug gewaschen hast, holst du die Wäsche raus und gibst sie durch die Mangel, spülst sie in 'ner Wanne mit klarem Wasser aus und wringst sie noch einmal in der Mangel aus. Fertig."

Opa nahm sich den Strohhalm aus dem Mund und lockte eine der Stallkatzen damit. Die Katze schnappte mit den Pfoten danach. Es war ein lustiges Spiel für sie. Den Strohhalm bekam sie nicht zu erwischen: Opa war ihr immer um Sekundenbruchteile voraus.

„Na, weißt du, ich überleg's mir, Junge", sagte Opa schließlich. Mehr an Zugeständnis hätte ich gar nicht erwarten können.

Meiner Meinung nach gehörte noch einiges andere an Neuerungen auf die Farm, aber ich hielt es für klüger, nicht gleich mit der Tür ins Haus zu fallen, sondern schön schrittchenweise vorzugehen. Vorerst war es mir am wichtigsten, Onkel Charlie den Waschtag zu erleichtern.

Wir machten uns auf den Rückweg zum Haus. Unterwegs begutachteten wir den Abendhimmel, um daran das Wetter für morgen abzulesen.

„Wie steht's auf dem östlichen Feld?" wollte Opa wissen.

„Morgen werd' ich wohl fertig", antwortete ich. „Vorausgesetzt, das Wetter hält sich."

„Sieht mir ganz danach aus", meinte Opa, die Augen auf

den Horizont geheftet. „Die Aussaat kriegen wir wohl rechtzeitig über die Bühne. Die Ernte dürfte ganz stattlich ausfallen."

Als wir ins Haus gingen, war Onkel Charlie immer noch mit dem Geschirrspülen zugange.

„Was fehlt Mac denn?" fragte er.

„Gar nichts", antwortete Opa gelassen. „Josch wollte nur wissen, ob wir seinen Huf 'n Stück kürzer feilen sollten. War aber eigentlich nur 'n Vorwand."

Ich wich Onkel Charlies Blick aus und wusch mir die Hände, damit ich beim Geschirrtrocknen helfen konnte.

„Hat was ganz anderes auf dem Herzen gehabt", fuhr Opa fort. „Er findet's schlimm, wie du dich am Waschtag mit dem Auswringen herumplagst. Meint, du brauchst eine von diesen neumodischen Maschinen."

Ich hätte im Boden versinken mögen. Opa tat ja gerade so, als hätte ich Onkel Charlie als Weichling oder Heulsuse hingestellt. Dabei hatte ich's ganz anders gemeint, aber wenn Onkel Charlie es so auffaßte, konnte ich meine Idee gleich auf der Stelle begraben.

„Hab' selbst schon mit dem Gedanken gespielt", sagte Onkel Charlie langsam. „Hab' Lou dabei zugesehen, wie sie ihre bedient hat. Praktisches Gerät, so 'ne Waschmaschine."

Opa nickte nur, als wäre er nicht die Bohne überrascht.

„Das gleiche meint Josch auch", sagte er zu Onkel Charlie. „Vielleicht sollten wir uns mal darum kümmern. Haben wir das Geld für so 'n Ding?"

Opa hatte sich noch nie mit den alltäglichen Ausgaben für Farm und Haushalt befaßt; das war Onkel Charlies Aufgabe. Buchhalten konnte man's eigentlich nicht nennen, weil wir gar keine Bücher führten, aber Onkel Charlie wußte immer bis auf den Penny genau, wo unser Geld geblieben war.

„Wenn wir wirklich eine bestellen wollen, dann haben wir auch das Geld dazu", antwortete er. „Wir haben ein bißchen für besondere Anschaffungen übrig. Hatten eigentlich 'n paar Schweine anschaffen wollen ..."

„Das kann warten", fand Opa.

„Schon möglich, daß wir beides hinkriegen", fuhr Onkel Charlie fort, „aber wenn der Ernte was passieren sollte, säßen wir auf dem Trockenen. Angenommen, es gibt 'nen kräftigen Hagelschauer, und die Ernte geht uns in die Binsen. Dann hätten wir keine Rücklagen."

Onkel Charlie spülte weiter, und ich trocknete das Geschirr ab und stellte es ins Regal zurück.

„Allzu knapp dürfen wir nicht kalkulieren", gab Opa ihm recht. „Das hat keinen Zweck. Mit den Schweinen können wir uns ruhig noch Zeit lassen."

In meinem ganzen Leben auf der Farm hatte ich Opa und Onkel Charlie noch nie so offen über Geld reden gehört wie jetzt.

„Wir haben noch das, was wir für Josch auf die hohe Kante gelegt haben", fuhr Onkel Charlie fort. „Wo er dieses Jahr noch kein Studium anfängt ..."

„Vielleicht fängt er im Herbst ja doch noch eins an", fiel Opa ihm ins Wort. „Wir wollen auf keinen Fall ins Hintertreffen gelangen. Nein, das Geld bleibt, wo's ist."

„Dann haben wir noch unsere Ersparnisse ..."

„Davon rühren wir keinen Penny an", bestimmte Opa. „Wir haben schwer dafür geschuftet, und wir werden's nicht einfach ausgeben."

Onkel Charlie nickte seine Zustimmung. Ich hatte bis jetzt nicht das geringste von den Ersparnissen und dem Geld für meine Ausbildung gewußt.

„Wieviel kostet denn so 'ne Waschmaschine?" fragte Opa.

„Weiß nicht", sagte Onkel Charlie. „Ich erkundige mich, wenn ich das nächste Mal in die Stadt komme."

Die beiden schienen ganz und gar vergessen zu haben, daß ich auch noch da war. Ich trocknete das Geschirr ab und räumte es unter geräuschvollem Klappern ins Regal zurück. Als das nicht zu helfen schien, räusperte ich mich. Doch die beiden Männer ließen sich auch dadurch nicht beirren.

„Wenn du was findest, das dir zusagt, dann bestell doch am besten gleich eine", schlug Opa Onkel Charlie vor. Onkel Charlie nickte.

„Hast du 'ne Ahnung, wie lange es dauert, bis sie geliefert wird?“ Opa schob einen Küchenstuhl zurück und setzte sich, um seine Stallstiefel auszuziehen und in seine Pantoffeln zu schlüpfen.

„Nee, weiß nicht“, antwortete Onkel Charlie.

Wieder räusperte ich mich. Ich war zufällig dabeigewesen, als Onkel Nat die Waschmaschine für Tante Lou bestellt hatte. Ich wußte, wieviel er bezahlt hatte und wie lange die Lieferzeit gewesen war. Aber ich war ja nicht gefragt worden, und ich redete nicht gern dazwischen.

„Haste Halsschmerzen, Junge?“ fragte Opa.

Halb verärgert, halb verlegen schüttelte ich den Kopf.

Jetzt drehte Onkel Charlie sich zu mir um.

„Weißte noch zufällig, wieviel Nat für Lous Maschine bezahlt und wie er überhaupt eine ausgesucht hat?“ fragte er mich.

Bis ich den beiden alles, was ich zu diesem Thema wußte, gründlich auseinandergesetzt hatte, hatten sie sich schon ein Modell ausgesucht und beschlossen, daß Onkel Charlie gleich am nächsten Morgen in die Stadt fahren sollte, um sich eine Waschmaschine zu bestellen. Zufrieden stieg ich die Treppe zu meinem Zimmer hinauf. Ich hatte doch tatsächlich eine kleine Verbesserung auf der Farm herbeigeführt!

Mehr Kopfzerbrechen auf der Farm

In diesem Frühjahr und Sommer hatte ich alle Hände voll zu tun, so daß ich kaum noch in die Stadt kam. Wenn die Sonntage nicht gewesen wären, dann wäre Sarah Jane herangewachsen, ohne daß ich's gemerkt hätte. Auch so erschien sie mir jeden Sonntag, wenn ich sie sah, ein ganzes Stück größer und kräftiger und aufgeweckter als beim letzten Mal.

Bald quittierte sie jede Aufmerksamkeit mit einem breiten Lächeln und ihrem babyhaften Gurren und Babbeln. Oft lag sie einfach nur zufrieden da und quietschte vergnügt vor sich hin. Ihr dunkles Haar fiel nach und nach aus, und als ihr neues Haar nachwuchs und dichter wurde, war es von einem weichen Goldbraun. Auch ihre Augen veränderten sich; sie wurden heller und zeigten ein deutliches Blau.

Wie Sarah äußerlich Fortschritte machte, so wuchs Mary innerlich in ihrem Glaubensleben. Willi holte sie immer noch zum Gottesdienst ab, aber jetzt brachte er auch ihre Mutter mit. Darüber war Mary sehr froh, und Frau Turley schien es in unserer Kirche gut zu gefallen.

Willi freute sich schon auf den Herbst, wenn er mit seiner Ausbildung anfangen sollte. Immer wieder bekam er Briefe, in denen stand, welche Kurse er besuchen und was er alles mitbringen sollte. Mit jedem neuen Brief kam er gleich zu mir, um ihn mir zu zeigen. Meistens fand er mich auf einem der Felder, wo ich bei der Aussaat war, pflügte oder Heu machte.

Wir sprachen zwar von einer Angelpartie, aber daraus wurde dann doch nichts. Es gab so viel zu tun, daß uns die Zeit dazu fehlte. Kaum hatte ich eine Arbeit fertig, als die nächste schon fast überfällig war. Ich hatte gar nicht gewußt, daß eine Farm einen so in Trab halten konnte.

Opa meinte, ich sollte mir ruhig mehr Zeit bei der Arbeit lassen, aber ich sah immer mehr, was erledigt werden mußte. Es dauerte nicht lange, bis ich auf Sachen stieß, die in den letzten paar Jahren ziemlich vernachlässigt worden waren. Die Farmarbeit war Opa und Onkel Charlie wohl hier und da über die Kräfte gegangen. Ich konnte mich noch gut an die Zeit erinnern, als weder der eine noch der andere der beiden solche Zustände geduldet hätte.

Tante Lou und Onkel Nat hatten allerhand mit der Gemeinde zu tun und kamen deshalb nicht allzuoft zu uns auf die Farm. An einem Freitag besuchten sie uns aber dann doch zum Abendessen. Tante Lou kochte das Essen. Es schmeckte einfach fabelhaft. Onkel Charlie tat zwar sein Bestes, aber er brachte halt nur meistens Salzkartoffeln und Fleisch zustande.

„Wie kommst du denn mit der Arbeit zurecht, Josch?“ erkundigte Onkel Nat sich, als ich gerade den letzten Löffel von meiner zweiten Portion Zitronenpudding verputzt hatte.

„Gut“, sagte ich und kam mir dabei irgendwie erwachsen und wichtig vor. „Wir machen gerade Heu.“

„Und wie fällt es aus?“ Onkel Nat wohnte lange genug in einer Farmgegend, um zu wissen, daß von einer guten Heuernte eine Menge abhing.

Ich wurde ernster.

„Ich hatte mir besseres Heu erhofft“, sagte ich in aller Offenheit. „Weiß nicht mal, woran's liegt. Geregnet hat's eigentlich genug, aber das Heu wird wohl trotzdem dieses Jahr ziemlich dürftig ausfallen.“

Jetzt meldete sich auch Opa zu Wort.

„Der Boden wird wohl ausgelaugt sein“, vermutete er. „Wir bebauen ihn ja schon seit Jahren. Das Heufeld ernten wir jetzt schon seit fast vierzig Jahren ab. Kein Wunder, wenn der Boden da ausgelaugt ist.“

„Brauchst du morgen einen, der mit anfaßt?“ erbot sich Onkel Nat. „Einen Tag könnte ich nämlich erübrigen.“

„Klar“, grinste ich. „Auf dem Heuhaufen kann ich gut Hilfe gebrauchen.“

„Gut. Ich komme.“

„Und ich gebe euch das Mittagessen mit aufs Feld“, versprach Tante Lou. „Ihr müßt mir schließlich helfen, die Reste von diesem Brathähnchen zu verspeisen.“

Als ich an diesem Abend die Treppe zu meinem Zimmer hinaufstieg, freute ich mich schon auf morgen. Onkel Nat würde mir beim Heumachen eine große Hilfe sein, und obendrein war ich gern in seiner Gesellschaft.

Der Tag war heiß. Nat und ich schwitzten schon am frühen Vormittag in der Sonne. Zur Mittagszeit ließen wir uns mit unserem Essenskorb im Schatten der Bäume am Bachufer nieder. Nachdem wir die Pferde am Bach getränkt hatten, banden wir sie fest und gaben ihnen ihr Futter. Dann setzten wir uns in das kühle Gras im Schatten einer hohen Pappel.

Onkel Nat sprach ein Dankgebet. Dann holten wir die Hähnchenreste und die übrigen leckeren Sachen hervor, die Tante Lou uns eingepackt hatte, und unterhielten uns dabei. Nach einer Weile sah Onkel Nat mir geradewegs ins Gesicht und fragte: „Wie geht's dir denn eigentlich, Josch? Hast du Spaß am Farmerdasein für einen Sommer?“

„Klar“, antwortete ich. „Ich komme ganz gut zurecht.“

„Bist du deiner Antwort schon ein Stück näher?“

Ich zögerte.

„Du meinst ... mit meinen Zukunftsplänen?“

Onkel Nat nickte, und ich schüttelte den Kopf.

„Macht dir das immer noch zu schaffen?“

„Ja, manchmal schon“, antwortete ich der Ehrlichkeit halber. „Wenn ich näher darüber nachdenke, dann wurmt's mich ziemlich arg.“

„Hast du vor, im Herbst irgendein College zu besuchen?“

„Das ist es ja gerade“, sagte ich. „Eigentlich wollte ich Opa nur bei dieser einen Aussaat helfen und das Heu für ihn machen. Wenn das Heu aber in der Scheune ist, dann muß das Grünfutter geschnitten werden, und danach kommt die Ernte. Es hört einfach nie auf. Ich wüßte gar nicht, wann ich fortgehen sollte.“

Onkel Nat nickte.

„Und dann ist da noch was“, fuhr ich fort. „Es gibt hier

auf der Farm so einiges, was gründlich überholt werden müßte. Ich hab' bis jetzt nichts davon gewußt, aber ich glaube, die Farm wird Opa und Onkel Charlie einfach zuviel." Ich hoffte von ganzem Herzen, daß Onkel Nat verstehen würde, wie ich's gemeint hatte. Ich wollte nämlich keinesfalls an den beiden Männern Kritik üben. Immerhin war ich nicht so dumm, um zu vergessen, daß sie viel besser in der Farmwirtschaft Bescheid wußten als ich.

„Das ist mir auch aufgefallen", lautete Onkel Nats Kommentar.

In meiner Vermutung bestärkt, redete ich weiter.

„Nehmen wir die Heuernte zum Beispiel", sagte ich. „Opa wird wohl recht haben: Der Boden ist einfach ausgelaugt. Trotzdem muß er noch für viele Jahre herhalten. Mehr an Boden haben wir nicht, Nat. Wir müssen uns mit dem begnügen, was Gott uns gegeben hat. Was sollen wir tun? Sollen wir das Feld restlos kaputtwirtschaften?"

Das war eine schwierige Frage, die mir in letzter Zeit viel Kopfzerbrechen bereitet hatte.

„Es gibt Mittel und Wege, um den Boden aufzubessern", sagte Onkel Nat und nahm sich noch ein belegtes Brot.

Ich horchte auf.

„Wirklich? Wie denn?"

„Als Laie kenne ich mich da auch nicht genau aus, aber ich kenne jemanden, der Bescheid weiß."

„Wen?"

„Randall Thomas heißt er; er wohnt etwa sieben Meilen vor der Stadt", erklärte Onkel Nat. „Ich wurde neulich dorthin gerufen, als seine Mutter im Sterben lag. Sie hatte um den Besuch eines Pastors gebeten. Weiß nicht mal, warum. Ich habe sogar noch von ihr gelernt. Eine fromme Frau war sie, ein wahres Vorbild."

Im Moment lag mir weniger an frommen alten Frauen, die wahrscheinlich längst im Himmel waren, als an dem Farmer, von dem Onkel Nat gesprochen hatte.

„Also, dieser Mann hat sich mit der Bodenbeschaffenheit befaßt. Er sagte, der Boden läßt sich durch ... wie hat er's auch wieder genannt? Ach ja, Fruchtwechsel. Der Boden läßt sich durch Fruchtwechsel aufbessern. Man pflanzt in bestimmten Abständen unterschiedliches Saatgut auf dem Feld an. Hochinteressant, was er zu sagen hatte."

Ich hörte aufmerksam zu. Demnach gab es also tatsächlich bessere Methoden in der Farmwirtschaft!

„Meinst du, ob er auch mal mit mir reden würde?" fragte ich. In den Augen vieler Leute galt ich immerhin noch als Grünschnabel; das wußte ich.

„Bestimmt. Ich soll mich nur jederzeit an ihn wenden, wenn ich seine Hilfe brauchen sollte, hat er zu mir gesagt – als Dank dafür, daß ich einen Hausbesuch bei seiner Mutter gemacht habe."

Ich sog Luft durch die Zähne ein.

„Wann willst du denn zu ihm?" fragte Onkel Nat.

„Na, ich weiß nicht. Muß erst das Heu in die Scheune kriegen, und dann das Grünfutter ..."

„Und dann die Ernte", nahm Onkel Nat mir ab.

„Aber ich würde trotzdem gern mit ihm reden", sagte ich. „Nächstes Frühjahr möchte ich's nämlich bei der Aussaat besser machen, und ..."

Onkel Nat sah mich erstaunt an.

„Dann willst du nächstes Jahr also auch auf der Farm bleiben?"

Ich zuckte mit den Achseln.

„Denke schon. Ich weiß ja immer noch nicht, was ich sonst anfangen soll, und Opa braucht mich, und ..." Ich geriet ins Stocken. Eine Weile schwieg ich. Dann fragte ich zögernd: „Oder habe ich alles ganz falsch angefangen? Glaubst du, daß ich mich mehr anstrengen müßte, um herauszufinden, was Gottes Wille für mein Leben ist? Es ist ja nicht, als wollte ich's nicht wissen, oder als wollte ich ihm nicht gehorsam sein."

„Bist du denn hier glücklich?" fragte Onkel Nat daraufhin.

„Hm, ich denke schon."

„Du fühlst dich nicht fehl am Platze, und du hast auch keine Schuldgefühle?"

„Nein." Das konnte ich in aller Aufrichtigkeit so sagen. Ich rätselte zwar viel an meiner Zukunft herum, aber Schuldgefühle hatte ich nicht.

„Dann würde ich das als Gottes Bestätigung deiner Tätigkeit werten, Josch“, sagte Onkel Nat. „Mir scheint, du darfst getrost mit der Farmwirtschaft weitermachen, jedenfalls vorläufig. Wenn Gott einen anderen Weg für dich hat, wird er dir das zeigen. Da bin ich mir ganz sicher.“

Es tat gut, das von Onkel Nat zu hören.

Wir packten unsere Utensilien wieder in den Korb und gingen an den Bach, um einen Schluck Wasser zu trinken.

Als wir die Pferde holen gingen, kam Onkel Nat nochmals auf unser Gespräch zurück. „Josch, solange du hier bist, tust du dein Bestes als Farmer, ja? Sieh zu, daß du etwas über den Boden lernst, über die Viehwirtschaft und über Erträge. Halte die Weidezäune und Gebäude in Ordnung. Behandle deine Geräte so, daß sie noch viele Jahre lang zu gebrauchen sind. Bemühe dich, deine Sache so gut wie möglich zu machen, mein Junge, weil Gott von einem Farmer genauso wie von einem Pfarrer und allen anderen Berufen erwartet, daß wir unser Bestes tun.“

Ich nickte ernst. Zwar wußte ich nicht, wieviel Zeit Gott mir geben würde, um Opas heruntergekommene Farm wieder auf Vordermann zu bringen, bevor er mich zu meinem eigentlichen Beruf führen würde, aber eins wußte ich genau: Ich würde mit Leib und Seele bei der Sache sein, bis ich Gottes Wink in eine andere Richtung erkannte.

Sonntag

Willi kam, um sich von mir zu verabschieden, bevor er die lange Bahnreise an seinen Studienort antrat. Vor lauter Aufregung redete er unentwegt, und beinahe beneidete ich ihn wegen seiner Berufung. Daß ich ihn vermissen würde, stand fest. Ohne Willi würde das Leben für mich ganz anders aussehen.

„Du schreibst mir doch, oder?“ fragte Willi.

„Klar!“

„Ich schicke dir meine Adresse, sobald ich 'ne Unterkunft habe“, versprach er.

„Schreib mir, wie's zugeht an der Bibelschule.“

„Ehrensache. Ich berichte dir alles haarklein.“

„Was ... was wird denn jetzt aus Mary?“ fiel mir plötzlich ein. Ich machte mir Sorgen um sie und ihre Mutter.

„Was soll denn aus ihr werden?“

„Na, ich meine die Kirche. Wie kommen sie denn von jetzt an zur Kirche?“

„Mary fährt selbst. Ich hab' ihr zwar gesagt, daß sie vielleicht auch bei dir mitfahren könnte, aber Mary wollte ihre Mutter lieber selbst kutschieren.“

„Gut“, sagte ich und fügte hastig hinzu: „Hätten aber auch gern bei mir mitfahren können.“

„Ja, ich weiß, aber Mary ist ziemlich selbständig in allem.“

Eine Weile schwiegen wir beide. Dann sagte Willi: „Paß gut auf sie auf, Josch! Sie ist 'n prima Mädchen.“

Ich sah Willi an, als ob ich sagen wollte: „Siehste! Ich hab's doch gleich gewußt!“, aber er schien's nicht bemerkt zu haben.“

„Sie ist die erste, die ich zu Jesus führen konnte, weißt du“, fuhr er fort und fügte dann leiser hinzu: „Ich kann mich oft nur über sie wundern. Sie weiß jetzt schon so manches über das Christsein, was mir nach all den Jahren als Gläubiger noch neu ist."

Ich nickte. Mary war uns tatsächlich ein gutes Vorbild.

„Hab' Carmen gestern am Bahnhof verabschiedet", sagte Willi dann plötzlich. Mein Kopf fuhr in die Höhe. Ich hatte gehofft, mich nach ihrem Abreisetag umzuhören, damit ich mich selbst am Bahnhof von ihr verabschieden könnte, aber die Farm hatte mich zu sehr in Trab gehalten. Irgendwie versetzte es mir einen sonderbaren Stich. Ich wußte nicht mal, was ich Willi darauf entgegnen sollte.

„Sie war vor Vorfreude ganz aus dem Häuschen", fuhr Willi fort.

Das konnte ich mir bei Carmen gut vorstellen.

„Ihr Vater schien auch von Freude gepackt zu sein – oder vielleicht war's auch Stolz oder so was Ähnliches, aber ihre Mutter schaute ziemlich bekümmert drein, als wüßte sie nicht so recht, ob sie auch die richtige Entscheidung getroffen hätten."

Am liebsten hätte ich gefragt, wie Carmen ausgesehen hatte, welche Frisur und was für ein Kleid sie getragen hatte und dergleichen mehr, damit ich mir ein besseres Bild von ihr machen konnte, aber das ließ ich dann doch lieber bleiben.

„Sie hatte ja genug Koffer und Taschen für zehn Leute bei sich", sagte Willi lachend. „Ich glaub', ihre Mutter hat ihr sogar noch einen Korb voll Eßwaren mitgegeben."

Ich sagte nichts, und Willi dachte wohl, ich hätte nicht begriffen, worum's ihm ging.

„Man bekommt doch im Zug genug zu essen, weißt du."

Nein, das hatte ich nicht gewußt. Ich war noch nie im Leben mit der Eisenbahn gefahren, aber meine Unwissenheit wollte ich Willi nicht auf die Nase binden.

„Sie wußte noch nicht, ob sie zu Weihnachten nach Hause kommt oder nicht", sagte Willi und beantwortete damit die Frage, die mir auf den Nägeln gebrannt hatte.

„Und du?" fragte ich und tat so, als wäre das für mich gerade wichtiger als alles andere auf der Welt.

Willi schüttelte bedächtig den Kopf. Er machte ein ernstes Gesicht.

„Ich tät's ja gern, aber die lange Fahrt ist viel zu teuer. Bis Weihnachten bin ich bestimmt reif für ein paar vertraute Gesichter. Vier Monate ist ganz schön lange für einen, der zum ersten Mal von zu Hause fortgeht, meinst du nicht auch?"

Ich nickte.

„Aber jetzt muß ich gehen!" Damit streckte mir Willi die Hand zum Abschied entgegen, und ich reichte ihm meine. Dann vergaßen wir beide, daß wir erwachsene Männer waren, die einander Lebewohl sagten. Statt dessen dachten wir daran, daß wir seit eh und je als Freunde miteinander durch dick und dünn gegangen waren. Die Monate, die jetzt vor uns lagen, würden uns mächtig lang werden. Aus dem Händeschütteln wurde eine herzliche Umarmung.

Als Willi losgeritten war, machte ich mich wieder an die Arbeit auf dem Feld, so schwer mir das auch fiel. Meinen besten Freund davonreiten zu sehen und zu wissen, daß er bald die Bibelschule besuchen würde, das verursachte mir ein komisches Gefühl in der Magengegend. Auch die Tatsache, daß Carmen schon abgereist war, ohne daß ich mich von ihr verabschieden konnte, diente nicht gerade zu meiner Aufheiterung. Ich hatte mich noch nie im Leben so einsam gefühlt wie gerade jetzt.

Es dauerte nicht lange, bis Willis erster Brief ankam. Willi schien vor lauter neuen Eindrücken fast zu platzen; der Brief war mehrere Seiten lang. Ich las ihn ein ums andere Mal und versuchte mir vorzustellen, wie es wohl sein mochte, so weit von zu Hause weg zu sein.

Von Carmen erwartete ich keine Post, obwohl ich mich über einen Brief von ihr mächtig gefreut hätte. An einem Sonntag allerdings, als der Rest meiner Familie nach dem Mittagessen bei Tante Lou noch gemütlich bei 'ner Tasse Kaffee zusammensaß, machte ich einen kleinen Spaziergang. Ich ging bei den Foggelsons vorbei und hoffte dabei, Carmens Mutter mehr oder weniger zufällig zu begegnen. Es dauerte zwar eine ganze Weile und mehrere Runden durch die Nachbarschaft, aber schließlich sah ich sie dann doch. Sie begoß gerade ihre Ringelblumen. Ich zog meine Kappe und begrüßte sie, wie sich's für einen höflichen jungen Mann gehörte. Dann erkundigte ich mich beiläufig nach Carmen.

Die Tränen stiegen ihr in die Augen. Sie versuchte, sie wegzublinzeln. Ich war erschrocken. Einen Moment befürchtete ich, es könnte Carmen etwas Schlimmes zugestoßen sein, aber als sie dann antwortete, begriff ich, daß sie wohl einfach nur Sehnsucht nach ihrer Tochter hatte. Sie versuchte zu lächeln.

„Carmen ist begeistert von allem: dem Stadtleben, ihrer Ausbildung und ihren neuen Freundinnen. Sie ist zum ersten Mal selbständig." Dann fügte sie nachdenklich hinzu: „Sie ... sie hat zwar nichts davon geschrieben, aber ich habe den Eindruck, daß sie etwas Heimweh hat."

Wieder kamen ihr die Tränen, aber sie lächelte tapfer.

„Ich hoffe ja beinahe, daß es so ist", sagte sie sehnsüchtig wie zu sich selbst. „Ich vermisse sie jedenfalls sehr."

Ich wartete einige Sekunden und stellte ihr dann die Frage, die mir besonders auf dem Herzen lag.

„Kommt sie zu Weihnachten nach Hause?"

„Nein. Ihr Vater meint, sie soll lernen, selbständig und unabhängig von ihren Eltern zu werden. Die Reise wäre viel zu lang, sagt er. Damit hat er bestimmt recht, aber ... Ach, welch ein trostloser Gedanke: Weihnachten ohne Carmen!"

Es überraschte mich, daß Herr Foggelson, der sehr an seiner einzigen Tochter hing, Carmen die Heimreise zu Weihnachten verwehren wollte.

„Mein Mann muß Ende November geschäftlich an die Ostküste reisen", fuhr Frau Foggelson fort. „Er wird dabei auch einen Abstecher nach New York machen, um Carmen zu besuchen und ihr ihre Geschenke zu bringen. Er findet, das reiche völlig aus."

Herr Foggelson sank schlagartig um Meilen in meiner Achtung. Er hatte Carmen schon immer als sein Privateigentum betrachtet, aber wie konnte er ihrer Mutter nur so etwas antun? Und ihren Freundinnen? Und Carmen selbst? Bildete er sich vielleicht ein, daß ihr mit seinem Auftauchen geholfen wäre, wenn sie wirklich an Heimweh litt?

Mir fehlten die Worte. In mir brodelte die Wut. Ich

wandte mich von den Tränen in Frau Foggelsons Augen ab und starrte statt dessen auf den Ahornbaum in der Ferne, dessen kahle Arme leer in das Grau des Herbsthimmels hinaufragten.

Endlich fand ich meine Stimme wieder. Ich rang mir sogar ein Lächeln ab. Frau Foggelson tat mir so leid wie noch nie. Dieser Kerl, ihr Mann, hatte ihr schon so viel fortgenommen: ihren Glauben, ihr Selbstvertrauen und jetzt auch noch ihr einziges Kind. Welche Entschuldigung würde er wohl am Tag des Jüngsten Gerichts vorzubringen haben?

Ich lächelte und nahm meine Mütze nochmal ab.

„Ich melde mich irgendwann wieder bei Ihnen", versprach ich und stotterte dann: „Natürlich nur, wenn Sie nichts dagegen haben."

„Das würde mich sehr freuen, Josch. Ich brauche jemanden, mit dem ich sprechen kann, und einer von Carmens Freunden ..."

Sie beendete den Satz nicht, aber ich glaube, ich verstand auch so, was sie sagen wollte. „Einer von Carmens Freunden ..." Diese Worte hallten noch in mir nach, als ich meine Kappe ein letztes Mal antippte und mich dann auf den Heimweg machte.

„Josch?" rief Frau Foggelson mir leise nach.

Ich drehte mich um.

„Bete weiter, ja?" Es klang beinahe flehend.

Ich nickte und schluckte. Zwar wußte ich nicht genau, ob ich für Carmen oder für sie selbst beten sollte oder dafür, daß sie Carmen bald wiedersah – aber beten würde ich. Oft und lange würde ich beten, nahm ich mir vor. Wer so einen rücksichtslosen Schuft wie Herrn Foggelson als Ehemann hatte, der brauchte viel Fürbitte.

Ich war noch immer ziemlich aufgebracht, als ich wieder bei Tante Lou und Onkel Nat ankam. Ich überlegte sogar, ob ich einfach an ihrem Haus vorbeigehen sollte, um noch eine Weile für mich allein zu sein, aber dann fiel mir ein, daß mir bis zur abendlichen Stallrunde nicht mehr allzuviel Zeit bleiben würde, weshalb ich in den Hof vor dem Pfarrhaus einbog.

Die kleine Sarah war gerade gefüttert worden, als ich ins

Haus kam. Sie war bei bester Laune, und Tante Lou reichte sie mir auf den Schoß, weil sie genau wußte, daß ich sie sonst darum gebeten hätte. Sarah gurrte und versuchte sogar zu lachen. Dann tat sie das Unverzeihliche: Sie entlud ihre frisch eingenommene Mahlzeit auf mein Sonntagshemd.

Tante Lou sprang auf, um ein feuchtes Tuch zu holen, und Onkel Nat nahm Sarah schnell von meinem Schoß. Sosehr ich an Sarah hing, so konnte ich den Geruch und das feuchtwarme Gefühl von Erbrochenem auf meinem Hemd nun mal nicht ausstehen. Vor lauter Ekel muß ich wohl eine Grimasse gezogen haben, so daß alle lachten und sich über mich lustig machten.

Tante Lou wischte mir das Hemd sauber, so gut es ging, und entschuldigte sich für das Mißgeschick. Sie erbot sich, mir das Hemd zu waschen, aber ich hatte keinen Ersatz bei mir. Na wenn schon! Eigentlich sollte ich ja Manns genug sein, um mich von ein paar Flecken im Hemd nicht gleich aus der Ruhe bringen zu lassen, dachte ich.

Das schmutzige Hemd war der Anlaß, daß Onkel Charlie und seine dringend benötigte Waschmaschine wieder zur Sprache kamen. Aus unseren Plänen, eine zu besorgen, war bis jetzt noch nichts geworden.

Onkel Nat erklärte sich bereit, sich um die Bestellung der Waschmaschine zu kümmern. Opa und ich waren erleichtert. Bald würde Onkel Charlie es am Waschtag leichter haben – besonders nach meinen Sonntagsbesuchen bei der kleinen Sarah!

Eine Weile später verkrümelte ich mich unauffällig und ging in das Zimmer, in dem ich so viele Jahre lang gewohnt hatte. Die Tür stand offen, und das Zimmer sah ganz anders als früher aus. Tante Lou hatte alles ordentlich und hübsch hergerichtet. Neue Gardinen hingen am Fenster, zierliche weiße Gardinen, nicht von der Art, wie ein Junge sie sich ausgesucht hätte. Mir waren meine alten braunen Gardinen lieber gewesen, obwohl diese hier auch ganz nett aussahen. Kleine Zierkissen lagen auf dem Bett. Mir wären sie bloß im Weg gewesen.

So stand ich da und sah mich um und dachte dabei an die

vergangenen Jahre zurück. Schließlich schob ich die Tür mit der Fußspitze zu und kniete mich vor das Bett.

„Vater“, begann ich, „du weißt, welche Gedanken mir wegen Carmen durch den Kopf gehen und wie leid Frau Foggelson mir tut. Also, im Moment bin ich zu wütend, um für Herrn Foggelson zu beten, aber ich möchte dich bitten, Carmen zu bewahren. Hilf ihr doch, Jesus persönlich kennenzulernen ...“

Während ich für Carmen und ihre Mutter betete, legte sich mein Zorn nach und nach. Ich sah ein, daß ich die falsche Einstellung gehabt hatte.

„Herr Foggelson ist ein selbstsüchtiger Mann, der einfach über seine Familie bestimmt. Er braucht dich, genau wie alle anderen. Hilf ihm doch, Herr Jesus, daß er dich als seinen Heiland findet. Und hilf mir, ihm zu vergeben.“

Als ich Amen gesagt hatte, konnte ich wieder an die Foggelsons denken, ohne dabei wütend zu werden.

Ich stand auf und ging in den Flur. Durch den Türspalt spähte ich in Tante Lous und Onkel Nats Schlafzimmer, wo die kleine Sarah inzwischen friedlich in ihrer Wiege schlief. Niedlich sah sie aus, wie sie dalag: einen Deckenzipfel in der einen Hand und die andere, zu einem winzigen Fäustchen geformt, an ihrer Wange. Die Haare ringelten sich, eine Spur feucht, dicht um das kleine Köpfchen. Sie waren schon viel heller geworden; irgendwann würden sie vielleicht die gleiche Farbe wie Tante Lous Haare haben.

Ich zog ihr die Decke glatt und strich ihr leicht über das Köpfchen. Sie regte sich nicht einmal. Wenn Sarah schlief, dann war sie durch nichts aufzuwecken. Tante Lou war froh darüber. In einem Pfarrhaus war immer etwas los; wenn die Kleine einen leichten Schlaf gehabt hätte, wäre sie wohl nie richtig zur Ruhe gekommen.

Ich hörte Geräusche von der Küche her. Das bedeutete, daß Opa und Onkel Charlie sich bald wieder auf den Heimweg machen wollten. Ich flüsterte dem schlafenden Baby ein paar Worte zu und ging das Gespann holen, während die beiden Männer sich verabschiedeten.

Winter

In diesem Herbst hatte ich so viel zu tun, daß ich kaum Zeit hatte, an Willi und Carmen zu denken. Oft hatte ich das Gefühl, an drei Stellen gleichzeitig gebraucht zu werden. Es gab eine Unmenge Arbeit und nur zwei, die sie tun konnten, nämlich Opa und mich.

Auch Opa war nicht mehr so flink wie früher. Erst jetzt, wo ich den ganzen Tag mit ihm arbeitete, fiel mir auf, wie schwer er sich mit allem tat. Ich hätte ihm die ganze Arbeit nie allein zumuten dürfen, während ich in der Stadt zur Schule gegangen war; ich hätte ihm einen Teil der Last abnehmen sollen. Vielleicht wäre dann vieles nicht so vernachlässigt worden.

Aber im Grunde wußte ich genau, daß die beiden Männer das nie zugelassen hätten. Sogar jetzt war noch die Rede von meinem Beruf, und ich bekam eingeschärft, nur nicht zu zögern, sobald ich Gottes Führung verspürte, was mein „eigentliches Lebensziel" betraf.

Ich fragte mich ziemlich häufig, ob sich Gottes Führung wohl schon irgendwo abzeichnete, aber zuweilen ertappte ich mich auch dabei, wie ich mit Gott verhandelte.

„Hat's noch Zeit damit, Herr, bis ich den Weidezaun geflickt habe?" betete ich dann. „Vater im Himmel, habe ich noch genug Zeit, bis die Ernte eingebracht ist?" Und bei jeder Frage glaubte ich, Gottes Einverständnis zu spüren.

Onkel Charlies Waschmaschine wurde Mitte Oktober geliefert. Ich hatte nicht geahnt, wieviel sie ihm bedeutete, bis ich ihm dabei zuschaute, wie er sie freudestrahlend aus der Frachtkiste befreite. Liebevoll strich er über die Mangel, schwenkte den Hebel ein paarmal hin und her und grinste über das ganze Gesicht. Die Waschmaschine war in der Tat eine hervorragende Anschaffung!

Das Wetter in diesem Herbst zeigte sich von der unbeständigen Seite. Kaum waren die Felder trocken genug, daß wir mit der Ernte ein Stück vorankommen konnten, als auch schon ein neues Unwetter losbrach und uns einen Strich durch die Rechnung machte. Vor lauter Mißmut flickte ich Zäune oder besserte die Scheunenwände aus oder spaltete Holz für unsere Wintervorräte.

Jeden Abend ging ich völlig abgekämpft zu Bett und schlief wie ein Murmeltier bis zum Morgen. Dann stand ich auf und schaute zuerst nach dem Wetter, bevor ich mich anzog und und mich wieder an die Arbeit machte.

Erst Ende November kam die Dreschmannschaft zum letzten Mal zu uns, so daß wir den Rest der Ernte eingebracht bekamen. Wegen der Regenfälle war die Qualität nicht so gut, wie wir sie uns erhofft hatten, aber wenigstens hatten wir das Getreide jetzt unter Dach und Fach. Auch unsere Heuernte war in diesem Jahr spärlich und minderwertig ausgefallen.

Opa machte einen gelösteren Eindruck. Die Furchen über seinen Brauen waren nicht mehr gar so tief. Opa hatte einen zu festen Glauben, um vor lauter Sorgen schlaflose Nächte zu verbringen, aber man merkte ihm doch an, daß ihm mit der letzten Erntefuhre ein Stein vom Herzen gefallen war.

Auch Onkel Charlie schien erleichtert zu sein. Dazu trug schon allein die Tatsache bei, daß er jetzt seine Küche endlich wieder für sich hatte. Wir hatten eine Nachbarsfrau und deren Tochter zu Hilfe geholt, um die Dreschmannschaft zu beköstigen. Onkel Charlie hätte die viele Arbeit nie allein geschafft; das wußten wir alle. Aber er war regelrecht froh, als die letzte Schüssel gespült und abgetrocknet im Regal stand und die Frauen endgültig nach Hause gegangen waren.

Jetzt konnte ich mich wieder anderen Arbeiten zuwenden: Es gab Holz zu spalten, Türangeln zu reparieren und den Gemüsekeller einzudämmen. Und ich betete oft.

Ich hatte geglaubt, bis zum Jahreswechsel für Gottes Ruf bereit zu sein, aber bald wurde mir klar, daß ich die Farm bis dahin unmöglich schon so weit in Schuß haben würde, um sie Opa und Onkel Charlie wieder in die Hände zu geben. Ich brauchte mehr Zeit, um alles auf Vordermann zu bringen. Gott schien keine Einwände zu haben. Ich fühlte mich keineswegs von ihm in eine andere Richtung geführt. Ganz im Gegenteil: Er schien mir zu zeigen, daß meine Arbeit auf der Farm noch längst nicht abgeschlossen war.

Und so legte ich mich fieberhaft ins Zeug, um vor dem ersten Schnee noch möglichst viel erledigt zu bekommen. Als der Schnee dann kam, fiel das Thermometer über Nacht fast um zwanzig Grad, und der Nordwind fegte so stürmisch über das Land, daß er mehrere Bäume entwurzelte. In dem wilden Schneegestöber konnte man kaum die Hand vor den Augen sehen. Ich war heilfroh, daß ich gerade vor kurzem noch das Hühnerhaus ausgebessert und frisches Stroh auf dem Boden ausgelegt hatte. Auch die Scheune war winterfertig. Nur der Schweinestall war noch übrig. Ich sorgte mich um die Schweine, besonders um das Mutterschwein mit seinen acht winzigen Ferkeln. Mit einer Ladung Heu wollte ich mich durch den Wind zum Schweinestall vorkämpfen.

Doch dieses Unternehmen erwies sich als zwecklos. Der Wind riß mir das Stroh von der Heugabel, sobald ich den ersten Schritt vor das Scheunentor gesetzt hatte. Nach mehreren Versuchen warf ich die Heugabel beiseite und packte das Stroh einfach mit den Armen. Auch das funktionierte nicht viel besser. Auf dem Weg zum Schweinestall zerrte der Wind an mir und riß mir das Stroh aus den Armen, so daß ich nur mit einem kümmerlichen Rest den Stall erreichte.

Ich versuchte es ein ums andere Mal, aber immer brachte ich kaum mehr als ein paar Halme in den kleinen Schuppen.

Schließlich gab ich's auf. Ich war außer Atem und fror in dem eisigen Sturm. Blieb nur zu hoffen, daß das bißchen Stroh, das ich den Schweinen gebracht hatte, sie wenigstens etwas vor der bitteren Kälte schützen würde.

Den größten Teil des Tages verbrachte ich damit, gegen den Wind anzukämpfen, um den Tieren Erleichterung zu verschaffen. Mehrmals wollten Opa und Onkel Charlie mich ins Haus rufen; ich hätte mein Bestes getan, und die

Tiere würden den Sturm schon überleben, meinten sie. Dessen war ich mir allerdings nicht so sicher, weshalb ich verbissen weitermachte.

Als der Tag endlich vorüber war und ich mit einem vollen Melkeimer wieder ins Haus kam, war ich restlos erschöpft.

Die Küche hatte noch nie so einladend geduftet wie heute. Die Wärme vom Kochherd strömte mir entgegen und stach mir nach der beißenden Kälte heiß ins Gesicht. Beim Duft von Onkel Charlies Eintopf mit frischen Weizenbrötchen merkte ich erst, wie hungrig ich war.

Opa nahm mir den Eimer ab und goß die Milch durch das Sieb und in den Separator. Ich hatte keine Einwände, obwohl das eigentlich meine Aufgabe gewesen wäre.

Pixie drängte sich an mich, während ich mir mit frosttauben Fingern die schweren Stallstiefel auszog. Sie leckte mir die Hände, das Gesicht und überhaupt jedes Stück Haut, das sie zu erwischen bekam. Sie fand bestimmt, daß ich reichlich lange draußen gewesen war.

Als ich mich vor dem Essen waschen ging, rief Onkel Charlie mir vom Herd her zu: „Siehst mir verfroren um die Nase aus, Josch. Mach dir das Wasser nicht zu warm, sonst holst du dir schlimme Frostbeulen!"

Ich rieb mir über das Gesicht. Nase und Wangen fühlten sich hart und kalt an. Ich befolgte Onkel Charlies Rat und hielt mir einen kühlen Waschlappen ans Gesicht. Sogar das kalte Wasser kam mir brennend heiß vor.

Beim Essen redeten wir über den Schneesturm und über meine Maßnahmen zur Vorsorge. Ich sah, daß die Brennholzkiste bis an den Rand gefüllt war. Auch Opa war nicht faul gewesen.

„Diesen Sturm werden wir wohl vorerst nicht loswerden", meinte Opa. „Der Himmel ist immer noch voll Schnee."

Was die Vorhersage von Schneestürmen anbetraf, kannte ich mich nicht besonders gut aus; ich hoffte, daß Opa sich irrte. Ein Tag wie der heutige reichte mir vollkommen.

Wir hörten die Nachrichten am Radio, während wir uns mit Kaffee aufwärmten. Die Wettervorhersage war schlecht. Sie lautete, daß sich der Sturm über Nacht noch verschlimmern könnte und daß er mindestens noch drei Tage lang anhalten würde.

Noch bevor ich am nächsten Morgen richtig wach war, spürte ich schon, daß die Wettervorhersage eingetroffen war. Der Sturm tobte noch schlimmer als gestern.

Als ich in den Wind und die eisige Kälte hinausging, drängten sich die Freilandkühe dicht an die Scheune und muhten vor Unbehagen. Ich wußte, daß sie dringend ein Dach über dem Kopf brauchten. Ich wußte aber auch, daß wir keinen Platz im Stall für sie hatten. Der Stall war den Milchkühen und Pferden vorbehalten. Das arme Weidevieh tat mir leid. Wir brauchten tatsächlich einen Schuppen, in dem die Kühe Schutz vor der Kälte fanden. Im nächsten Sommer würde ich mich als erstes darum kümmern, daß einer gebaut wurde, nahm ich mir vor.

Der nächste Tag unterschied sich in nichts von den beiden vorangegangenen. Der Wind heulte unablässig. Gegen Abend ließ der Sturm endlich nach, und es hörte auf zu schneien. Die Temperaturen sanken um weitere zwei bis drei Grad.

Sogar im Haus hatten wir unsere liebe Not, für Wärme zu sorgen. Onkel Charlie zündete eine Lampe an und stellte sie unten in den Gemüsekeller, damit Tante Lous Einkochgläser nicht vor Frost platzten. Wir legten uns zusätzliche Decken auf die Betten und stellten den Wecker, um das Herdfeuer auch über Nacht in Gang zu halten.

Am nächsten Morgen herrschte bei unbewölktem Himmel eine klirrende Kälte. Das Wasser in unserem Küchenbecken war von einer Eisschicht überzogen. Ich zündete die Laterne an und machte mich auf den Weg zur Scheune, so ungern ich auch in die eisige Kälte hinausging. Mein Atem flog mir als weiße Wolkenbausche voraus. Sogar der Mond, der noch im Westen stand, wirkte wie festgefroren.

Jetzt, wo sich der Wind gelegt hatte, fing meine Arbeit erst richtig an. Die Kühe draußen hatten seit Beginn des Schneesturms kaum Futter bekommen. Sie standen aneinandergedrängt und laut muhend da. Sie waren hungrig, durstig und fast erfroren.

Als der Sturm weitergezogen und die Temperatur wieder

gestiegen war, hatten wir drei Ferkel, zwei ältere Kühe und ein halbes Dutzend Hühner aus unserem Bestand verloren. Drei Kühe hatten durch den Frost die untere Schwanzpartie eingebüßt, und unsere Futtervorräte waren deutlich geschrumpft. Wenn es so weiterging, würden wir unsere Tiere nicht vollzählig durch den Winter bringen können. Trotz allem war es uns noch besser ergangen als einigen unserer Nachbarn. Manche hatten einen beträchtlichen Teil ihrer Herde verloren.

Ich freute mich schon auf die Weihnachtsfeiertage, die wir mit Tante Lou und Onkel Nat verbringen würden. Die kleine Sarah konnte jetzt aufrecht sitzen und versuchte sogar schon, sich an allem, was ihre Händchen nur erwischen konnten, hochzuziehen. Das Auspacken der Geschenke machte mit einem Kleinkind im Haus natürlich noch mehr Spaß. Jeder von uns hatte ein Geschenk für Sarah. Wir nahmen sie auf den Schoß und taten so, als besorgte sie das Auswickeln selbst. Wir taten auch so, als wäre sie himmelhoch begeistert von jeder Rassel und jedem Latz. In Wirklichkeit rührte ihre Begeisterung eher von dem Rascheln des Papiers her.

Ich brachte sogar Pixie mit. Bei kaltem Wetter ließ ich sie meistens zu Hause, wenn wir in die Stadt fuhren, aber heute hatte ich sie unter meiner dicken Winterjacke transportiert, so daß sie nicht zu frieren brauchte. Sarah hatte ihre helle Freude an dem Hund. Ich ließ ihn sämtliche Kunststücke vorführen, die er beherrschte, um Sarah damit zum Lachen zu bringen. Ihre Lieblingsnummer unter den Kunststücken schien das Betteln um ein Stückchen Putenfleisch zu sein. Die Kleine ruderte mit den drallen Ärmchen durch die Luft und quietschte lauthals vor Vergnügen. Wir lachten alle mit.

Am Nachmittag verkrümelte ich mich still und heimlich nach draußen und machte einen kleinen Spaziergang zu den Foggelsons. Frau Foggelson sollte wissen, daß ich sie nicht vergessen hatte und daß ich nach wie vor für sie betete. Außerdem war ich neugierig, ob es Neuigkeiten von Carmen gab.

Schon von der Straße aus konnte ich sehen, daß niemand

zu Hause war. Die schweren Vorhänge waren zugezogen, und der Schnee vor der Tür war schon tagelang nicht mehr gefegt worden. Die Schaufel lehnte an der hinteren Veranda. Bevor ich wieder kehrtmachte, beschloß ich, den Pfad vom Bürgersteig zur Haustür freizuschaufeln. Ich hatte zwar keine Ahnung, wann das Ehepaar wiederkommen würde und ob die beiden überhaupt merken würden, daß jemand dagewesen war, aber ich tat's trotzdem.

Womöglich hatte Herr Foggelson seine Pläne geändert und seine Frau mit auf die Reise an die Küste genommen, überlegte ich. Jedenfalls hoffte ich das. Es wäre ein trauriges Weihnachten für Carmen und ihre Mutter, wenn sie es getrennt voneinander verbringen müßten.

Ich dachte auch an Willi. Ein paar Tage vor Weihnachten hatte ich einen Brief von ihm bekommen. „Mir fehlen meine Verwandten und Freunde“ schrieb er. „So interessant meine Ausbildung auch ist, so habe ich doch Heimweh. Aber einer von den Jungs hier hat mich zu sich nach Hause eingeladen.“ Ich war froh, daß Willi zu Weihnachten wenigstens nicht ganz allein zu sein brauchte.

Als Kind hatte ich immer gedacht, daß nach Weihnachten der Frühling nicht mehr weit war. Hoffentlich würde es dieses Jahr so sein. Früher hatte ich den Winter gern gehabt; damals war ich allerdings auch nicht dafür verantwortlich gewesen, daß Mensch und Vieh die harten Monate möglichst unbeschadet überstanden. Der Winter war für mich eine fröhliche Jahreszeit gewesen: Wir Kinder hatten Fahrten mit dem Pferdeschlitten und Rodelpartien gemacht, waren Schlittschuh gelaufen und hatten Schneemänner gebaut. Ich hatte alles aus vollem Herzen genossen. Jetzt bedeutete der Winter für mich eisige Kälte, beißender Wind, tiefe Schneewehen und kurze Tage. Das Wetter machte die Stallarbeit schwieriger, und unsere Vorräte an Futter und Brennholz schienen vor meinen Augen dahinzuschmelzen.

Als ich mir auf dem Rückweg zu Tante Lou und Onkel Nat das alles durch den Kopf gehen ließ, wurde ich ziemlich niedergeschlagen. Nach und nach fing es wieder an zu schneien. Riesige weiche Schneeflocken segelten lautlos zu

Boden. Ich sah geradewegs nach oben und ließ mir die Flocken ins Gesicht fallen. Eigentlich waren sie wunderschön. Das Leben im Winter mochte zwar anstrengend sein, aber andererseits hatte der Winter auch seine schönen Seiten, wenn man sich nur die Zeit nahm und genauer hinschaute.

Ein harter Winter

Ich hätte zwar nichts dagegen gehabt, wenn der Frühling gleich nach Weihnachten gekommen wäre, aber anscheinend hatte das niemand bei Mutter Natur ausrichten lassen. Den ganzen Januar über stürmte und tobte sie und machte uns das Leben schwer. Voller Ungeduld wartete ich auf den Februar; bestimmt würde das Wetter dann milder.

Diese Hoffnung sollte sich allerdings zerschlagen. Zwei Sonntage hintereinander konnten wir nicht zur Kirche fahren, weshalb mir auch das gute Essen bei Tante Lou und das Spielen mit Sarah entgingen.

Das schlechte Wetter machte Onkel Charlie zu schaffen. Seine Finger wurden von Tag zu Tag krummer, so schien es mir. Auch mit den einfachsten Arbeiten quälte er sich, so daß ich kaum hinsehen konnte. Aber er brauchte das Gefühl, sich nützlich zu machen und seinen Teil zur Farm beizutragen.

Der Februar war zur Hälfte um, als Opa eine schlimme Erkältung bekam. Er probierte allerhand an Hausmitteln aus, aber nichts half.

„Opa", redete ich ihm ins Gewissen, „du wirst ja immer kränker. Am besten hol' ich den Doktor."

„Unfug!" krächzte er heiser. „Der Doktor weiß auch keine bessere Medizin für mich."

Als er sich aber überhaupt nicht von seiner Erkältung erholte und zudem noch Mühe mit dem Atmen hatte, setzte ich mich über Opas Proteste hinweg und ritt in die Stadt.

„Lungenentzündung", stellte der Doktor fest. „Sehen Sie zu, daß Sie ihre Tochter herholen. Von der lassen Sie sich pflegen, bis Sie wieder auf den Beinen sind."

So zogen Tante Lou und Sarah zu uns auf die Farm, um Opa wieder gesund zu pflegen. Der Doktor hatte Opa strenge Bettruhe verordnet, Tante Lou und ich wußten nur zu genau, daß er sich nicht an die ärztlichen Anweisungen halten würden, wenn seine Tochter nicht darauf bestand.

Es tat mir zwar leid für Opa, daß er krank war, aber andererseits fand ich's prima, Tante Lou und Sarah bei uns zu haben. Onkel Nat kam, so oft er konnte. Er vermißte seine „zwei Mädchen“, wie er die beiden nannte, zeigte aber viel Verständnis.

Es dauerte zwei Wochen, bis Opa wieder aufstehen konnte, und selbst dann mußte er sich zwischendurch oft hinlegen, weil er noch so schwach war. Um diese Zeit hatte Sarah, die unablässig durch die Stuben krabbelte, gelernt, allein zu stehen. An einem Morgen, als ich gerade in die Küche kam, ließ sie ihr Spielzeug links liegen und krabbelte auf mich zu, um sich an meinem Hosenbein hochzuziehen.

„Nanu! Bald machst du bestimmt deinen ersten Wettlauf mit!“ lachte ich. Sie quietschte vor Vergnügen und hopste auf ihren runden Beinchen auf und ab.

Es tat mir richtiggehend leid, als Tante Lou und Sarah wieder in die Stadt fuhren. Ohne sie würde uns das Haus sonderbar still und leer vorkommen.

Anfang März hatte die Kälte immer noch nicht nachgelassen, und das Futter für unser Vieh wurde immer knapper. Mit jeder Gabel Heu oder Hafer, die ich in die Krippen warf, wuchsen meine Sorgen.

Opa schien mir anzumerken, was mich beschäftigte. In Gedanken maß er wohl jedes Mal, wenn ich die Tiere füttern ging, unsere Vorräte nach. Ich hatte ihm gegenüber nichts von der Futterknappheit erwähnt, aber eines Tages überraschte er mich beim Frühstück und sagte: „Für zwei Wochen wird's noch reichen, was, Josch?“

Ich nickte nur.

„Kannst du etwas sparsamer mit dem Futter umgehen?“

„Ich glaub', viel sparsamer, als ich jetzt schon bin, darf ich nicht mehr werden.“

„Was meint ihr: Könnten wir vielleicht einem Nachbarn etwas Futter abkaufen?“ schlug Onkel Charlie vor.

„Hab' mich schon erkundigt“, gab ich zu. „Keiner hat was übrig.“

„Dann gehen wir gleich nach draußen und machen Bestandsaufnahme", fing Opa an, doch Onkel Charlie fiel ihm ins Wort.

„Kommt nicht in Frage!" polterte er. „Der Doktor hat dir verboten, in den nächsten zwei Wochen aus dem Haus zu gehen."

„Aber Josch braucht ..." Weiter kam Opa nicht. Onkel Charlie winkte entschieden ab, so daß ihm der Kaffee über den Tassenrand schwappte.

„Ich geh' mit Josch!" bestimmte er. „Im Haus gibt's heute sowieso keine Arbeit für mich."

Opa fügte sich, und nachdem Onkel Charlie das Geschirr gespült hatte und ich es abgetrocknet und ins Regal zurückgestellt hatte, zogen wir uns warm an und machten uns an unsere Bestandsaufnahme.

Es brauchte keine großen Rechenkünste, um zu der Feststellung zu gelangen, daß wir nicht genug Futter hatten. Onkel Charlie sprach aus, was wir beide dachten: „Wenn morgen am Tag der Frühling käme, käme er trotzdem zu spät."

Bis zum Mittag hatten wir unsere Listen fertig und gingen in die warme Küche zurück. Opa hatte Spiegeleier und Brot auf den Tisch gestellt. Dazu aßen wir kalte Schinkenscheiben und tranken heißen Tee. Ich sagte zwar nichts darüber, aber mir fehlten Tante Lous handfeste, reichhaltige Mahlzeiten manchmal sehr.

Während wir aßen, hantierten Opa und Onkel Charlie mit Zahlen und Zetteln, bis mir fast der Appetit verging. Ich war mir nicht sicher, wohin das alles führen sollte. Ich konnte mich auf keinen Winter besinnen, in dem Opa und Onkel Charlie in Not geraten wären – aber vielleicht hatte es schon magere Zeiten gegeben, nur daß ich einfach nichts davon geahnt hatte.

Zum guten Schluß wurde ich auf Chester losgeschickt, um mich auf den Nachbarsfarmen nach überschüssigen Futtervorräten umzuhören. Wenn ich irgendwo Futter auftreiben konnte, waren wir aus dem Schneider.

Aber so einfach war das nicht. Überall hatten die Farmer mit den gleichen Schwierigkeiten zu kämpfen wie wir. Niemand hatte genug Futter, um die Tiere durch diesen besonders harten Winter zu bringen.

Schweren Herzens ritt ich wieder nach Hause. Unterwegs beschloß ich, bei Familie Turley hineinzuschauen, eigentlich eher, um mich zu erkundigen, wie es Mary und ihrer Mutter erging, als wegen des Tierfutters. Herr Turley hatte mehrere Stück Vieh, aber an Grünfutter baute er nicht mehr an als wir.

Als Mary mir die Tür öffnete, schien sie sich aufrichtig zu freuen, mich zu sehen. Ich war ja selbst 'n bißchen froh über das Wiedersehen.

Frau Turley stopfte gerade Strümpfe. Sie saß mit ihrer Handarbeit auf dem Schaukelstuhl am Kamin und machte einen ruhigen, zufriedenen Eindruck, obwohl ihr Mann bestimmt auch Probleme mit seiner Farm hatte.

„Gott wird uns schon nicht im Stich lassen. Da bin ich ganz zuversichtlich“, sagte sie. „Er hat doch immer für uns gesorgt, auch als wir noch zu unwissend waren, um ihn um Hilfe anzurufen. Jetzt, wo wir seine Kinder geworden sind, wird er uns erst recht nicht im Stich lassen.“

Ich muß sie wohl entgeistert angestarrt haben; jedenfalls sah sie mich an und lachte leise.

„Schau nur nicht so überrascht drein, junger Mann. Ihr jungen Leute seid schließlich nicht die einzigen, die sich bekehren müssen, weißt du.“

„Mutter ist jetzt auch gläubig“, flüsterte Mary dankbar.

„Ja, Gott sei Dank! Konnte's ja kaum fassen, wie Mary sich verändert hatte, seitdem sie mit deinem Freund Willi nähere Bekanntschaft geschlossen hatte – und mit dessen Freund Jesus!“

„Das ... das ist ja prima, Frau Turley!“ stammelte ich, noch immer ganz überrascht von ihren Worten. „Und Sie haben natürlich recht; wir müssen Gott tatsächlich vertrauen.“

Mary kochte uns heiße Schokolade und schnitt einen Kuchen in Scheiben. Wir saßen am Küchentisch und unterhielten uns über alles, was es so an Neuigkeiten aus der Kirchengemeinde und der Stadt gab. Mary schien nicht weniger als ich unter den eingeschneiten Sonntagen gelitten zu haben, als wir nicht zur Kirche fahren konnten.

„Hast du schon gehört, daß die Foggelsons demnächst umziehen?“ fragte sie zu meiner Überraschung.

„Ach, wirklich? Wohin denn?“

„Herr Foggelson hat eine Lehrstelle an einem kleinen College in der Nähe von New York gefunden. Im November war er dort, um sich zu bewerben, und zu Weihnachten ist er wieder hingefahren.“

„Hat er seine Frau mit auf die Reise genommen?“ fragte ich.

„Nein, er ist allein gefahren.“

„Aber sie war doch auch verreist ...“ begann ich und dachte dabei an das leere Haus und den verschneiten Pfad zur Haustür.

„Sie war bei ihrer Schwester. Konnte das Alleinsein nicht aushalten.“

„Das versteh' ich“, nickte ich und ärgerte mich dabei im stillen aufs neue über Herrn Foggelson.

„Carmen meint, ihrer Mutter hat dieser Besuch gutgetan, auch wenn ...“

„Dann hast du von Carmen Post bekommen?“ fiel ich ihr unversehens ins Wort.

„Aber nicht doch!“ antwortete sie und schüttelte den Kopf, als sei das eine lächerliche Vorstellung. „Ich kenne sie ja kaum! Hab' sie nur hin und wieder auf der Straße gesehen. Mit Mädchen wie mir würde sie doch nie reden!“

Dann errötete Mary, als ob sie plötzlich befürchtete, Carmen vor mir schlechtgemacht zu haben.

„Ich meine, hm ... wir sind ... Also, sie ist so gescheit, und ich ...“

Ich rettete Mary schnell aus ihrer Verlegenheit, indem ich mich erkundigte: „Von wem weißt du denn das alles?“

„Von Willi. Er hat mir geschrieben. Er steht noch mit Carmen in Verbindung.“

„Ach so“, sagte ich, aber es klang reichlich hohl. Ich hörte auch von Willi, und zwar nicht selten – aber über Carmens Pläne hatte er noch nie etwas verlauten lassen.

„Und wie gefällt's Carmen in der Ausbildung?“ fragte

ich, weil Mary bestimmt von mir erwartete, daß ich den Mund aufmachte.

„Ja, weißt du's denn etwa noch nicht?" fragte Mary erstaunt. „Sie hat sie abgebrochen."

„Abgebrochen?" Jetzt war ich restlos verdutzt.

„Sie hat die ganze Ausbildung gleich nach den ersten zwei Monaten an den Nagel gehängt."

„Und was macht sie jetzt? Warum ist sie dann nicht zu Weihnachten nach Hause gekommen?"

„Zuerst hatte sie Angst davor, ihrem Vater alles zu erzählen. Und dann ist sie von New York weg und hat sich irgendwo 'ne Arbeit gesucht. Telefonistin ist sie, glaub' ich, irgendwo an der Ostküste. Deshalb ist sie auch dortgeblieben."

Das mußte ja eine schlimme Enttäuschung für Herrn Foggelson gewesen sein, dachte ich. Und erst für seine Frau! Die war bestimmt mächtig traurig gewesen; nicht so sehr, weil Carmen ihre Ausbildung als Innenarchitektin abgebrochen hatte, sondern weil sie nicht wieder nach Hause gekommen war.

„Willi schreibt, daß ihr die Arbeit gut gefällt."

„Dann wechselt sie also Briefe mit Willi?" Irgendwie fand ich das ermutigend und bedrohlich zugleich. Ich wünschte mir nichts sehnlicher, als daß Carmen auch mir schreiben würde, aber gleichzeitig war ich froh, daß Willi die Verbindung zu ihr aufrechterhielt. Er hatte Mary zum Glauben an Jesus geführt. Jetzt schien er sich Carmen vorgenommen zu haben. Innerlich betete ich, daß seine Bemühungen zum Erfolg führen möchten.

Aber da redete Mary schon weiter. In ihrer Stimme versteckte sich ein Lachen.

„Briefe sind gar nicht nötig. Sie arbeitet ja mitten in der Stadt."

„In welcher Stadt?"

„Nun, wo Willis Bibelschule ist. Sie arbeitet in der Telefonzentrale. Willi hat ihr die Stelle besorgt."

Auch das war mir neu. Warum hatte Willi in seinen Briefen bloß kein Wort von alledem erwähnt? Aber dann mußte ich auch schon schmunzeln. Er wußte genau, daß ich für

Carmen betete, aber er wollte mir keine verfrühten Hoffnungen machen. Ihr Vater hatte einen derart starken Einfluß auf sie ausgeübt, daß es Wochen oder sogar Monate dauern könnte, bis sie nach all den Jahren der Ablehnung jetzt Zugang zum Christentum fand. Nein, ich würde Willi nicht mit Fragen bedrängen. Er würde mir schon zur rechten Zeit von selbst Bescheid geben.

Plötzlich merkte ich, daß ich schon viel länger mit Mary am Tisch gesessen hatte, als ich eigentlich vorgehabt hatte. Draußen wurde es allmählich dunkel, und ich hatte noch meine Stallarbeit zu machen. Außerdem warteten Opa und Onkel Charlie bestimmt schon ungeduldig auf mich, auch wenn ich keine guten Nachrichten mitzubringen hatte.

„Ich muß weiter", sagte ich zu Mary und stand auf, um mit einer einzigen Handbewegung nach meiner Jacke und meiner Mütze zu langen. Ich bedankte mich für die heiße Schokolade und den Kuchen und machte mich auf den Weg.

Mary brachte mich zur Tür.

„Es tut mir so leid, Josch!" sagte sie leise.

„Was denn?" fragte ich beinahe erschrocken.

„Der lange, harte Winter", sagte sie. „In deinem ersten Jahr als Farmer hast du's nicht gerade leicht gehabt; wir hatten so einen kalten, stürmischen Herbst, und jetzt ... und jetzt das." Es klang ein wenig kleinlaut.

Ich war erleichtert, weil ich schon befürchtet hatte, sie würde von den Foggelsons sprechen. Insgeheim hatte ich nämlich die Tage gezählt, bis Carmen mit ihrer Ausbildung fertig war und in unser Städtchen zurückkehren würde. Jetzt, wo ihre Eltern umzogen, standen die Aussichten wohl ziemlich schlecht. Menschenskinder, war ich froh, daß Mary meine Gedanken nicht lesen konnte!

„Wie deine Mutter schon gesagt hat", antwortete ich und bemühte mich, ein möglichst zuversichtliches und unerschütterliches Gesicht zu machen, „es wird schon alles gutgehen. Gott wird uns nicht im Stich lassen."

Mary lächelte. Ihr Lächeln war wirklich hübsch. Sie hatte weiße, ebenmäßige Zähne und kleine Grübchen in den Wangen.

Ich erwischte mich dabei, wie ich zurücklächelte. Vielleicht lag's ja nur daran, daß Marys Lächeln einfach ansteckend war, oder vielleicht hoffte ich auch im stillen, sie nochmals zum Lächeln zu bringen. Jedenfalls stand fest, daß mir schon wesentlich leichter ums Herz war, als ich in den Sattel stieg und in der eisigen Kälte nach Hause ritt.

Besuch bei Herrn Thomas

Wir mußten mehrere Stück Vieh und alle Schweine bis auf zwei gute Säue verkaufen. Es würde lange dauern, bis wir unsere Bestände wieder aufgefüllt hatten, und ich war mir nicht so sicher, ob Opa und Onkel Charlie auch die richtige Entscheidung getroffen hatten. Womöglich waren wir nur noch ein paar Tage vom Frühlingsanfang entfernt, so daß es bald wieder frisches Gras geben würde. Vielleicht hätten wir ja alle Tiere durchbringen können, wenn wir die Rationen noch etwas sparsamer bemessen hätten.

Es stellte sich aber heraus, daß Opa und Onkel Charlie doch richtig gehandelt hatten. Nacheinander fegten zwei Schneestürme übers Land, so daß wir noch größere Mühe hatten, die wenigen Tiere, die uns geblieben waren, mit Futter zu versorgen. Ein paar von unseren Nachbarn, die ihr Vieh mit schmaleren Rationen durch den Winter bringen wollten, verloren den größten Teil ihrer Herde, und weil sie keine Tiere verkauft hatten, fehlte ihnen jetzt das Geld zum Anschaffen eines neuen Bestands.

Auch unsere Herde war ziemlich zusammengeschrumpft; wir verloren sogar eine unserer besten Milchkühe, nachdem sie ein strammes Kälbchen zur Welt gebracht hatte. Opa und ich hatten die ganze Nacht bei ihr gewacht, um sie warm zu halten und ihr warmen Futterbrei einzuflößen, aber trotzdem war's bald aus mit ihr. Ich hatte mich schon darauf gefaßt gemacht, die Färse auch noch zu verlieren, aber Opa bestand darauf, daß ich sie zu Onkel Charlie in die Küche brachte. Ich weiß nicht, wie Onkel Charlie es nur geschafft hatte, aber irgendwie blieb das Kälbchen am Leben. Wir wußten alle, wie wichtig es für den Aufbau unserer Herde sein würde.

Wir kämpften förmlich Tag und Nacht um das, was Opa und Onkel Charlie in Jahren harter Arbeit erwirtschaftet hatten. Das Ganze ging mir mächtig gegen den Strich, soviel steht fest.

Als es endlich wieder etwas wärmer geworden war, ritt ich zu Onkel Nat in die Stadt, sobald ich mir die Zeit dazu nehmen konnte.

„Du kennst doch 'nen Mann, der dir was darüber erzählt hat, wie man ab und zu andere Saat anpflanzt, ich meine, wegen des Bodens, nicht?"

„Fruchtwechsel", nickte Onkel Nat.

„Ja, Fruchtwechsel. Also, ich würde mich gern mal mit ihm unterhalten", sagte ich. „Mich interessiert nämlich, wie der so durch den Winter gekommen ist."

„Das kann ich dir auch nicht verraten", sagte Onkel Nat. „Sie besorgen ihre Einkäufe in Gainerville; man sieht sie kaum bei uns in der Stadt."

„Wie kommt man denn zu seiner Farm?"

Onkel Nat beschrieb mir den Weg. Es klang so einfach, daß man's kaum verfehlen konnte, und ich machte mich mit Chester auf den Weg. Von dem blauen Himmel schien die Sonne auf die Schneewehen. Chester hatte den Winter und das Eingesperrtsein gründlich satt. Er wäre am liebsten losgaloppiert, aber ich ließ ihn nicht gewähren. Ich wollte auf keinen Fall, daß er in Schweiß geriet und sich womöglich eine Lungenentzündung holte. Wir hatten auch so schon genug Schwierigkeiten und verzichteten gern auf eine zusätzliche Katastrophe.

Ich fand die Farm gleich auf Anhieb, obwohl der Weg dahin länger war, als ich gedacht hatte. Kein Wunder, daß die Familie in Gainerville einkaufte; zu unserer kleinen Stadt hätten sie es ja viel weiter gehabt.

Frau Thomas begrüßte mich freundlich. Ihr Mann sei in der Scheune, sagte sie und bat mich in die Küche. Ich lehnte aber ab, so höflich es ging, und erklärte ihr, daß ich ihren Mann einfach in der Scheune besuchen würde.

Die Thomas waren eine große Familie. Durch die offene Küchentür sah ich drei Mädchen unterschiedlichen Alters, und als ich in die Scheune ging, waren da vier Jungs, die ihrem Vater bei der Arbeit zur Hand gingen.

Randall Thomas war ein hochgewachsener Mann so um

die vierzig mit einem festen Händedruck und einem freundlichen Zwinkern im Blick.

„Pastor Crawfords Neffe, sagst du? Freut mich, dich kennenzulernen, junger Mann“, sagte er. „Ich rechne es deinem Onkel hoch an, daß er den weiten Weg zu uns gemacht hat, als Mutter im Sterben lag.“

Wir unterhielten uns eine Weile. Beim Reden und Zuhören musterte ich die Scheune und die Futterkisten aus den Augenwinkeln. Auf dieser Farm hatte es, soweit ich sehen konnte, keinen Mangel an Tierfutter gegeben.

Endlich kam die Sprache auf den Winter, den wir hoffentlich jetzt hinter uns hatten.

„Ja, 'n harter Winter war's“, sagte der große Farmer, „der schlimmste, den ich je erlebt habe.“

Ich gab ihm recht, obwohl ich längst noch nicht so viele Winter wie er erlebt hatte, versteht sich.

„Ihre Tiere haben ihn anscheinend gut überstanden“, sagte ich und deutete mit einer Kopfbewegung auf ein paar vor Gesundheit strotzender Kühe in ihren Boxen.

„Mehrere habe ich schon letzten Herbst verkauft“, erzählte er mir. Ich war überrascht.

„Ach, wirklich?“

„Wollte nicht warten, bis sie nur noch zu Suppenknochen taugten“, erklärte er mir. „Ein Farmer muß an die Zukunft denken. Man malt sich das Schlimmste aus, was der Winter einem antun kann, und sorgt dementsprechend vor. Ich hab' mir ausgerechnet, wieviel Futter ich bis Ende Mai für jedes Tier brauche. Ab dann gibt's schon genug frisches Gras, auch in den magersten Jahren.“

„Wir hatten längst nicht genug Futter, um bis Mai damit auszukommen“, erwiderte ich. „Wir mußten mehrere Stück Vieh verkaufen.“

„Schade drum“, sagte er. Ich merkte ihm an, daß er unser Schicksal aufrichtig bedauerte. „Man hört von manch einem, der viel von seiner Herde verloren hat, bevor er die Tiere verkaufen konnte.“

„Opa hat die Kühe rechtzeitig verkauft, als es noch nicht so schlimm war“, erklärte ich dem Farmer.

„Das war sehr klug von ihm“, meinte er. „Meiner Meinung nach sind ein paar kräftige, gesunde Kühe besser als 'ne ganze Herde von schwachen, halb verhungerten."

Das sah ich ein.

„So 'ne Herde kann zu 'nem kläglichen Anblick werden, wenn man sie nicht ständig aufbessert", fuhr er fort. „Die Tiere können am Ende kaum noch Kälte und Futterknappheit vertragen."

Ich warf einen Blick auf seine wohlgenährten Kühe. Den harten Winter konnte man ihnen nicht ansehen.

Ein Vogel am Himmel zog meine Aufmerksamkeit auf sich. Die Sonne stand schon weit im Westen, und es war deutlich kühler geworden. Ich hatte einen langen Heimweg vor mir.

„Ich bin eigentlich wegen Ihrer Anbaumethoden gekommen", sagte ich zu Herrn Thomas. „Ich hab' nämlich das Gefühl, als wären wir viel besser durch den Winter gekommen, wenn unser Land bessere Erträge gebracht hätte. Unsere Heuernte ist ziemlich spärlich ausgefallen; wir hätten bestimmt das Doppelte ernten können."

In seinen Augen funkte es vor Interesse.

„Fängst du gerade mit dem Farmen an?" erkundigte er sich.

Ich nickte und verbesserte mich dann: „Also, ich bin auf der Farm aufgewachsen, aber bis jetzt hab' ich immer die Tiere versorgt, nicht die Felder. Aussaat und Ernte waren immer Opas und Onkel Charlies Sache. Jetzt schaffen sie's aber nicht mehr, und da ..."

„Da ist dir die Bodenbewirtschaftung in die Hände gefallen, und du möchtest alles gern von vornherein richtig anfangen, stimmt's?" kam er mir zuvor.

Wieder nickte ich.

„Das ist gescheit von dir." Anerkennend klopfte er mir auf die Schulter.

„Man kann die Felder regelrecht auslaugen, wenn man Jahr für Jahr immer das gleiche darauf anpflanzt. Ist ja eigentlich auch das Logischste der Welt. Schon bei den Israeliten damals gab es 'ne Vorschrift von Gott, daß das Land in Abständen geschont werden sollte. Das gleiche gilt auch heute noch. Das Land braucht 'ne Pause, um sich zu erholen." Dann setzte er zu einer ausführlichen Erklärung an, wie man das erreichen konnte.

Ich hörte aufmerksam zu, aber die Sonne rückte immer weiter nach Westen vor, und es gab unendlich viel zu lernen. Ich wurde innerlich immer unruhiger, was der hochgewachsene Farmer mir wohl angemerkt haben mußte.

Mitten in seiner Erklärung folgte sein Blick meinem an den Himmel.

„Für einen einzigen Nachmittag gibt's viel zuviel zu lernen", sagte er zu mir. „Komm doch ein andermal wieder – sooft du möchtest, und dann unterhalten wir uns weiter."

Ich war froh, daß er Verständnis für meine Eile hatte, und seine Einladung, ihn wieder zu besuchen, nahm ich dankbar an.

„Ich mach' dir 'nen Vorschlag", sagte er, als wir zu Chester gingen. „Du machst dir 'ne Lagezeichnung von euren Feldern. Schreib dazu, was in den letzten sieben oder acht Jahren auf jedem davon angebaut worden ist, und dann kommst du mit der Zeichnung zu mir. Wir überlegen zusammen, was du im nächsten Frühjahr am besten anpflanzt."

Ich konnte mich nur stotternd bedanken. So viel Hilfe hatte ich gar nicht erwartet.

„Und erstklassiges Saatgut ist auch wichtig", fuhr der Mann fort. „Manche Farmer sparen am falschen Ende; schlechtes Saatgut kommt einem im großen und ganzen teuer zu stehen. Das gleiche gilt für die Viehzucht. Schon in der Bibel steht: ‚Was der Mensch sät, das wird er ernten.' In diesem Vers geht's zwar nicht so sehr um Korn und Vieh, sondern eher um das, was man mit seinem Leben anfängt, aber es trifft auch auf 'ne Farm zu."

Darüber hatte ich noch nie richtig nachgedacht, aber es klang einleuchtend. Das Ganze war eine vollkommen andere Methode der Landwirtschaft, als ich sie gewohnt war. Ich nahm mir vor, alles, was ich nur darüber in Erfahrung bringen konnte, zu lernen. Ich dankte dem Mann für seine Freundlichkeit und stieg in den Sattel.

„Das hier", sagte er und strich mit der Hand über Chesters stämmigen Hals, „ist erstklassige Zucht. Wo hast du denn dieses Prachttier her?"

Ich erklärte ihm, daß ich Chester geschenkt bekommen hatte, und fuhr meinem Pferd über die Mähne.

„Alle Achtung! Man sieht ihm den guten Stammbaum auf den ersten Blick an", sagte der Mann, und ich strahlte förmlich vor Stolz.

Auf dem Heimweg ließ ich Chester hin und wieder freien Lauf, zügelte ihn aber zwischendurch, damit er nicht zu sehr ins Schwitzen geriet. Wie der Farmer aber gerade gesagt hatte, war Chester die gute Abstammung anzumerken. Er konnte eine beträchtliche Strecke im Galopp zurücklegen, ohne außer Atem oder in Schweiß zu geraten.

Ich hatte so viel Neues gehört, daß sich mir die Gedanken im Kopf überschlugen. Gutes Saatgut, Auswahl bei der Tierzucht, Fruchtwechsel: darauf kam es also in einem produktiven Farmbetrieb an. Und wenn man schon eine Farm bewirtschaftete, selbst wenn das nur vorübergehend geschah, solange man auf Gottes eigentliche Berufung wartete, sollte man sich auch bemühen, seine Arbeit von vornherein richtig anzufangen. Vielleicht würden wir dann beim nächsten harten Winter nicht so schwere Verluste hinnehmen müssen.

Vorfrühling

Je mehr ich mich für die Farmwirtschaft interessierte, desto bewußter suchte ich nach Fachzeitschriften mit Beiträgen über Fruchtwechsel und las diese dann voller Wißbegier. Ich schrieb an das Landwirtschaftsministerium und erbat mir die kostenlosen Broschüren, von denen in den Zeitschriften die Rede war. Ich bestellte auch Ratgeberhefte zu dem Thema Qualitätsauswahl bei der Viehzucht. Es dauerte nicht lange, bis ich allerhand an Heften und Blättern per Post zugeschickt bekam. Ich hatte ja keinen blassen Schimmer gehabt, daß die Farmwirtschaft so kompliziert sein kann! Auch von den gedruckten Informationen, mit der die Regierung die Farmer versorgte, hatte ich bislang nichts gewußt. Es gab sogar Fernkurse, die man zu Hause absolvieren konnte. Und dabei hatte ich immer geglaubt, man würde von selbst Farmer, wenn man auf einer Farm aufgewachsen war und man dort gebraucht wurde!

„Du scheinst ja in letzter Zeit ganze Berge an Post zu kriegen", meinte Opa mit einem Blick auf die drei braunen Umschläge und die Fachzeitschrift auf dem Küchentisch.

„Mit der Farmwirtschaft hat's halt eine Menge mehr auf sich, als ich immer gedacht hatte", erklärte ich ihm. „Bei dir und Onkel Charlie hat alles immer viel einfacher ausgesehen, als es in Wirklichkeit ist."

„Na, wir haben halt unser Bestes getan, und meistens sind wir dabei nicht schlecht gefahren", widersprach Opa. „Mir scheint aber, du bringst da in deinen Zeitschriften und Heften einiges an wichtigen Ratschlägen für die Farmwirtschaft in Erfahrung. Charlie und ich haben auch mal reingeschaut", erklärte er mir auf meinen fragenden Blick hin. „Wir sind ja froh, daß du auf neue Methoden gestoßen bist."

Die ganze Vorfrühlingszeit hindurch bemühte ich mich,

die Kühe vor Kälte zu schützen, damit sie ihre Kräfte darauf verwenden konnten, sich ein dickeres Fettpolster zuzulegen. Ich konnte ihnen noch immer nicht das Futter geben, das sie eigentlich brauchten, aber an den kühleren Tagen kochte ich ihnen einen warmen Futterbrei und hielt die Tiere tagsüber im Stall. Das bedeutete zwar mehr an Ausmisten für mich, aber wenn die Tiere davon profitierten, war es mir die Mühe wert.

An den sonnigeren Tagen ließ ich die Kühe auf die Weide. Die Schneewehen schmolzen allmählich, und die Pferde bahnten den Kühen einen Weg, indem sie mit den Hufen das alte Gras vom letzten Jahr unter dem Schnee freischarrten. Sie fanden sogar schon ein paar frische Grashalme, was sie gleich doppelt so freßlustig machte. Die Kühe folgten ihnen und grasten an den freien Stellen, die die Pferde ihnen hinterlassen hatten.

Jeden Tag beobachtete ich den Himmel, die Schneewehen und das Wetter und rechnete mir in Gedanken aus, wieviel Futter ich noch für jedes Tier übrig hatte.

Abends vertiefte ich mich dann in die Zeitschriften und Hefte, und es dauerte nicht lange, bis ich begriff, was Herr Thomas mir zu erklären versucht hatte: nämlich daß eine gut funktionierende Farm nach einem bestimmten *System* bewirtschaftet werden muß.

Ich fertigte eine Zeichnung von unseren Feldern an, und dann besprach ich alle Felder der Reihe nach mit Opa und Onkel Charlie. Es war nicht so einfach für die beiden, sich an jede Ernte in den letzten sieben oder acht Jahren zu erinnern. Zuweilen konnten sie sich nicht einigen, was nun auf einem bestimmten Feld in dem und dem Jahr angepflanzt worden war, so daß sie sich mühsam darauf besinnen mußten, wer von beiden nun recht hatte. Ich nahm mir auf der Stelle vor, von jetzt an in jedem Jahr eine Liste von allen Feldern samt Saatgut, Ertrag und allen sonstigen wichtigen Einzelheiten anzulegen.

Jeden Tag maß ich das Futter sparsam ab. Ich sorgte mich noch immer, daß wir womöglich nicht bis Ende Mai damit auskommen könnten. Zum guten Schluß berieten wir miteinander und kamen zu der Entscheidung, noch zusätzlich zwei junge Färsen zu verkaufen. Sie waren recht klein geraten, und wir wollten unsere Herde mit größeren Tieren neu aufbauen.

Anstatt wieder allein zu Herrn Thomas zu reiten, schlug ich Opa und Onkel Charlie vor, mich zu begleiten. Ich wollte gern, daß sie mit eigenen Ohren hörten, was der Mann zu sagen hatte, und daß sie sich auch von dem Eifer um neue Methoden anstecken ließen.

So kam es also, daß wir an einem milden Vorfrühlingstag, den Wagen anspannten und zu dritt losfuhren. Die Straße wies tiefe Furchen auf, und das Schmelzwasser hatte für schlammige Pfützen gesorgt. Der Boden war zwar noch gefroren, aber trotzdem war das Vorankommen eine mühselige Angelegenheit. Ich kutschierte, während Opa und Onkel Charlie einfach nur dasaßen und die Sonne genossen. Es war lange her, seitdem sie das zum letzten Mal getan hatten.

Alles fand sich so, wie ich gehofft hatte. Wir wurden mit einem Handschlag begrüßt, der mir die Fingerspitzen taub machte. Im Gedanken an Onkel Charlies Rheuma hätte ich beinahe den Mund aufgemacht, aber Herr Thomas hatte die verkrümmten Finger wohl schon bemerkt, denn er nahm die Hand meines Onkels behutsam in seine und drückte überhaupt nicht zu.

Die Begeisterung des Farmers war einfach ansteckend. Er redete von guter Saatqualität, von Aussaat in unkrautfreien Feldern, von Fruchtwechsel, um den Boden zu schonen, und von sachgerechten Düngemethoden.

Nachdem unser Vieh den größten Teil des Winters im Stall zugebracht hatte, konnte von Düngermangel keine Rede sein; trotzdem sah ich der unangenehmen Aufgabe, den Dung auf den Feldern zu verbreiten, mit gemischten Gefühlen entgegen.

Herr Thomas half uns, unsere Felder nach Anbaumöglichkeiten zu sortieren und einen Plan aufzustellen, was auf welchem Feld angepflanzt werden sollte und welche Felder ein Jahr lang brachliegen würden. Als nächstes überlegten wir, woher wir gutes Saatkorn besorgen könnten. Glücklicherweise konnten wir uns diese Ausgabe leisten. Bevor wir wieder nach Hause fuhren, versprach Herr Thomas uns zu besuchen und unsere Viehherde zu begutachten. Mit seiner Hilfe würden wir die besten Tiere aussortieren und bessere Methoden bei der Tierzucht anwenden.

In meinem Kopf drehte sich alles, als wir unsere Kaffeetassen zurückschoben und uns auf den Heimweg machten. Es gab Unmengen an Einzelheiten zu durchdenken und zu erledigen, bevor wir auch nur mit der Aussaat anfangen konnten.

Die ganze Fahrt über dachte ich an die nächsten Tage. Auch wenn der Frühling sich noch Zeit lassen würde, waren wir bei weitem noch nicht für ihn bereit. Zuerst mußten wir das Ackerland gründlich für die Aussaat vorbereiten.

Weil ich genau wußte, daß ich alle Hände voll zu tun haben würde, sobald ich mit dem Wagen auf die Felder fuhr, entschloß ich mich dazu, Frau Foggelson einen kurzen Besuch abzustatten, bevor die Arbeit richtig losging. Es tat mir leid, daß sie wegziehen würde. Es tat mir sogar auch ein bißchen leid, daß ihr Mann von hier fortziehen würde. Wenn er doch nur begreifen könnte, daß es wirklich einen Gott gibt, einen Gott, dem das ganze Weltall gehört! Wie konnte jemand, der einen solch brillanten Verstand hatte, sich in einer so wichtigen Angelegenheit nur so gründlich irren?

Wegen des Umzugs würde ich Carmen wohl nie wiedersehen. Ich hatte eigentlich gehofft, daß irgendwann der Tag kommen würde, an dem sie und ihre Mutter zu Jesus finden würden. Herr Foggelson würde wohl kaum von etwas zu überzeugen sein, dem er so viele Jahre lang widerstanden hatte, auch wenn es die Wahrheit war.

Auf dem Rasen vor dem Haus der Foggelsons war der Schnee bis auf einen kleinen Rest verschwunden. Die ersten grünen Blattspitzen lugten schon aus den Schneeresten auf den Beeten hervor. Ich wußte, wie sehr Frau Foggelson an ihren Blumen hing. Wer würde sich wohl um den Garten kümmern, wenn sie weggezogen war?

Ich klopfte an. Frau Foggelson kam zögernd an die Tür. Als sie mich erkannte, erhellte sich ihr Gesicht, und sie machte die Tür weit auf.

„Josch! Wie freue ich mich, dich zu sehen!“ sagte sie. Es klang aufrichtig. Mit meiner Mütze in den Händen saß ich dann in ihrer guten Stube da, während sie in die Küche lief, um Tee zu kochen. Als wir unsere Tassen vor uns hatten, plauderte Frau Foggelson über den Frühling, über ihren Garten, über den bitteren Winter und dann endlich auch über Carmen.

„Wußtest du schon, daß Carmen ihre Ausbildung zur Innenarchitektin abgebrochen hat?“ fragte sie. Ich nickte.

„Und hast du auch gehört, daß sie jetzt als Telefonistin arbeitet?“

Wieder nickte ich.

„Ich bin ja so froh darüber“, fuhr Frau Foggelson fort. „Ich habe mich so um sie gesorgt, als sie noch in New York war. Gleich zu Anfang ist sie an die falschen Freunde geraten, und ich habe mir solche Sorgen um sie gemacht!“

Das hatte ich nicht gewußt.

„Gefällt ihr die Arbeit denn?“ erkundigte ich mich.

„Nein, nicht besonders, aber es ist ehrliche, saubere Arbeit bei guten Leuten. Das ist das wichtigste. Carmen mag zwar gescheit und selbstständig sein, aber was den Umgang mit anderen Menschen betrifft, ist sie noch reichlich unerfahren – ich meine solche, die sie womöglich auf die schiefe Bahn bringen.“

Ich wußte kaum, was ich sagen sollte. Deshalb nickte ich nur und mühte mich damit ab, das flockenleichte Gebäckstück auf meiner Gabel zu balancieren.

„Ja, ich bin froh, daß sie nicht mehr in New York ist“, seufzte Frau Foggelson.

Wieder nickte ich und wagte die Bemerkung: „Aber Sie sind doch bestimmt traurig darüber, daß sie so weit weg ist, wenn Sie umziehen.“

Sie senkte den Blick und schwieg eine Weile. Als sie wieder aufschaute, klang ihre Stimme sehr sanft und leise.

„Ich werde gar nicht umziehen“, sagte sie.

„Dann hat sich also eine Änderung ergeben?“ fragte ich hoffnungsvoll.

Sie schüttelte nur den Kopf.

„Aber … aber ich habe doch gehört, daß Ihr Mann eine Anstellung an einem kleinen College in der Nähe von New York bekommen hat.“

Sie sah mir geradewegs in die Augen.

„Ja“, sagte sie, „das stimmt.“

Schweigen.

„Also“, wollte ich mich vergewissern, „also hat er's sich doch noch anders überlegt.“

„Nein. Er wird umziehen – wie geplant.“

„Aber …“ Ich war völlig perplex. Jetzt hielt ich am besten den Mund und wartete, bis sie mir alles erklärte.

„Mein Mann wird wie geplant umziehen“, fuhr sie leise, aber bestimmt fort. „Ich werde hierbleiben.“

Der Schrecken muß mir anzumerken gewesen sein. Ich ließ die Gabel sinken, so daß der Rest des blätterzarten Gebäckstücks als Krümelregen auf der weißen Damastdecke landete. Vor Verlegenheit lief ich rot an.

Frau Foggelson schenkte mir noch eine Tasse Tee ein. Ich fand keine Worte, um abzulehnen, obwohl ich den Tee bestimmt nicht hinunterbringen würde.

„Hast du gesehen, daß die ersten Tulpen schon da sind?“ fragte Frau Foggelson, als ob wir die ganze Zeit über kein anderes Thema als Blumen gesprochen hätten.

Ich nickte und räusperte mich.

„Ich hoffe ja so sehr, daß wir einen schönen Frühling bekommen“, sagte Frau Foggelson. „Für einen frühen ist es schon zu spät, aber wenigstens schön soll er werden. Ich habe den langen, kalten Winter so satt!“

Mein Blick fiel auf ein Bild von Carmen, das auf dem Ecktischchen stand. Frau Foggelson hatte viele Bilder von Carmen.

Oder gehörten sie Herrn Foggelson? Ich sah in der Stube umher, während mir allerhand peinliche Gedanken durch den Kopf gingen. Wer würde die Bilder bekommen? Was würde aus dem Brokatsofa? Wer bekam das silberne Teeservice und wer die Porzellantassen?

Wie ging das eigentlich vor sich, wenn man sich voneinander trennte? Wie teilte man einen ganzen Haushalt in zwei Teile? Über solche Sachen wußte ich rein gar nichts.

Bestimmt hatten Herr und Frau Foggelson allerhand Schwierigkeiten vor sich.

Dann fiel mir etwas anderes ein. Wenn Frau Foggelson hierblieb, dann wäre es doch möglich ...

„Hat Carmen vor, in der kleinen Stadt, wo sie ist, zu bleiben, oder ... oder kommt sie wohl wieder nach Hause zurück?"

Zum ersten Mal sah ich, wie Frau Foggelson die Tränen in die Augen stiegen. Traurig schüttelte sie den Kopf, und plötzlich wirkte ihr hübsches, sanftes Gesicht um Jahre älter.

„Das glaube ich kaum", antwortete sie aufrichtig. „Carmen ist sehr dagegen, daß ich hierbleibe. Sie hat immer schon sehr an ihrem Papa gehangen. Wenn sie überhaupt zu einem von uns zieht, dann zu ihm."

Ich schob meinen Stuhl zurück und stand auf. Frau Foggelson tat mir unendlich leid, aber das konnte ich ihr irgendwie nicht sagen. Was wußte ein Grünschnabel wie ich schon davon, welches Leid sie durchmachte? Woher sollte ich wissen, welche Gründe hinter ihrem Entschluß steckten? Trotzdem konnte ich an dem Ausdruck in ihren Augen ablesen, daß ihre Entscheidung hierzubleiben ihr nicht leichtgefallen war.

„Zeit für den Heimweg", sagte ich heiser. „Hab' noch 'ne Besorgung zu machen, bevor ich nach Hause reite."

Sie nickte verständnisvoll und lächelte.

„Schau nur jederzeit bei mir herein, wenn du kannst, Josua."

Ich machte mir Sorgen um sie, als ich gegangen war. Bald würden die ersten Tulpen blühen. Frau Foggelson würde ihre geliebten Frühlingsblumen gut selbst versorgen können, aber wer würde die vielen anderen Dinge erledigen, die auch getan werden mußten?

Das Schuljahr war fast vorüber, und Herr Foggelson würde zweifellos von hier wegziehen, sobald er seine letzten Pflichten als Lehrer erledigt hatte. Ab dann würde Frau Foggelson mutterseelenallein sein. Sie hatte nicht einmal Freunde oder gute Bekannte hier in der Stadt. Sie würde Hilfe brauchen.

Man hatte mir von klein auf beigebracht, nicht über andere zu reden, aber jetzt mußte ich unbedingt mit Tante Lou sprechen. Ich wußte, daß sie mit ihrem Haushalt, der Gemeinde und der kleinen Sarah alle Hände voll zu tun hatte, aber Frau Foggelson brauchte eine Frau, bei der sie sich aussprechen konnte, und Tante Lou war genau die richtige für sie. Ich selbst würde Carmens Mutter helfen, wo ich nur konnte. Vielleicht konnte ich ja nicht viel ausrichten, aber beten würde ich. Und ich würde Tante Lou einweihen.

Neue Anfänge

Aus Tagen wurden Wochen, dann Monate und schließlich Jahre. Zwei Jahre lang legte ich mich mächtig ins Zeug, wobei ich mich hin und wieder fragte, ob Gott es wohl plötzlich einfallen könnte, mich von der Farm wegzuholen und zu meinem eigentlichen Beruf zu führen, bevor ich die Farm richtig in Ordnung hatte. Wenn ich es mir damals genauer überlegt hätte, wäre mir von selbst in den Sinn gekommen, daß unser himmlischer Vater nicht so handelt.

Mit Herrn Thomas' Hilfe besorgten wir das beste Saatgut, das wir uns leisten konnten, und fingen mit dem Fruchtwechsel an. Von Wundern konnte allerdings keine Rede sein. Der Boden fing nicht über Nacht an, riesige Erträge hervorzubringen. Gegen Ende des zweiten Jahres hatten Opa und ich allerdings den Eindruck, wenn uns nicht alles täuschte, eine bessere Ernte eingebracht zu haben, aber vielleicht lag das auch nur an dem guten Sommerwetter.

Auch die Herde wuchs nur langsam. Wir kauften Herrn Thomas ein paar gute Tiere ab, und mit den besten Exemplaren von unserer eigenen Herde gab es Nachwuchs für die Zukunft. Unsere Auslagen erbrachten keine schnellen Profite, und wir mußten jeden Penny umdrehen, bevor wir ihn ausgaben, um nicht ins Hintertreffen zu geraten. Die Kälber in diesem Frühjahr stellten den ersten echten Gewinn dar. Selbst Onkel Charlie kam auf den Hof hinaus, sobald wieder eins geboren war. Eine der Kühe brachte Zwillinge zur Welt, zwei gesunde Färsen, die eines Tages zum Wachstum unserer Herde beitragen würden.

Auch Tante Lous Familie wuchs. Jonathan Josua hielt Einzug im Pfarrhaus. Die zweijährige Sarah konnte vor Jubel kaum an sich halten. Sie nannte den kleinen Stammhalter „mein Brüderchen" und schloß ihn jedesmal, wenn sie in seine Nähe kam, fest in die Arme. Alles wollte sie mit ihm teilen, von ihrem weichen, zotteligen Teddybär bis zu ihrem Frühstücksbrot. Tante Lou mußte den ganzen Tag lang ein Auge auf sie halten.

Im ersten Sommer kam Willi nach Hause. Er barst förmlich vor Begeisterung darüber, wie Gottes Segen auf seiner Ausbildung lag und wie er auch finanziell keine Not litt. Dann fand er aber für den Sommer eine Arbeit in Gainerville, so daß ich ihn längst nicht so häufig zu sehen bekam, wie ich gehofft hatte.

Trotzdem erfuhr ich von ihm, was es Neues über Carmen gab. Sie nahm es ihrer Mutter immer noch übel, daß sie nicht mit ihrem Vater umgezogen war. Es hatte eine Zeit gegeben, als Carmen zugehört hatte, wenn Willi von seinem Glauben sprach. Als sie dann aber von der Trennung ihrer Eltern erfuhr, hatte sie alles von sich gewiesen. Von da an hatte Willi es nicht wieder gewagt, das Thema wieder zur Sprache zu bringen. Jedes Mal, wenn er etwas über das Christsein sagte, hatte Carmen ihm vorgehalten, daß ihre Mutter, die schließlich einmal gläubig gewesen sei, ihrem Papa furchtbares Leid zugefügt habe. Willi und ich wußten beide, daß das ungerecht von Carmen war, aber manchen Leuten kamen halt zuweilen die absonderlichsten Gedanken. Willi bat mich, weiterhin für Carmen zu beten, was ich ihm auch versprach.

Frau Foggelson zog aus dem großen Haus aus, als ihr Mann abgereist war. Sie nahm die paar Dinge, die ihr noch geblieben waren, mit in das kleine Zimmer, das sie in der Stadtpension mietete, und verdingte sich als Schneiderin. Sie hatte kein silbernes Teeservice mehr, kein kostbares Porzellan, keine Tulpenbeete und keine Rosen, sondern nur noch ihre Nähmaschine und dazu das Notwendigste zum Leben.

Aber Tante Lou freundete sich tatsächlich mit ihr an. Frau Foggelson kam oft zu einer Tasse Tee ins Pfarrhaus. Es gelang Tante Lou sogar, sie dazu zu bringen, wieder in ihrer Bibel zu lesen, aber in den Gottesdienst wollte sie nach wie vor nicht gehen.

Im nächsten Sommer kam Willi gar nicht erst nach

Hause. Er hatte in der Nähe der Bibelschule eine Arbeit gefunden. Ich vermißte ihn zwar, hatte aber viel zuviel Arbeit, um groß darüber nachzudenken.

Zur Ernte hatten wir gutes Wetter und brachten alles rechtzeitig ein. Der Winter darauf war milder, und unsere Tiere überstanden die Kälte viel besser.

Im Frühjahr säten wir zum ersten Mal Saatgut aus eigener Produktion aus. Wir hatten manchen Winterabend am Küchentisch damit zugebracht, das Korn für die Saat zu sortieren. Für Onkel Charlie war das eine regelrechte Tortur gewesen, weil er mit seinen gekrümmten Fingern kaum kleine Gegenstände greifen konnte.

Im dritten Jahr ernteten wir die besten Erträge seit langer Zeit. Die Heuernte fiel besonders gut aus, und die sachgerecht zurechtgestutzten Obstbäume trugen so viele Früchte, wie wir es seit Jahren nicht mehr erlebt hatten. Im Herbst brachten wir mehrere Säue auf den Markt, und unser Viehbestand, der sich zwar nur langsam vermehrte, wies die Anzeichen erstklassiger Qualität auf.

Wir konnten sogar das Geld für Farbe erübrigen, und zwischen dem Heumachen und der Ernte fand ich genug Zeit, um die Gebäude, auch das Wohnhaus, frisch zu streichen. Die ganze Farm sah gleich viel besser aus.

Die Ernte war eingebracht, und ich hatte gerade meinen einundzwanzigsten Geburtstag gefeiert, als ein Brief von Willi ankam. Wir hatten einander längst nicht so häufig wie zu Anfang geschrieben, und als ich jetzt seine Handschrift auf dem Umschlag erkannte, freute ich mich riesig. Willi war inzwischen in seinem letzten Semester als Bibelschüler angelangt und sollte bald Missionskandidat werden. Bestimmt war er schon gespannt wie ein Flitzebogen, in welches Land Gott ihn nun schicken würde. Ich wäre ja selbst furchtbar gespannt gewesen, wenn's mich betroffen hätte, aber der Gedanke an Willis baldige Aussendung führte mir wieder vor Augen, daß er mir jetzt mit seiner Ausbildung schon vier Jahre voraus war. Ich würde mich mächtig anstrengen müssen, sobald Gott mir seine Pläne für mein Leben klarmachte.

„Du, ich mußte Dir einfach schreiben", hieß es in dem

Brief von Willi. „Es hat sich nämlich etwas ganz Besonderes ereignet: Carmen hat Jesus ihr Leben übergeben! Mehr kann ich Dir jetzt nicht darüber verraten, weil sie Dir alles selbst erzählen will, wenn wir zu Weihnachten nach Hause kommen. Ja, Du hast richtig gelesen. Sie hat vor, ihre Mutter zu Hause zu besuchen. Es gibt einiges, was sie gern zwischen sich und ihrer Mutter bereinigen möchte."

Ich konnt's kaum fassen. Das klang ja viel zu schön, um wahr zu sein! Andererseits wußte ich nicht, warum ich eigentlich so überrascht war. Schließlich hatte ich jahrelang jeden Tag dafür gebetet. Ich fuhr mir mit dem Handrücken über die Augen, um mir die Tränen abzuwischen.

Carmen hatte sich bekehrt! Sie würde zu Weihnachten nach Hause kommen! Es war wie ein Wunder. Danke, Gott! Dank' dir, Willi!

Mühsam las ich weiter, weil mir die Buchstaben vor den Augen verschwammen.

„Wir fahren mit dem Montagszug", schrieb Willi. „Er kommt um 11 Uhr 35 vormittags an – sofern er sich an den Fahrplan hält. Weißt Du noch, wie wir früher hin und wieder zum Bahnhof gegangen sind, um auf den Zug zu warten – eigentlich eher wegen der Leute auf dem Bahnsteig als wegen des Zuges. Und weißt Du auch noch, wie manche regelrecht böse wurden, weil der Zug andauernd Verspätung hatte? Also, wenn der Montagszug am 21. Dezember Verspätung haben sollte, dann habe ich zum erstenmal im Leben Verständnis für diese Leute."

Ich warf einen Blick auf den Kalender. Der 21. war in zwölf Tagen. Wie sollte ich mich nur so lange gedulden können?

Dann stieß ich einen Jauchzer aus und rannte, zwei Treppenstufen auf einmal nehmend, um Opa und Onkel Charlie die frohe Nachricht mitzuteilen.

Große Neuigkeiten

Den Rest des Tages verbrachte ich mit Tagträumen und die Nacht mit Schlaflosigkeit. Nach so langer Zeit würde ich also Willi und Carmen endlich wiederzusehen bekommen! Und Carmen war jetzt gläubig!

Am nächsten Morgen sattelte ich Chester und machte mich auf den Weg in die Stadt. Ich brannte darauf, Onkel Nat und Tante Lou von Willis Brief zu erzählen.

Sarah hatte mich schon erspäht und kam an die Tür.

„Tag, Onki Dosch!“ rief sie mir entgegen, bevor ich aus dem Sattel gesprungen war. Mit ihrer Aussprache klappte es noch nicht so richtig. Einerseits freute ich mich schon auf den Tag, an dem sie meinen Namen deutlich aussprechen konnte, aber andererseits mußte ich auch zugeben, daß „Onki Dosch“ eigentlich ganz niedlich klang.

Ich hob sie hoch und drückte ihr einen Kuß auf die Wange.

„Tag, Mamsellchen!“

„Du einkaufen dewesen?“ fragte sie mit der unschuldigsten Miene der Welt.

„Nein, ich bin geradewegs hierher zu euch gekommen.“ Ich drückte ihr noch ’nen Kuß auf jede Wange. Sarah wußte, daß wir wochentags nur zum Einkaufen in die Stadt kamen.

„Darf ich dann mit dir kommen?“ fragte sie mit flehendem Blick.

„Diesmal brauche ich gar nicht einzukaufen“, antwortete ich und fühlte mich regelrecht geschmeichelt, daß ihr meine Gesellschaft so viel bedeutete. „Siehst du?“ und ich zeigte auf Chester. „Siehst du, den Wagen hab’ ich zu Hause gelassen.“

Sarahs schob die Unterlippe vor, und ich befürchtete schon, gleich würde sie losheulen.

„Ich gehe gar nicht in den Laden“, erklärte ich ihr schnell und hockte mich vor sie hin.

Jetzt stiegen ihr tatsächlich die Tränen in die Augen, und sie zwinkerte verzweifelt dagegen an.

„Aber woher krieg ich denn dann Bomboms?“

Es dauerte einen Moment, bis ich begriff, was sie damit meinte. Wochentags kamen wir immer zu Besuch, nachdem wir eingekauft hatten, und brachten Sarah immer eine kleine Tüte mit Süßigkeiten mit.

Ich mußte einfach lachen. Dieser kleine Schlingel! Geschmeichelt brauchte ich mich wahrhaftig nicht zu fühlen, aber wenigstens war die Kleine unverblümt und ehrlich.

„Diesmal gibt's keine Süßigkeiten“, sagte ich und strich ihr über die zerzausten Locken. „Zuviel Süßes bekommt dir auch gar nicht. Wo ist denn deine Mama?“

„Bei mein' Brüderchen.“ Schon waren die Tränen versiegt.

„Wo denn?“

„In der Küche.“

„Wird er gerade gefüttert?“

„Nein“, schüttelte Sarah den Kopf, „debadet.“ Plötzlich schien sie sich darauf zu besinnen, daß ihr gerade ein höchst aufregendes Ereignis entging. Sie kehrte mir den Rücken und rannte durch die Veranda in die Küche. Dabei rief sie ihrer Mama zu: „Du, Mama! Onki Dosch is' da!“

„Gut!“ antwortete Tante Lou. „Nur hereinspaziert, Dosch!“ Es klang belustigt.

Eigentlich war ich eher Sarahs und Jonathans Cousin als ihr Onkel, aber Tante Lou brachte ihren Kindern bei, mich mit „Onkel“ anzureden, weil das vom Alter her besser paßte.

Sarah rannte mir voraus und kletterte auf einen Küchenstuhl.

„Sieh mal!“ zeigte sie eifrig. „Brüderchen kann schon sitzen!“

Ich staunte, wieviel der Kleine gewachsen war, seitdem ich ihn zum letzten Mal gesehen hatte.

Tante Lou warf mir ein Lächeln zu.

„Ich bin gleich fertig. Dann gebe ich dir zu trinken, was du möchtest: Kaffee, Tee, Milch oder Limonade."

Ich nickte und versetzte Jonathan einen leichten Kinnstüber.

„Und wie geht's dir, mein Junge?" erkundigte ich mich, und er antwortete mit einem breiten Grinsen.

„Er hat ja schon den ersten Zahn!"

„Zwei", berichtigte Sarah mich. „Mama sagt, er hat zwei."

„Das stimmt", bestätigte Tante Lou. „Der zweite kommt gerade durch."

Tante Lou zog den kleinen Jonathan an und reichte ihn mir dann.

„Er wird doch nicht etwa spucken, oder?" Um ehrlich zu sein, hätte ich ihn auch genommen, wenn sie mir fest zugesagt hätte, er würde mich im nächsten Moment gründlich vollspucken.

„In der Hinsicht ist er ganz brav", antwortete sie aber. „Er spuckt so gut wie nie. Außerdem habe ich ihn noch gar nicht gefüttert. Es kann dir also nichts passieren."

Sarah und ich spielten mit dem Baby, während Tante Lou heißen Kakao kochte und einen Zitronenkuchen in Scheiben schnitt.

„Wie geht's euch denn?" erkundigte sie sich dabei.

„Gut. Wir können nicht klagen."

Ihre Frage ließ mich an meine große Neuigkeit denken.

„Ist Onkel Nat zu Hause?" fragte ich. Eigentlich hatte ich vorgehabt, die beiden gleichzeitig zu überraschen.

„Nein, er ist bei Familie Lewis. Herr Lewis ist neu im Gemeindevorstand, und es gibt allerhand zu besprechen."

Man konnte mir wohl ansehen, wie enttäuscht ich war.

„Brauchst du ihn?" fragte Tante Lou.

„Nein. Ich ... ich hab' nur was ganz Großartiges zu erzählen, und ich wollte's euch eigentlich beiden erzählen."

Tante Lou sah von dem Kochtopf mit der heißen Schokolade auf und warf mir einen forschenden Blick zu.

„Du wirst es mir doch wohl nicht vorenthalten, nur weil Nat nicht zu Hause ist, oder?"

Ich grinste.

„Aber nicht doch!“ sagte ich. „Dazu brennt's mir ja viel zu heiß auf den Nägeln.“

„Gut!“ rief sie aus und stellte die beiden Tassen mit dem dampfenden Kakao auf den Tisch. Dann schob sie Sarah ein halb mit Milch gefülltes Glas hin.

„Was gibt's denn?“ fragte sie und reichte mir den Kuchen.

„Ich hab' gerade 'nen Brief von Willi bekommen“, fing ich an.

„Hat er sein Arbeitsfeld zugeteilt bekommen?“

„Nein. Etwas viel Besseres.“

„Kommt er vielleicht nach Hause?“ fragte Tante Lou. Sie wußte ja, wieviel mir das bedeutet hätte.

„Ja, zu Weihnachten. Aber das ist noch nicht alles!“

Das kleine Spiel machte mir ungeheuren Spaß. über die Jahre hinweg hatten wir es unzählige Male gespielt. Man zerpflückte eine gute Nachricht in möglichst viele winzige Einzelheiten, um sie Stück für Stück zu genießen.

„Was denn noch?“

„Carmen kommt auch!“

„Carmen?“ Tante Lou schien sich fast so sehr zu freuen wie ich.

Ich nickte, selbst noch immer von Staunen erfüllt.

„Hierher?“

„Ja, hierher. Sie will ihre Mutter besuchen.“

Jetzt tat Tante Lou etwas, was mich restlos verwunderte: Sie brach in Tränen aus. Sie fing wohl auch an zu beten; jedenfalls sagte sie leise etwas, aber ich wußte, daß nicht ich damit gemeint war.

Ich saß nur da und wußte nicht, was ich tun sollte. Dann stand ich von meinem Stuhl auf und legte Jonathan in die kleine Wiege, die in einer Küchenecke stand. Irgendwie schien Tante Lou mich zu brauchen, aber ich wußte nicht genau, wie ich ihr helfen sollte. Sarah rettete die Lage. Sie nahm ihre Mama bei der Hand. In ihren Augen stand Besorgnis.

„Mama“, sagte sie, „Mama, warum weinst du denn?“

Augenblicklich wechselte Tante Lous Miene. Liebevoll zog sie Sarah an sich und lachte leise.

„Schon gut, Liebling!“ sagte sie zu Sarah. „Mama weint vor lauter Freude. Mir fehlt nichts. Wirklich!“

Dann wandte Tante Lou sich zu mir um.

„Da wird Frau Foggelson sich aber freuen! Ich habe ihr versprochen, dafür zu beten, daß Carmen ihr verzeiht, was sie einfach tun mußte.“

Tun mußte? Tun mußte? Darauf konnte ich mir keinen Reim machen, wollte Tante Lou aber auch keine Fragen stellen – jedenfalls nicht jetzt.

Schließlich legte sie mir eine Hand auf den Arm und sagte mit neuen Tränen in den Augen: „Ach Josch! Wir müssen beten wie noch nie! Wir müssen dafür beten, daß Carmen und Frau Foggelson in der Zeit, die sie miteinander verbringen, endlich begreifen, wie dringend sie Gott brauchen.“

„Also“, sagte ich und ließ alle Vorsicht außer acht, um gleich zum Thema zu kommen, „das ist ja der Grund, weshalb ich gekommen bin. Carmen hat's nämlich schon begriffen!“

Mit weit aufgerissenen Augen schaute mich Tante Lou fragend an, als wollte sie ihren Ohren nicht trauen.

„Du willst doch nicht etwa sagen …?“ brachte sie hervor. Ich nickte, und dann fielen wir uns auch schon um den Hals und lachten und weinten und freuten uns zusammen.

„Jetzt muß ich aber weiter“, sagte ich schließlich. „Eigentlich hatte ich heute gar keine Zeit für 'nen Ausritt in die Stadt, aber ich konnte's einfach nicht abwarten, euch alles zu erzählen.“

„Ach Josch“, sagte sie, „ich bin ja so froh, daß du gekommen bist. Das ist das Schönste, was ich seit … nun, seit Jonathans Geburt erlebt habe!“ Dabei wandte sie sich zu ihrem kleinen Sprößling um.

Jonathan lutschte gerade geräuschvoll an seiner kleinen Faust, womit er seine Mutter daran erinnerte, daß er noch nicht gefüttert worden war. Tante Lou gab ihm einen Kuß auf die Stirn und flüsterte ihm liebevoll etwas zu.

Neben mir ertönte ein tiefes Seufzen. Ich sah in das sorgenschwere Gesicht der kleinen Sarah, die auf dem Stuhl neben mir saß. Sie seufzte gleich noch ein zweites Mal vernehmlich, zuckte mit den Achseln und streckte mir ihre leeren Handflächen entgegen.

„Überheine Bomboms". sagte sie. „Überheine" war Sarahs eigenen Wortschöpfung. Soweit wir es uns erklären konnten, sollte es „überhaupt keine" bedeuten.

Tante Lou und ich lachten.

„Hier", sagte ich und fischte in meiner Jackentasche. „Da hast du 'nen Penny für deine Spardose."

Augenblicklich erhellte sich ihr Gesicht, und sie nahm den Penny, rutschte von ihrem Stuhl und rannte in ihr Zimmer. Unterwegs rief sie mir zu: „Danke, Onki Dosch!"

Wir konnten den Penny zu den übrigen in die Dose fallen hören. Kopfschüttelnd grinste ich.

„Du ziehst da aber 'ne arge Bettlerin heran, Lou!" sagte ich.

„Ich?" protestierte Tante Lou. „Was ihre Bettelei betrifft, so hat das wohl eher mit den drei Männern in ihrem Leben zu tun als mit mir, will mir scheinen."

Ich zuckte nur mit den Achseln, streckte ihr meine leeren Handflächen entgegen und schmunzelte: „Überheine Bomboms!" Dann machte ich mich auf den Weg.

Heimkehr

Das Warten auf den einundzwanzigsten Dezember fiel mir entsetzlich schwer. Immer wieder versuchte ich mir das Wiedersehen mit Carmen auszumalen. Wie die *neue* Carmen wohl sein mochte? Sie glaubte ja jetzt an Gott. Bestimmt waren ihr jetzt Warmherzigkeit, Sanftmut und Einfühlungsvermögen abzuspüren.

Andererseits hoffte ich aber, daß sie sich nicht allzuviel verändert hatte. Ich wäre furchtbar enttäuscht, wenn sie ihr hübsches kupferfarbenes Haar zu einem festen Knoten aufgesteckt hätte. Und in schlichten, strengen Kleidern konnte ich sie mir auch nicht vorstellen. Die paßten irgendwie nicht zu Carmen.

Und Willi ... Es war schon so lange her, seitdem ich ihn gesehen hatte. Auch er hatte sich bestimmt verändert. Ich hatte geglaubt, mich mit ihm auseinandergelebt zu haben und mich nach den ersten paar Monaten daran gewöhnt zu haben, ohne ihn zurechtzukommen. Jetzt, wo er bald nach Hause kommen sollte, fielen mir unzählige Erlebnisse aus unserer Kinderzeit ein, und ich vermißte ihn plötzlich mehr als je zuvor.

Ein Blick in den Spiegel verriet mir, daß die Jahre auch an mir nicht spurlos vorbeigegangen waren. Ich zermarterte mir das Gehirn, wie ich eigentlich mit achtzehn ausgesehen hatte, aber vergebens. Die Hosen und Jacken, die ich als Schuljunge getragen hatte, hingen jetzt unbenutzt in meinem Schrank und warteten nur darauf, daß jemand sie aussortierte. Irgendwie störte es mich jedoch keineswegs, daß die Sachen Tag für Tag, Monat für Monat einfach nur da hingen, obwohl ich genau wußte, daß ich sie nie wieder tragen würde.

Ich sah auf meine muskulösen Arme. Durch die körperliche Arbeit auf Wiesen und Feldern war aus dem schmalen

Schuljungen, der ich einmal gewesen war, ein Mann geworden.

Ich strich mir über das Kinn. Mit siebzehn hatte ich mich ein paarmal rasiert, aber regelrecht nötig war's eigentlich kaum gewesen. Ich war mir eben so erwachsen dabei vorgekommen, mir mit der Rasierklinge übers das Gesicht zu fahren. Jetzt mußte ich mich tatsächlich rasieren, und zu meiner großen Überraschung machte es nicht halb so viel Spaß, wie ich mir immer erträumt hatte.

Aber abgesehen davon, daß ich erwachsen und kräftiger geworden war und mich rasieren mußte, hatte ich mich eigentlich kaum verändert. Ich war noch immer der gleiche Farmjunge wie eh und je. Willi jedoch war jetzt ein Stadtmensch mit einer abgeschlossen Ausbildung.

Ich dachte darüber nach, was sich sonst noch alles verändert hatte. Als wir uns das letzte Mal gesehen hatten, waren wir nicht nur dem Lebensalter nach viel jünger als jetzt gewesen, damals waren wir noch die reinsten Grünschnäbel gewesen, die nur Gutes vom Leben erwarteten. Willi träumte davon, Missionar zu werden, und es schien ganz so, als sollte dieserTraum nun bald in Erfüllung gehen. Carmen hatte sich einst das hohe Ziel gesteckt, sich auf dem Gebiet der Innenarchitektur einen Namen zu machen, aber aus irgendwelchen Gründen, die ich nicht kannte, war daraus nun nichts geworden. Sie hatte ihre Ausbildung abgebrochen und 'ne ganz gewöhnliche Beschäftigung angenommen.

Und ich? Ich war immer noch kein Stück weitergekommen, was meine Berufspläne betraf – nachdem ich die Farm in Ordnung gebracht und Opa und Onkel Charlie geholfen hatte, versteht sich. Das Ganze zog sich viel länger hin, als ich zuerst gedacht hatte, aber allmählich ging's mit der Farm bergauf.

Die einzigen, mit denen es nicht bergauf ging, waren Opa und Onkel Charlie. Opa war kein junger Mann mehr. Er ging leicht gebeugt, knurrte hin und wieder, wenn er auf eine Leiter klettern mußte, und ächzte vernehmlich, wenn er sich bückte. Opa besaß weder die Kraft noch den Willen, die Farm jemals wieder allein zu bewirtschaften.

Um Onkel Charlie machte ich mir regelrecht Sorgen. Von Woche zu Woche fiel es ihm schwerer, den Haushalt zu versorgen. Heiße Kochtöpfe und Schälmesser bereiteten ihm besondere Schwierigkeiten. Immer häufiger brauchte er Opas Hilfe im Haus. Zur Zeit schaffte ich die Stall- und die übrige Feldarbeit ganz gut allein, aber was sollte nur werden, wenn Gott mich zu meinem eigentlichen Beruf von hier wegschickte?

Das Ganze machte mir schwer zu schaffen. Aber Onkel Nat hatte mir schon des öfteren gesagt, daß Gott mir sein Vorhaben gewiß zur rechten Zeit klarmachen würde. Wenn der Augenblick gekommen war, an dem ich meine Ausbildung anfangen sollte, würde Gott schon jemanden dafür vorgesehen haben, der Opa und Onkel Charlie entlastete.

Ich konnte es mir manchmal nicht verkneifen, mir auszumalen, wie Gott das nur hinkriegen würde. Er könnte zum Beispiel einen bezahlten Knecht schicken. Aber so was war eine teure Angelegenheit. Wenn sich die Erträge der Farm durch die neue Anbaumethode nicht kräftig erhöhten, konnte ich mir nicht vorstellen, wie wir uns so jemand leisten könnten. Vielleicht würde Gott ja einen der Nachbarn als Pächter zu uns schicken. Die Turleys waren unsere nächsten Nachbarn, aber nachdem sie in dem harten Winter den größten Teil ihrer Tiere verloren hatten, würden sie kaum dazu in der Lage sein.

Oder Gott könnte Opa dazu veranlassen, die Farm zu verkaufen. Dieser Gedanke ging mir jedoch gegen den Strich. Nach all der Arbeit, die ich in die Farm gesteckt hatte, um sie ertragreicher zu machen, würde ich's nicht mit ansehen können, wie jemand anders sie übernahm, besonders, wenn dieser Jemand alles so vernachlässigte, bis alles wieder im alten Zustand war! Ich würde lange beten müssen, bis ich mich damit abfinden könnte, daß die Farm verkauft wurde.

Sosehr mich diese Sorgen auch beschäftigten, so hatte ich doch in den Tagen vor dem einundzwanzigsten Dezember andere Dinge im Kopf. Jetzt dachte ich kaum an etwas anderes als an meine beiden Schulkameraden und daran, was sie alles zu erzählen hatten, nachdem sich so viel verändert hatte.

Ich konnte wohl kaum von Carmen erwarten, daß sie in ihre Heimat zurückkehrte und mich als ihren Verehrer betrachtete. Immerhin hatte ich allem damals ein Ende gemacht, weil sie nicht wie ich an Gott glaubte. Jetzt würde es ein Weilchen brauchen, bis wir einander neu kennengelernt hatten und alles wieder so wie früher zwischen uns war.

Darauf hatte ich mich schon eingestellt. Im stillen überlegte ich bereits, was man so tut, wenn man 'ner jungen Dame den Hof macht. Blumen gab's um diese Jahreszeit kaum, aber Pralinen ließen sich leicht erstehen. Eine hübsche Halskette oder ein Armband wären nicht zu verachten. Vielleicht würde es mir sogar gelingen, ein passendes Armband zu dem Ring zu aufzutreiben, den ich dann später anschaffen wollte.

Eins verursachte mir Kopfzerbrechen: Ich hatte keine Ahnung, wie lange Carmen sich von mir den Hof machen lassen würde. Erwartete sie von mir, mehrere Monate lang um sie zu werben, oder würde alles schneller gehen, weil wir ja früher schon mal befreundet gewesen waren? Nun, das würde ich halt abwarten müssen.

Aber das Warten fiel mir unendlich schwer.

Ich erkundigte mich nach der Ankunftszeit des Zuges. Dreimal fragte ich danach, um auch ganz sicher zu sein. An diesem Morgen rasierte ich mich besonders sorgfältig, wichste mir die Sonntagsschuhe und bügelte mein Hemd. Onkel Charlie war zwar schon mit dem Bügeleisen darüber gefahren, aber so glatt wie früher konnte er nicht mehr bügeln.

Nachdem ich angezogen war, zupfte und strich und polierte ich an mir herum und warf zwischendurch immer wieder 'nen Blick auf die Uhr. Ein paarmal erwischte ich Opa und Onkel Charlie dabei, wie sie sich zuzwinkerten, aber das kümmerte mich heute herzlich wenig.

Eigentlich hatte ich auf Chester in die Stadt reiten wollen, aber dann fiel mir ein, daß Carmen vielleicht dringend mit mir reden wollte. Mit dem Pferdeschlitten konnten wir eine kleine Rundfahrt machen, und so spannte ich die

Pferde an. Eine warme Decke nahm ich auch mit, damit Carmen sich vor der Kälte schützen konnte, und dann machte ich mich endlich auf den Weg in die Stadt.

Es war noch früh, aber zu Hause hätte ich's keine Minute länger ausgehalten. Außerdem mußte ich ja noch eine Schachtel Pralinen in der Stadt besorgen. Ich hatte mich zwar schon einige Male danach umgeschaut, hatte mich aber zu keiner bestimmten Sorte entschließen können.

Vor dem Geschäft band ich die Pferde fest und ging an die Theke, wo Süßigkeiten verkauft wurden. Das Mädchen hinter der Theke lächelte freundlich. Sie war neu hier, aber ich erkannte sie als eins von den Turley-Mädchen. Wir waren zusammen zur Schule gegangen, aber weil sie viel jünger war, hatte ich sie kaum beachtet. Ich wußte nicht, ob sie von mir erwartete, sie mit Namen zu begrüßen. Deshalb sagte ich einfach nur: „Tag!“, was möglichst beifällig klingen sollte.

Ich hatte immer noch keine blasse Ahnung, welche Sorte Pralinen ich kaufen sollte, und nachdem ich eine Weile hin und her überlegt hatte, platzte ich mit der Frage heraus:

„Wenn du dir 'ne Schachtel Pralinen wünschen dürftest, welche würdest du nehmen?“

Sie lächelte schüchtern und zeigte auf eine große Schachtel mit einer Pralinenmischung.

„Diese da?“

Sie nickte.

„Die nehm' ich“, sagte ich und zählte das Geld ab.

„Würdest du sie mir wohl nett einpacken?“ bat ich. Sie nickte und nahm die Schachtel mit in den Nebenraum. Als sie mir dann das Päckchen reichte, konnte ich sehen, daß sie sich wirklich Mühe mit dem Einpacken gegeben hatte. Ich bedankte mich und ging.

Bis zum Bahnhof war's nicht so weit, daß ich das Gespann würde mitnehmen müssen. Außerdem scheuten manche Pferde vor dem Pfeifen und Stampfen des einfahrenden Zuges, und ich mochte mich nicht wegen der unruhigen Pferde sorgen müssen.

Immer wieder sah ich auf die Uhr, die ich von Tante Lou und Onkel Nat zu meinem einundzwanzigsten Geburtstag bekommen hatte. Ich hätte schwören können, daß sie stehengeblieben war, aber als ich sie an mein Ohr hielt, hörte ich sie doch ticken.

„Ich werd' die Wände raufgehen, wenn er Verspätung hat", murmelte ich vor mich hin und trat gegen einen hartgefrorenen Schneehaufen. Das bereute ich auf der Stelle. Der Schnee spritze über meinen ganzen Stiefel, so daß ich ihn mit meinem Taschentuch abwischen mußte. Blieb nur zu hoffen, daß ich das Taschentuch heute nicht mehr brauchen würde. In aller Öffentlichkeit würde ich es kaum hervorziehen können, so schmutzig, wie es jetzt war.

Meine Ungeduld erinnerte mich an das Spiel, das Willi in seinem Brief erwähnt hatte, und ich mußte schmunzeln. Wir hatten uns einen Spaß daraus gemacht, Leute zu beobachten, die sich ärgerten, nur daß wir damals nie gedacht hätten, daß das Warten auf einen verspäteten Zug so schwierig sein konnte.

Mir war zwar bewußt, daß der Bahnsteig gedrängt voller Leute war, aber ich hatte mich nicht nach Bekannten umgeschaut. Überhaupt hatte ich der Menschenmenge kaum Beachtung geschenkt, bis ich jemanden rufen hörte: „Da kommt er!" Erst jetzt sah ich Willis Verwandtschaft ein Stück weiter unten auf dem Bahnsteig. Die meisten anderen kannte ich auch, wenigstens vom Sehen. Dort drüben stand Mary Turley. Ich grinste still in mich hinein. Willi behauptete zwar, sie beide seien „nur gute Kameraden", aber bewies Marys Gegenwart etwa nicht, daß ich mit meiner Vermutung recht hatte?

„Wie nett!" dachte ich im stillen. „Mary eignet sich bestimmt gut zur Missionarsfrau. Sie ist freundlich und teilnahmsvoll und auf ihre Art sogar recht hübsch."

Dann stieß die Lokomotive auch schon ihren schrillen Pfiff aus, und ich vergaß die Leute um mich her. Ich vergaß Willis Verwandtschaft und sogar Mary Turley. Jetzt konnte ich nur noch an Carmen denken. Der Hals wurde mir trokken und die Augen feucht. Die Knie wurden mir so weich, daß ich befürchtete, sie würden nachgeben.

Willi entdeckte ich zuerst. Er sah fast doppelt so breit aus, wie ich ihn in Erinnerung hatte, und trug einen neuen

Mantel. Es war zum Lachen, aber ich hatte wohl nicht damit gerechnet, daß er in Sachen auftauchen würde, die ich noch nie an ihm gesehen hatte. Er wirkte größer und breitschultriger und viel erwachsener. Aber sein Lächeln war das gleiche wie früher. Er rief mir zu: „Tag, Josch!" Dann sah er aber seine Angehörigen und nahm seine Mutter in die Arme.

Über die Köpfe der Leute hinweg hielt ich nach Carmen Ausschau. Ich befürchtete schon, sie könnte sich alles anders überlegt haben. Die meisten Reisenden waren ausgestiegen, doch da löste sich Willi von seiner Familie und sprang auf das Trittbrett eines Waggons zurück. Als er wieder auftauchte, trug er einen großen Koffer und einen Berg von Päckchen und Paketen. Direkt hinter ihm, noch schöner, als ich sie in Erinnerung hatte, erschien Carmen.

Ihr kupferfarbenes, duftiges Haar umrahmte noch immer ihr Gesicht, aber sie hatte es zu einer viel fraulicheren Frisur gekämmt als die lose hängenden Locken ihrer Jungmädchenzeit. Ihr Mantel war von einem sanften Grün, was ihre cremefarbenen Wangen und ihre wunderschönen Augen noch besser zur Geltung brachte. Einen Moment stockte mir der Atem. Ich konnte mich weder rühren noch einen Ton herausbringen. Ihr Blick suchte unter den Leuten, die noch auf dem Bahnsteig standen; dann entdeckte sie mich und rief: „Josch!"

Irgendwie schaffte ich's, meine Beine in Gang zu setzen, und ich stolperte auf Willi und Carmen zu. Willi packte mich am Arm, und als wir einander umarmten, dachte ich flüchtig daran, wie dies wohl der Schachtel Pralinen in meiner Hand bekommen würde.

Schließlich ließ er mich los, und ich stand Carmen gegenüber. Sie lachte leise und streckte den Arm zu meiner Schulter hoch.

„Du bist aber gewachsen, Josch!" sagte sie mit einem schelmischen Augenzwinkern. Ich nickte nur, als hätte's mir die Sprache verschlagen.

Dann stellte sie sich auf die Zehenspitzen, zog meinen Kopf zu sich herunter und küßte mich mitten auf die Wange. Am liebsten hätte ich sie ganz an mich gezogen und sie auch geküßt, aber ich konnte mich nicht rühren. Schnell trat sie einen Schritt zurück und musterte mich nochmals.

„Ich habe Willi erlaubt, dir von der großen Neuigkeit zu schreiben, aber die Einzelheiten möchte ich dir am liebsten selbst erzählen. Ich weiß, daß du schon lange für mich gebetet hast, Josch, und ich danke dir dafür. Aber jetzt brauche ich deine Gebete noch immer. Es wird nicht einfach sein, mit Mama zu reden."

Wieder nickte ich. Noch immer hatte ich kein einziges Wort hervorgebracht.

„Ich habe ihr geschrieben, daß ich komme, aber ich habe sie gebeten, mich nicht am Bahnhof abzuholen", fuhr Carmen fort. „Ich habe nämlich das Gefühl, daß unsere Begegnung etwas dramatisch werden könnte."

Abermals nickte ich nur.

„Ich habe ihr versprochen, daß ich direkt vom Bahnhof aus zu ihr gehen würde."

Ich schluckte und nickte zum vierten Mal. Was sie vorhatte, war eigentlich nur zu verständlich.

Auf einmal lachte sie wieder, wobei sie ihre hübschen Locken zurückwarf.

„Wir haben einander ja so viel zu erzählen!" sagte sie. „Kannst du um halb vier bei uns sein? Ich muß dir einfach alles ganz haarklein berichten!" Sie unterbrach sich und sah mich an. „Und ich bin auch schon so darauf gespannt, wie es dir in letzter Zeit ergangen ist", fügte sie hinzu.

Willi und Mary plauderten angeregt neben uns miteinander, aber ich hörte kein Wort von dem, was da gesagt wurde. Ich war viel zu sehr von Carmen eingenommen.

Endlich fand ich meine Stimme.

„Also gut, halb vier", versprach ich. Dann fiel mir die Schachtel Pralinen ein, die ich noch in der Hand hielt. Ich streckte sie Carmen entgegen. Die Schleife hing schief, und das Papier war etwas verknittert, aber dafür hatte Carmen bestimmt Verständnis.

„Herzlich willkommen daheim", gelang es mir hervorzubringen.

„Ach, es ist ja so schön, endlich wieder in der Heimat zu

sein“, sagte sie leise. In ihren Augen standen unvergossene Tränen.

Bevor ich etwas darauf erwidern konnte, gingen Carmen und Willi schon weiter. Carmen wurde von seiner Verwandtschaft begrüßt, und es war abzusehen, daß sie gleich mitsamt ihrem Gepäck von dem wartenden Schlitten der Familie zu ihrer Mutter gebracht würde.

Ich schalt mich selbst einen Dummkopf, weil ich das Gespann nicht zum Bahnhof mitgenommen hatte. Eigentlich hätte ich genausogut derjenige sein können, der Carmen nach Hause fuhr.

Aber bis halb vier war's im Grunde auch nicht mehr sehr lange. Außerdem hatte ich noch ein paar Einkäufe zu erledigen. Der Schmuck für Carmen war nicht nur eine gute Idee, sondern auch unerläßlich. Eilig machte ich mich auf den Weg, um möglichst viel Zeit zum Aussuchen zu haben. Vor lauter Freude hätte ich Luftsprünge machen können!

Die „Aufwartung“

Es dauerte ’ne ganze Weile, bis ich das Schmuckstück gefunden hatte, das Carmen am besten stehen würde. Nirgends in der Stadt gab’s eine Halskette oder ein Armband mit einem passenden Ring dazu, weshalb ich mich für etwas anderes entscheiden mußte. Endlich entdeckte ich eine Halskette mit einem zierlichen Anhänger, der wie geschaffen für Carmen war. Die ganze Kette war zwar längst nicht so hübsch wie die zukünftige Trägerin, aber so gesehen gab es sowieso auf der ganzen Welt kein Schmuckstück, das sich mit ihrer Schönheit hätte messen können.

Ich bat den Verkäufer, die Kette nett einzupacken, und dann steckte ich sie behutsam in meine Manteltasche. Auf keinen Fall wollte ich riskieren, daß das kleine Päckchen irgendwie beschädigt wurde.

Kurz vor halb vier war ich mit dem Einkaufen fertig, und so spendabel, wie mir gerade zumute war, entschloß ich mich auch noch dazu, eine Tüte Pfefferminzplätzchen für Sarah zu erstehen. Mit der Tüte in der Tasche machte ich mich dann auf den Weg zu Tante Lou.

Sarah kam mir gleich entgegengelaufen.

„Tag, Onki Dosch!“ rief sie, runzelte aber auf der Stelle angestrengt die Stirn und fing nochmal von vorn an. Offensichtlich hatte ihr jemand Unterricht im Sprechen erteilt. „Onki-el Josch“, brachte sie heraus, wobei sie vor Stolz über ihre Leistung strahlte. Ich hob sie hoch, drückte ihr einen Kuß auf die Wange und überschüttete sie mit Lob. Sie grinste voller Freude.

„Kommst du mich besuchen?“ fragte sie.

„Eigentlich nicht. Ich bin zu ... zu ’ner anderen jungen Dame unterwegs.“ Dabei wurde ich wider Willen ’ne Spur rot.

„Aber du bist doch hier!“ stellte sie mich zur Rede.

„Ja, aber nicht lange. Gleich muß ich weiter."

„Warum denn?" fragte sie so bekümmert, als wollte sie gleich in Tränen ausbrechen.

„Na, es ist halt so", gab ich ihr fröhlich zur Antwort. Selbst die kleine Sarah hätte mir meine unbändige Vorfreude eigentlich anmerken müssen.

„Mama stillt Brüderchen gerad' im Schlafzimmer", teilte sie mir mit.

„Ich bin auch nicht hier, um deine Mama zu besuchen", antwortete ich.

„Warum denn nicht?" fragte sie wieder.

„Na, weil", sagte ich und zog die kleine Tüte mit den Pfefferminzplätzchen aus der Tasche hervor, „weil ich gerade einkaufen war."

Sarah quietschte vor Vergnügen, als sie die Tüte sah. Sie wußte genau, daß sie für sie bestimmt war.

Tante Lou rief mir aus dem Schlafzimmer zu: „Ich komme gleich, Josch!"

„Nur keine Eile!" rief ich zurück. „Ich kann sowieso nicht bleiben. Wollte Sarah nur schnell 'ne Kleinigkeit bringen."

„Machst du dich auf den Heimweg?

Ich konnte meine Vorfreude einfach nicht verbergen.

„Nein, ich bin zu Carmen unterwegs. Sie wollte zuerst ganz allein mit mir sprechen."

Tante Lou schwieg einen Moment; dann rief sie mit sanfter Stimme zurück: „Ich bete für dich, Josch."

Eigentlich hatte ich im Moment nicht viel an Fürbitte nötig, fand ich. Alle meine Gebete, meine größten Träume waren in Erfüllung gegangen. Mit leichten Schritten machte ich mich auf den Weg zu Carmen. Das Gespann ließ ich im Hof bei der Kirche zurück. Vor der Pension gab's nicht viel Platz, wo man Pferde festbinden konnte, und schon gar nicht mitten an einem Wochentag. Das wußte ich aus Erfahrung, denn ich hatte Frau Foggelson in den Jahren, seitdem sie dort wohnte, ein paarmal besucht.

Ich ging mit Absicht so langsam, daß ich haargenau eine Minute nach halb vier an die Tür der Pension klopfte. Ich wurde eingelassen und stand kurz darauf vor der Tür zu

Zimmer vier. Wieder klopfte ich an, wobei mein Herz mindestens genauso laut klopfte.

Carmen öffnete. Sie nahm mich bei der Hand und zog mich in die Stube. Dabei rief sie: „Mama hat mir erzählt, wie nett du dich in den letzten Jahren um sie gekümmert hast, Josch. Das werde ich dir niemals vergelten können!"

Darin irrte Carmen sich kräftig. Es konnte keinen größeren Lohn für meine geringen Bemühungen geben als das Leuchten in ihren Augen.

Sie führte mich in die kleine, enge Stube, die Frau Foggelson als Wohnstube, Nähzimmer und Schlafzimmer zugleich diente. Mit Carmens Koffer und Schachteln, die überall verstreut standen und lagen, wirkte alles noch viel enger.

„Entschuldige das Durcheinander!" sagte Carmen mit einer Handbewegung und schob ein paar Schachteln beiseite, um mir eine Sitzgelegenheit anbieten zu können. „Ich habe noch keine Zeit zum Aufräumen gehabt", erklärte sie seufzend. „Und ich hab' auch keine Ahnung, woher ich den Platz nehmen soll, wenn ich erst die Zeit gefunden habe!" Ein silberhelles Lachen folgte ihren Worten. Typisch Carmen: so lebhaft, so munter – und so voller Überraschungen!

Jetzt wandte sie sich zu mir um und musterte mich gründlich. Unter ihrem offenen Blick wurde ich rot und trat unbeholfen von einem Fuß auf den anderen.

„Ach Josch", sagte sie, „es tut ja so gut, wieder daheim zu sein!"

Ich betrachtete mein Gegenüber. Aus dem jungen Mädchen von früher war nun eine junge Frau geworden. Alles, was ich ihr sagen wollte, alles, was mir auf der Seele lag, blieb mir im Hals stecken. Ich konnte nur nicken und etwas darüber murmeln, wie die Freude über ihre Heimkehr ganz meinerseits war.

Ein Kleid, wie sie es trug, hatte ich noch nie im Leben gesehen. Der Kragen war hochgeschlossen und betonte ihr zierliches Gesicht. Das schmale Oberteil stand im Gegensatz zu dem weiten, duftigen Rock, der mit jeder ihrer Bewegungen um sie wogte und wirbelte. Die Ärmel verliefen auf ihrem Handrücken zu einer langen Spitze. Das weiche Blaugrün des Stoffes brachte ihre Haarfarbe und ihre Augen wunderhübsch zur Geltung.

„Nun, wo fangen wir an?" sagte sie gerade. „Es gibt ja so viel zu erzählen!"

Dann unterbrach sie sich. „Ach, du liebe Güte, wo bleiben denn meine Manieren! Hier, laß mich zuerst deinen Mantel und Hut nehmen."

In der Tasche meines Mantels war noch das kleine, kostbare Geschenk versteckt. Meine Mütze drehte ich nervös in den Händen. Carmen nahm mir Mantel und Jacke einfach ab und legte sie auf einen Stuhl.

„Wie wär's mit einer Tasse Tee?" bot sie mir an.

„Ja, das ist nett!" nickte ich. In Wirklichkeit machte ich mir nichts aus Tee, aber ich erhoffte mir davon, daß er mir die zentnerschwere Zunge etwas lösen würde.

„Mama mußte eine Näharbeit zu einer Kundin bringen", erklärte Carmen, während sie den Kessel auf die elektrische Kochplatte in der Zimmerecke stellte. Daß Frau Foggelson nicht daheim war, hatte ich noch gar nicht bemerkt.

„Sie läßt ausrichten, es würde nicht lange dauern."

Ich hoffte aus ganzem Herzen, daß Frau Foggelson sich nicht allzusehr beeilen würde.

Mit immer noch klopfendem Herzen schaute ich zu, wie Carmen die Teeblätter in die Kanne gab und ungeduldig mit dem zierlichen Fuß auf den Boden klopfte, während sie darauf wartete, daß das Wasser kochte. Dann goß sie den Tee auf, nahm zwei schlichte weiße Tassen aus dem kleinen Regal und stellte sie auf den Tisch. Weil der Platz kaum für die beiden Tassen samt Untertassen ausreichte, brachte Carmen mir meine Tasse.

„Nun, Josua Jones", sagte sie mit einem Augenzwinkern und setzte sich neben mich auf das Sofa, „was hast du denn in den letzten Millionen Jahren so alles erlebt?"

Die „Millionen" sprach sie betont langgezogen aus, und ich mußte ihr recht geben. Die letzten zwölf Tage waren mir ja schon ungefähr so lange erschienen.

„Ach, eigentlich nichts Besonderes", antwortete ich. „Hab' die Farm versorgt, weiter nichts."

„Mama sagt, du verstehst dich ausgezeichnet auf die Farmwirtschaft. Du probierst neue Methoden aus und ..."

Im stillen war ich Frau Foggelson unendlich dankbar dafür, etwas Nettes über mich und meine Farmerei gesagt zu haben. Außerdem freute es mich ungemein, daß die beiden Frauen überhaupt schon auf mich zu sprechen gekommen waren.

„Das stimmt zwar", unterbrach ich sie bescheiden, „aber in erster Linie habe ich gewartet – und gebetet."

Carmens schelmischer Ausdruck wich einem ernsteren.

„Ja, ich weiß", sagte sie, und es war kaum mehr als ein Flüstern. „Und ich danke dir herzlich dafür!"

Sie nippte an ihrer Teetasse und stellte sie dann beiseite. Zu meiner Überraschung hatte sie plötzlich Tränen in den Augen.

„Ich begreife einfach nicht, warum ihr beiden, Willi und du, nicht schon längst die Hoffnung für mich aufgegeben habt. Ich war ja so starrsinnig und so blind! Ich begreife selbst nicht, warum ich nicht einsehen konnte, daß ihr die ganze Zeit nur die Wahrheit gesagt hattet und nur mein Bestes wolltet.

Weißt du eigentlich, was ich damals gedacht habe?" fuhr sie nach einer Pause fort. „Ich dachte: ‚Diese Leute sind doch furchtbar dumm! Sie sind ungebildet, und es geht ihnen nur darum, aus mir genau so einen unselbständigen Dummkopf zu machen, wie sie's selbst sind. Wenn ihnen das gelungen ist, sind sie so richtig stolz. Je mehr Seelen sie für ihre Sache gewinnen, desto zufriedener sind sie.' Ja, das habe ich damals gedacht. Es hat lange gedauert, bis Willi mir begreiflich machen konnte, daß er aufrichtig um mich besorgt war. Daß er wußte, wie verloren ich ohne Gott war, verloren für alle Ewigkeit, und daß ihm wirklich an mir lag."

Beim Sprechen wickelte Carmen sich eine kupferbraune Locke um einen Finger. Am liebsten hätte ich auch eine dieser Locken in die Hand genommen, ließ es aber tunlichst bleiben.

„Und dann passierte diese Sache mit Mama und Papa. Ich konnte es einfach nicht fassen. Schon allein die Vorstellung, daß sie jetzt in zwei verschiedenen Häusern wohnten, viele Meilen voneinander getrennt, war mir schrecklich!

Ich war schon immer Papas Liebling gewesen. Das weißt du ja selbst. Nun, ich war der festen Überzeugung, daß Mama an allem schuld war. Ehrlich, Josch, ich war ihr furchtbar böse. Ich verstand einfach nicht, warum sie Papa das angetan hatte. Ich wußte, daß sie früher einmal an Gott geglaubt hatte. Wenn sie Papa so etwas Schlimmes antun konnte, obwohl sie einmal behauptet hatte, die Wahrheit zu kennen – auch wenn Papa ihr nicht erlaubt hatte, in die Kirche zu gehen –, dann konnte mir die ganze Religion gestohlen bleiben."

Mit einem Seufzen schob sie sich die Locken aus dem Gesicht.

„Aber Willi ließ einfach nicht locker. Immer wieder lud er mich zu Bibelstunden und zum Gottesdienst ein, und wir haben uns oft unterhalten und gestritten." Sie hielt inne und lachte leise.

„Und eines Tages, wenn ich auch bis heute noch nicht weiß, warum, habe ich dann seine Einladung zu einer Bibelstunde doch angenommen und bin mit ihm gegangen. Das war der Anfang." Wieder lachte sie.

„Und wer hätte sich träumen lassen, wie alles enden würde?" fuhr sie fort. In ihren Augen stand ein Leuchten. „Eines Abends war ich allein in meinem Zimmer und las den Vers ein ums andere Mal, den wir in der Bibelstunde durchgenommen hatten. Er steht in Johannes 5,24: ‚Wer mein Wort hört und glaubet dem, der mich gesandt hat, der hat das ewige Leben und kommt nicht in das Gericht, sondern er ist vom Tode zum Leben hindurchgedrungen.' Urplötzlich ging mir auf, daß die Bibel recht hat. Ich glaubte tatsächlich, was dieser Vers ausdrückt. Irgendwie hatte ich plötzlich verstanden, um was es ging. Ich war ein schlechter Mensch; das wußte ich, aber durch den Glauben an Jesus konnte ich vom Tod zum Leben hindurchdringen.

Vor dem Tod hatte ich immer schon Angst gehabt, Josch. Ich wollte leben. So habe ich Gott also ganz allein in meinem Zimmer mein Leben übergeben und ihm dafür gedankt, daß sein Sohn meine Schuld auf sich genommen hat, wie es in diesem Vers heißt. Und jetzt bin ich an Willis Bibelschule, anstatt als Telefonistin zu arbeiten."

„Wirklich?" Ich freute mich riesig. „Das hab' ich ja gar nicht gewußt!"

„Doch, wirklich. Und ich lerne so viel, und es gibt so vieles, was ich noch nicht weiß. Jetzt frage ich mich, warum in aller Welt ich nur früher so ... so dumm gewesen sein konnte, um diese Lügen zu glauben."

„Blind", berichtigte ich sie.

„Blind *und* dumm", lachte sie.

Ich schob meine Tasse beiseite. Ich wollte zuvor alle Einzelheiten von Carmens Bekehrung hören, aber ich hatte auch noch ein paar andere Dinge mit ihr zu besprechen. Wenn sie jetzt auf die Bibelschule ging, dann ...

„Dann bleibst du also nicht hier bei deiner Mutter?" fragte ich beklommen. Der Antwort sah ich mit gemischten Gefühlen entgegen.

„Aber nein!" sagte sie. „Wir haben nur eine Woche frei."

„Wir?"

„Willi und ich."

Natürlich! Ich hatte vergessen, daß die beiden jetzt an der gleichen Bibelschule studierten. Demnach fing auch der Unterricht für beide am gleichen Tag wieder an.

„Willi müßte eigentlich jede Minute kommen", sagte sie mit einem ungeduldigen Blick auf die Uhr.

„Willi?" fragte ich überrascht.

Sie sah mich mit einem Augenzwinkern an.

„Wir haben dir etwas zu erzählen", sagte sie. „Aber ich mußte Willi versprechen, nichts zu verraten, bis er hier ist."

Willi war also hierher unterwegs. Ich dachte an das Geschenk in meiner Tasche. Wenn Willi bald auftauchen sollte, dann wurde es jetzt höchste Zeit für mich, zur Sache zu kommen. Ich räusperte mich.

„Also, ich wollte dich fragen", fing ich vorsichtig an, „ob du ... hm, ich hab' dich ziemlich arg vermißt, weil wir uns doch so gut verstehen, und ... und ich wollte dich fragen, wo du nur für kurze Zeit hier bist und bald wieder zurück zur Schule mußt, ob wir die paar Tage nicht irgendwie nutzen könnten, um uns gegenseitig wieder neu kennenzulernen?“ Das war eine ziemlich lange Rede geworden für einen, der sonst nicht viel große Worte macht.

„Ach Josch!“ rief Carmen begeistert und klatschte in die Hände. „Genau das hatte ich gehofft! Ich war zwar dickköpfig und gemein, aber ich habe immer schon große Stücke auf dich gehalten. Ich danke dir für die mutige Art, dich zum Glauben an Jesus zu bekennen, und ich danke dir für all deine Gebete! Ich hatte gehofft, ...“

„Wie wär's mit morgen?“ fiel ich ihr eifrig ins Wort. „Möchtest du mit mir 'ne Schlittenfahrt machen und die Farm sehen?“

Sie sah mich enttäuscht an.

„Ach Josch, es tut mir leid, aber morgen soll ich Willis Familie besuchen.“

Ausgerechnet Willis Familie!

„Und Sonntag?“ fragte ich weiter.

Sie verzog das Gesicht.

„Und Sonntag kommt Willi hierher zum Essen.“

Ein guter Teil von Carmens Urlaub war anscheinend schon verplant. Ich war ein bißchen böse auf Willi. An der Bibelschule bekam er Carmen schließlich oft genug zu sehen. Trotzdem war's verständlich, daß er sie nach Hause eingeladen hatte. Seine Angehörigen hatten immerhin auch für sie gebetet.

„Also ...“ Meinem nächsten Vorschlag kam ein Klopfen an der Tür zuvor. Und dabei hatte ich Carmen ihr Geschenk noch nicht überreicht!

Sie sprang auf, um die Tür zu öffnen, und genau wie wir erwartet hatten, stand Willi da. Er grinste von einem Ohr zum anderen. Carmen nahm ihn bei der Hand, wie sie's vorhin auch bei mir getan hatte, und zog ihn in die Stube.

Nur, daß sie seine Hand nicht wieder losließ. Sie stand einfach da und hielt sie fest, und ich sah, wie Willi seine Finger zärtlich um ihre schloß.

„Ich hab's ihm noch nicht verraten“, strahlte sie. „Es war ja so schwer, aber ich habe keinen Ton davon gesagt!“

Willi ließ Carmens Hand los und schlang den Arm um ihre Taille, um sie dichter an sich zu ziehen.

„Josch“, sagte er, „weil du uns beiden so viel bedeutest, sollst du's als erster erfahren.“

Ich spürte, wie mir die Kehle trocken wurde.

„Carmen und ich haben uns verlobt“, verkündete Willi freudestrahlend. Carmen strich ihm liebevoll über die Wange.

Bloß gut, daß ich noch auf dem Sofa saß! Meine Beine wären sonst unter mir zusammengesackt. Die ganze Stube fing sich plötzlich an zu drehen, und ich wurde hilflos von der dunklen Strömung eines schwarzen, bodenlosen Ozeans fortgerissen. Als ich kurz vor dem Ertrinken war, fiel mir ein, daß ich beobachtet wurde und daß bestimmt irgendein Ausruf der Freude von mir erwartet wurde, nachdem ich die große Neuigkeit soeben vernommen hatte.

Weihnachten

„Da haben wir Josch aber restlos überrumpelt, scheint mir!"

Willis Stimme riß mich aus meiner Benommenheit. Ich starrte in die Richtung, aus der sie gekommen war, und sah Willi dastehen, den Arm noch immer um Carmen gelegt und ein breites Grinsen auf dem Gesicht.

Auch Carmen lächelte. Sie drehte sich um und gab Willi einen Kuß auf die Wange. Dann löste sie sich aus seinem Arm und kam auf das Sofa zu, wo ich saß.

„Ist das nicht wunderbar?" freute sie sich. Als ich keine Antwort zustande brachte, fuhr sie fort: „Hattest du dir's wirklich noch nicht von selbst gedacht?"

Ich schüttelte langsam den Kopf. Noch immer fehlten mir jegliche Worte.

Willi hatte sich neben Carmen gestellt und streckte mir die Hand entgegen.

„Wir wollten's unserem besten Freund Josch zuerst sagen – nach unseren Eltern, versteht sich. Ich hab's bei mir daheim bekanntgegeben, und Carmen hat's ihrer Mutter gesagt, aber sonst weiß es noch keiner. Keine Frage, daß du dich enorm ..."

„Ach Josch!" unterbrach Carmen ihn. „Es fiel mir ja so unendlich schwer, unser Geheimnis nicht zu verraten! Wenn du nicht gewesen wärst, wenn du mir nicht jahrelang gesagt hättest, daß ich auf dem Holzweg war, und wenn du nicht all die Jahre über für mich gebetet hättest, wäre ich womöglich nie zum Glauben gekommen."

„Und ich müßte allein in die Mission gehen", fügte Willi ziemlich nüchtern hinzu.

Die sich drehende Stube kam allmählich wieder zum Stillstand. Ich konnte alles, was gesagt wurde, deutlich hören, aber begreifen konnte ich trotzdem nichts davon. Ich fragte mich, ob ich womöglich alles nur träumte.

Willi zog mich beim Arm vom Sofa. Er klopfte mir auf den Rücken und packte mich bei der linken Schulter. Das Klopfen schien meinen Puls wieder aus der Erstarrung zu lösen.

„Ich möchte, daß du mein Trauzeuge wirst“, sagte er.

Endlich fand ich meine Stimme wieder. Irgendwie gelang mir sogar ’ne Art von Lächeln.

„Klar“, sagte ich. „Ist mir ... ist mir ’ne Ehre.“

Erneut klopfte Willi mir auf den Rücken.

„Da haben wir wohl für ’ne große Überraschung gesorgt, was?“

Ich nickte.

„Allerdings“, stieß ich hervor. „Allerdings!“

Danach erstattete Willi ausführlich Bericht über ihre Liebesgeschichte, häufig unterbrochen von Carmen, und erzählte, wie er Carmen einen Heiratsantrag gemacht und sie ihr Jawort gegeben hatte. Ich konnte’s kaum ertragen, ihm zuzuhören. Kein Wort davon interessierte mich, aber andererseits konnte ich auch nicht kurzerhand aufstehen und eiskalt die Stube verlassen. Ich rang mir ein Lächeln ab, das bestimmt reichlich schräg ausfiel, und nickte hin und wieder. Damit schienen die beiden vollauf zufrieden zu sein.

Wann die Hochzeit wohl stattfinden sollte? Fragen mochte ich nicht; ich würde es ohnehin früh genug erfahren.

„Und hier in unserer kleinen Kirche lassen wir uns trauen“, sagte Willi gerade.

Ich entledigte mich meines Lächelns und Kopfnickens. Demnach würde Onkel Nat also die Trauung vornehmen.

„Ich wünschte nur, wir brauchten nicht zu warten“, redete Willi weiter.

„Warten?“ wiederholte ich fragend.

„Auf Carmens Abschluß an der Bibelschule. Ich werde im Frühjahr fertig, aber Carmen hat gerade erst angefangen. Sie wird zwar keine vier Jahre auf der Bibelschule bleiben, aber die ersten beiden Semester will sie mitmachen und dann ’ne Ausbildung als Krankenschwester absolvieren. Das bedeutet eine lange Wartezeit.“

Ich wollte gerade doch noch fragen, wann die Hochzeit denn stattfinden sollte, als Carmen sich wieder zu Wort meldete.

„Es wird eine lange Wartezeit werden“, klagte sie, „aber ich weiß, daß Gott uns helfen wird. Willi geht für einen Dienstabschnitt aufs Missionsfeld, und wenn er dann auf Heimaturlaub kommt, heiraten wir, und bei seiner nächsten Ausreise fahre ich mit.“

„Wie lange ist denn so ’n Dienstabschnitt?“ erkundigte ich mich.

„Vier Jahre“, antwortete Carmen betrübt.

„Wie ... vier Jahre?“ Das hatte ich eigentlich gar nicht sagen wollen; es war mir nur so herausgerutscht.

Wieder legte Willi den Arm um Carmen.

„Ja, vier Jahre“, wiederholte er. „Eine lange Zeit – aber ich kann warten.“ Darin konnte ich beim besten Willen nichts sonderlich Heldenhaftes sehen, obwohl ich das lieber nicht laut aussprach. Auf Carmen hätte ich auch gut und gern vier Jahre gewartet.

„Jakob mußte sogar sieben Jahre warten“, gab Carmen zu bedenken, und Willi fügte schnell hinzu: „Und danach nochmal ganze sieben Jahre arbeiten.“

Die beiden sahen mich an und lächelten. Das Ganze wurde mir plötzlich unerträglich. Ich mußte einfach raus. Entschlossen zog ich meine Uhr aus der Westentasche und betrachtete das Ziffernblatt. Die Uhrzeit nahm ich dabei überhaupt nicht wahr, aber ich versuchte, ein möglichst überraschtes Gesicht zu ziehen, und murmelte etwas davon, daß es jetzt höchste Zeit für meinen Heimweg sei.

„Ich weiß, daß du alle Hände voll zu tun hast“, sagte Willi, „aber wir haben ja noch ’ne ganze Woche vor uns. Wir würden dich in dieser Zeit gern öfter sehen. Wir würden uns freuen, wenn ...“

So war das also. Willi und Carmen. Jetzt hieß es nicht mehr „ich“, sondern nur noch „wir“, während ich immer noch bloß „ich“ war.

„Ja. Natürlich!“ sagte ich. „’ne ganze Woche. Da können wir viel zusammen unternehmen.“

„Die Schlittenfahrt, Josch“, meldete Carmen sich zu Wort. „Das ist eine großartige Idee. Ich hoffe, das läßt sich irgendwie einrichten.“

„Klar“, sagte ich. „Jederzeit. Sagt mir nur Bescheid, wann’s euch paßt.“

„He“, sagte Willi und schlug mir wieder auf den Rücken, während ich in meinen Mantel schlüpfte, „ich hab’ ’ne Idee: Wie wär’s, wenn wir Mary auch dazu einladen und zu viert losfahren? Was meinst du?“

„Au fein!“ freute sich Carmen und klatschte in die Hände. „Das wird aber ein Spaß!“

„Gern“, sagte auch ich und rang mir mühsam ein Lächeln ab. „Gern. Jederzeit.“

Endlich gelang mir die Flucht. Ich trat aus der Pension in die eisige Kälte des Winternachmittags hinaus. Die frostklirrende Luft brachte mich wieder halbwegs zur Besinnung. Die Sonne stand schon ziemlich tief am Himmel. In schweren, körnigen Flocken fiel der Schnee. Dem kalten Wind nach zu urteilen, würde es in den nächsten Tagen besonders mühsam werden, die Tiere zu versorgen.

Aber das störte mich jetzt nicht. Ich war sogar froh über die zusätzliche Arbeit. Wenn ich mich richtig abrackern müßte, würde mir das vielleicht helfen, Ordnung in meine wirren Gedanken zu bringen.

Ich war noch immer wie aus allen Wolken gefallen. Es war kaum zu fassen: Erst hatte ich jahrelang darauf gewartet und dafür gebetet, daß Carmen zu Jesus findet, damit ich ... damit ich endlich eine feste Verbindung mit ihr eingehen könnte. Dann kommt sie tatsächlich zum Glauben, aber was passiert? Mein Freund, mein bester Freund Willi kommt mir doch sage und schreibe zuvor!

Ich schüttelte wie benebelt den Kopf. Dann merkte ich erst, daß ich mitten im Winter mit offenem Mantel durch die Stadt lief. Ich machte mir an den Knöpfen zu schaffen. Die rechte Tasche war etwas ausgebeult. Dann fiel’s mir auch schon ein: die Kette! Mein besonderes Geschenk an Carmen. Trotz des eisigen Windes wurde mir das Gesicht heiß. Und ich nichtsahnender Dummkopf hätte ihr die Kette sogar überreicht, fuhr es mir durch den Kopf. Wenn Willi nicht rechtzeitig aufgetaucht wäre, hätte ich mich vor Carmen entsetzlich blamiert. Menschenskinder, in meiner Ahnungslosigkeit hatte ich doch tatsächlich eine Kette mit einem passenden Ring dazu gesucht! Das Gesicht brannte mir vor Beschämung.

Tante Lou rief mich, als ich gerade die Pferde im Pfarrhof losband, aber ich winkte ihr nur zu und rief zurück, daß ich keine Zeit zum Reinkommen hätte.

Die Pferde hatten es eilig, nach Hause in die warme Scheune zu kommen. Sie hatten zu lange in der Kälte gestanden. Ich überließ ihnen das Tempo, ohne sie zu zügeln.

Opa und Onkel Charlie waren beide in der Küche, als ich von der Scheune ins Haus kam, um mich für die Stallarbeit umzuziehen. Sie schienen mich eingehend zu mustern, aber ich war fest dazu entschlossen, mir nichts anmerken zu lassen.

„Sind sie gut angekommen?" erkundigte Opa sich.

Ich nickte.

„Wie geht's Willi? Hat er sich sehr verändert?" wollte Onkel Charlie wissen.

Ich zuckte mit den Achseln.

„'n bißchen vielleicht schon", sagte ich.

„Na, wie denn?" meldete Opa sich wieder zu Wort.

„Also, er ... er ist kräftiger geworden. Breitere Schultern. Fast fertig mit seiner Ausbildung. Erwachsener ist er geworden, glaub' ich."

„Willi und erwachsen?" lachte Onkel Charlie. „Dem hätte ich's nie zugetraut, daß er jemals erwachsen würde!"

Ich verteidigte Willi. Schließlich war er trotz allem mein Freund.

„Ist er aber", sagte ich hitzköpfig. „Er will sogar heiraten."

„Wie? Was? ... Willi?" staunte der eine.

„Ja, wen denn?" fragte der andere.

„Carmen", gestand ich mutig.

Das wollte ich eigentlich gar nicht sagen. Hatt's mir selbst gegenüber noch nicht mal eingestehen wollen, aber jetzt hatte ich's laut und deutlich gesagt und damit die Tür zu einem wunderschönen Zimmer für immer zugemacht und verriegelt.

„Carmen?"

„Du meinst die Lehrerstochter? Die, die sich gerad' vor kurzem bekehrt hat?"

Ich nickte, und mein Blick fiel auf meine Stiefelspitzen.

Ich spürte zwei Augenpaare auf mich gerichtet, woraufhin die beiden einen vielsagenden Blick austauschten. Ich sah nicht mal auf, sondern ging entschlossen auf die Treppe zu.

„Muß mich für den Stall umziehen."

Hinter mir hörte ich ein Scharren. Onkel Charlie hatte sich wohl auf seinem Stuhl zurechtgesetzt. Dann rief er hinter mir her: „Wann denn?"

Ich ging weiter zur Treppe, ohne mich umzudrehen.

„Erst in vier Jahren."

Wieder hörte ich Onkel Charlies Stuhl knarren. Opa sagte: „Hast du da noch Töne!" Dann hörte ich, wie er, ohne mich damit zu meinen, vernehmlich sagte: „Laß nur! In vier Jahren kann sich 'ne Menge ändern." Aber ich stieg einfach die Treppe hinauf, ohne mich auch nur umzusehen.

Erst nach meiner Stallarbeit und dem Abendbrot, als ich allein in meinem Zimmer war und im Bett lag, sah ich plötzlich alles glasklar. Die ganze Wahrheit traf mich mit aller Wucht. „Carmen heiratet. Carmen heiratet Willi." Nie, nie im Leben konnte ich hoffen, Carmen für mich zu gewinnen. Ich hatte kein Recht mehr, mir irgendwelche Hoffnungen auf sie zu machen.

Vor meinen Augen sah ich ihr hübsches Gesicht mit den kupferfarbenen Locken, die es umrahmten. In ihrem Blick stand die helle Lebensfreude. Ein liebenswertes Lächeln brachte die Grübchen in ihren Wangen zum Vorschein. Ich wandte mich von ihr ab, kniff die Augen zusammen, um das Bild loszuwerden, und vergrub das Gesicht in meinem Kissen. Schließlich heulte ich los, wie ich seit meiner Kindheit nicht mehr geheult hatte.

Und als ich vom Heulen erschöpft war, blieb mir nur noch das Gebet.

Sieben Tage lang würde ich den Anblick von Willi und Carmen über mich ergehen lassen müssen. Sieben Tage über Weihnachten. Besondere Einladungen, besondere Gottesdienste und Ausflüge waren geplant, und man erwartete von mir, daß ich bei allem mitmachte. Und die beiden würden auch dabeisein, Arm in Arm und glückstrahlend. Ich würde ihnen nicht aus dem Weg gehen können.

Ich erwog, mich krank zu stellen, aber das war unehrlich. Dann überlegte ich, ob ich nicht einfach zu Hause bleiben sollte, aber das würde mir nur unbequeme Fragen einbringen, auf die ich mir Antworten einfallen lassen mußte. Vielleicht könnte ich vortäuschen, zuviel Arbeit zu haben, aber auf der Farm gab es zur Zeit wirklich so wenig zu tun, daß ich diesen Vorwand auch nicht benutzen konnte. Zum guten Schluß kam es also, wie's kommen mußte, und ich nahm alles auf mich. Ich ging zur Weihnachtsfeier, ging zum Adventssingen und zum großen Weihnachtskaffee bei Willi daheim. Ich machte sogar die geplante Schlittenfahrt mit Willi, Carmen und Mary Turley. Irgendwie schaffte ich's, auch das hinter mich zu bringen.

Weihnachten feierten wir wieder bei Onkel Nat und Tante Lou. Ich überlegte, ob ich Tante Lou die Kette zu Weihnachten schenken sollte, aber das brachte ich einfach nicht übers Herz. Schließlich tauschte ich sie beschämt gegen eine Brosche für Tante Lou um, dazu Manschettenknöpfe für Onkel Nat und eine Krawattennadel für Onkel Charlie. Damit waren meine Weihnachtseinkäufe so gut wie erledigt. Für Opa kaufte ich noch einen Schlips und Hosenträger und machte mich dann auf die Suche nach etwas für Sarah und Jonathan.

Am Weihnachtstag ersparte ich's mir, Frau Foggelson einen Besuch abzustatten. Ich wußte ja, daß Weihnachten für sie in diesem Jahr ganz anders war als früher. Aber Carmen war bei ihr; da würde sie mich wohl kaum vermissen. Die beiden unternahmen allerhand gemeinsam. Frau Foggelson war am Weihnachtstag sogar mit Carmen in die Kirche gegangen. Insgesamt war's vielleicht doch ein gutes Weihnachtsfest geworden. Vielleicht hatte Gott meine Gebete ja wirklich erhört. Mit der Zeit gelang es mir sogar, an andere

Dinge als an Carmen zu denken – obwohl das reichlich mühsam war.

Es dauerte nicht lange, da mußten wir uns wieder am Bahnhof einfinden, um uns von Willi und Carmen zu verabschieden. Ich wußte nicht, wann ich die beiden das nächste Mal wiedersehen würde. Willi würde womöglich gleich nach Semesterschluß nach Übersee reisen, und Carmen hatte vor, an der Schule zu bleiben, sich für den Sommer eine Arbeit zu suchen und im Herbst mit der Ausbildung weiterzumachen.

Auch Frau Foggelson war zum Bahnhof gekommen. Sie war furchtbar traurig über Carmens Abreise. Die beiden fielen sich in die Arme und weinten ziemlich viel. Auch mir wären fast die Tränen gekommen, aber das hätte ich mir um nichts in der Welt anmerken lassen.

Willi schüttelte mir die Hand und nahm mich in die Arme. Auch Carmen umarmte mich.

„Du bist mir ein lieber Freund gewesen, Josch“, flüsterte sie. „Jetzt habe ich nur noch eine Bitte an dich: Kümmere dich um Mama! Bitte! Sie braucht so dringend jemanden!“

Und dann waren sie auch schon auf und davon. Mehrere Leute am Bahnsteig sahen dem Zug nach. Ein paar hatten wohl vor, dem Zug nachzuschauen, bis er nur noch ein Punkt in der Ferne war. Ich nicht. Kaum hatten sich die großen Räder in Bewegung gesetzt, als ich mich abwandte und wieder zu Chester ging. Mir reichte es voll und ganz.

Das Leben geht weiter

In den nächsten paar Monaten wurde ich um einiges älter und erwachsener. Ich betete auch mehr. Zum ersten Mal im Leben wurde mir klar, was es heißt, mein Leben mit allem, was dazugehörte, Gott anzuvertrauen und ihm zu überlassen, was er damit anfangen wollte.

Je mehr ich darüber nachdachte, desto besser begriff ich auch, daß Carmen die richtige Entscheidung getroffen hatte. Willi besaß einen unerschütterlichen Glauben und war fest dazu entschlossen, Gott zu dienen. Anfangs konnte ich mir Carmen kaum mit einem strengen Haarknoten, einem schlichten dunklen Kleid und hohen Lederstiefeln zum Schutz gegen Schlangen und Skorpione vorstellen. Dann dachte ich aber an die eigentliche Carmen, zu der Gott sie erschaffen hatte: sanftmütig, hilfsbereit und mitfühlend, eine würdige Gefährtin für Willi, die sein Leben bereichern würde.

Als ich dann betete und nachdachte und alles an die richtige Stelle rückte, konnte ich mich endlich mit der Lage abfinden, wie sie von Gott gewendet worden war.

Ich fing wieder an, mich um die Farm zu kümmern – gerade rechzeitig, um die Vorkehrungen zur Frühjahrsaussaat zu treffen.

Bis zu Rekorderträgen war es zwar noch ein langer Weg, aber es konnte keinen Zweifel daran geben, daß wir auf dem richtigen Weg waren. Die Farm war in gutem Zustand. Die frisch angestrichenen Gebäude und Zäune leuchteten jeden Morgen in der aufgehenden Sonne, und die Felder waren frei von Unkraut und Disteln – jedenfalls soweit es uns irgend möglich war. Die Frühjahrskälber waren die prächtigsten, die ich je hier auf der Farm gesehen hatte. Sie hatten ein kräftiges, gesundes Aussehen und würden sich später hervorragend für die Zucht eignen.

In diesem Frühjahr war ich also äußerlich und innerlich und auch in meinem Glauben ein ganzes Stück gewachsen.

Opa schien sich ebenfalls wesentlich frischer zu fühlen. Er wirkte munterer und sah auch besser aus. Vielleicht hatte er sich jetzt zum ersten Mal etwas von der Last der Verantwortung für die Farm erholt, die er so viele Jahre lang allein getragen hatte. Wie dem auch sei, jedenfalls schaffte er so viel an Arbeit wie ich, und wenn ich protestieren wollte, winkte er nur ab und meinte, er hätte sich noch nie im Leben so gut gefühlt wie jetzt.

Opa in solch guter Gesundheit zu sehen fiel Onkel Charlie doppelt schwer. Er wollte so gern mithelfen, aber er konnte einfach nur wenig tun.

Sarah durfte uns jedoch häufig besuchen, und das war jedesmal ein Fest für Onkel Charlie. Jetzt war sie fast fünf und schon fast eine junge Dame. Meistens steckte sie bei Onkel Charlie in der Küche und nahm ihm Handlangerdienste ab. Sarahs Besuche munterten ihn stets auf, und sie war ihm tatsächlich eine große Hilfe.

Ein spätes, kühles Frühjahr verzögerte den ganzen Saatanbau in diesem Jahr. Tante Lou kam und legte uns den großen Gemüsegarten an. Damit sparte sie uns viel an Zeit und Mühe. Für Tante Lou war's aber kaum eine Mühe, weil sie mit Leib und Seele Gärtnerin war.

Endlich wurde das Wetter warm und trocken, und alles, was wir angepflanzt hatten, sproß und grünte fast über Nacht.

Die letzten Sommermonate verbrachte ich fast ausschließlich auf den Feldern und hin und wieder an meiner Angelstelle, als Opa mich eines Tages restlos überrumpelte. Wir waren gerade auf dem Weg in die Stadt, und ich freute mich auf eine vergnügliche Stunde mit Jonathan und Sarah und ein Stück von Tante Lous Beerentorte.

„Hab' mir überlegt, in diesem Schuljahr die Lehrerin bei uns aufzunehmen."

Ich fuhr zu ihm herum und starrte ihn entgeistert an. Vor Schreck muß ich wohl an den Zügeln gerissen haben, weil die Pferde die Köpfe in die Höhe warfen und vor Protest mit den Schwänzen zuckten.

„Was hast du?“ platze ich heraus.

„Die Lehrerin“, wiederholte Opa, als hätte ich ihn vorhin nicht verstanden. „Hab’ gehört, daß man ’ne Unterkunft für sie sucht.“

„Und was in aller Welt fangen wir mit einer Lehrerin an?“ fragte ich spitz. „Wir kommen ja so kaum über die Runden.“

„Genau deshalb“, sagte Opa.

„Du erwartest doch wohl nicht von der Lehrerin, daß sie den ganzen Tag über ihren Unterricht abhält und dann abends bei uns das Essen kocht und ...“

„Aber nicht doch!“ wehrte Opa ab und hob beschwichtigend die Hände.

„Ja, wie hast du’s dir denn vorgestellt? Was sollen wir denn davon haben, wenn die Lehrerin bei uns wohnt? Und wo soll sie schlafen, bitteschön?“

„Wir haben ’n paar Zimmer übrig.“

„Und wo?“

Opa sah mich an, als könnte ich nicht bis drei zählen.

„Also“, sagte er dann, „du wirst dich erinnern, daß neben deinem eins leer steht.“

„Das, wo Tante Lou schläft???“ Ich schleuderte es Opa entgegen, als hätte er soeben Staatsverrat begangen.

„Schlief, nicht schläft“, berichtigte Opa mich. „Wo Tante Lou früher mal geschlafen hat. Kann mich nicht darauf besinnen, daß sie’s in letzter Zeit viel benutzt hat.“

Es klang reichlich spöttisch, aber ich hatt’s wohl verdient. Trotzdem konnte ich mir nicht vorstellen, daß er Tante Lous Zimmer nur an jemand anders vergeben wollte.

„Sarah übernachtet darin“, widersprach ich.

Darüber dachte Opa kurz nach, bevor er antwortete. Dann nickte er.

„Ja, das stimmt schon“, sagte er. „Sie kommt hin und wieder zu Besuch, und das soll sie auch weiterhin.“ Er lachte leise. „Sie ist ein kleiner Brausewind, nicht? Hast du mitgekriegt, wie sie Charlie hilft?“

Das hatte ich allerdings. Und er hatte recht: Sarah war tatsächlich ein kleiner Brausewind.

Wieder lachte Opa, diesmal aus vollem Halse.

„Neulich hat sie ihn regelrecht rumkommandiert. ‚Onkel Charlie', sagt sie, ‚ich meine, dein Hefeteig ist viel zu dick. Mama tut viel mehr Milch rein als du.'" Opa mußte wieder lachen.

„Und was hat Onkel Charlie dazu gesagt?" fragte ich in der Hoffnung, Opa von seiner verrückten Idee abzulenken.

Er lachte noch immer.

„Der hat mir über ihren Kopf weg zugezwinkert und zu ihr gesagt: ‚Du bist genau wie deine Mama. Überall mußt du das letzte Wort haben!' Aber er hat seinen Spaß an ihr gehabt, das konnte man ihm genau anmerken."

Wenn ich gehofft hatte, Opa würde seine verrückte Idee fallenlassen, dann sollte ich mich allerdings getäuscht haben.

„Sarah könnte auf der Liege in der Küche übernachten", schlug er vor.

„In der Küche? Wie soll ein Kind da zu seinem Schlaf kommen, wo du mit Onkel Charlie abends Kaffee trinkst und die Ereignisse des Tages mit ihm besprichst?"

Das ließ Opa sich in Ruhe durch den Kopf gehen. Anscheinend hatte ich ihm damit zu denken gegeben.

„Hast recht", gab er endlich zu. „Dann schlaf' ich halt selbst in der Küche."

„Du?"

Das klang ja fast genauso lächerlich!

„Wär' schließlich nicht das erste Mal, daß ich auf der Liege übernachte", teilte Opa mir fest entschlossen mit.

Ich biß mir auf die Zunge. Ich wollte auf keinen Fall grob oder ausfallend werden.

„Du hast dir ja noch nicht alles angehört", fuhr Opa fort.

„Wie ... Warst du etwa noch nicht fertig?" So bissig, wie's mir herausgerutscht war, hatte ich's eigentlich gar nicht gemeint. Ich wurde etwas rot, weil ich wußte, daß ich Opa gegenüber ungerecht war.

„Entschuldige", sagte ich. „Ich bin ganz Ohr."

Opa räusperte sich. Er schien zu hoffen, endlich alles loszuwerden, was er mir zu sagen hatte.

„Du weißt doch, wie schwer Charlie sich mit der Hausarbeit tut, oder?“

Ich nickte. Das wußten wir alle. Aber ausgerechnet eine Lehrerin? Eine Lehrerin würde doch nie im Leben Zeit, geschweige denn Lust dazu haben, den Haushalt für drei ...

Aber da redete Opa schon weiter.

„Also, ich finde schon seit einiger Zeit, daß wir eigentlich dringend ’ne Haushaltshilfe brauchen.“

Eine Lehrerin? Eine Haushaltshilfe? Ich sagte zwar nichts, aber Opa schien meine Gedanken auch so erraten zu haben.

„Hm, ’ne Lehrerin hat viel zuviel mit ihrem Unterricht und ihren Schulheften zu tun, um groß im Haushalt einzuspringen, aber um überhaupt jemanden zu kriegen, nun ja, das ist so ’ne Sache, weißt du. Kann ja wohl kaum von ’nem jungen Mädchen erwarten, allein bei drei Männern einzuziehen, oder?“

Da war ich ganz seiner Meinung, wenn ich seinem Gedankengang auch nicht recht folgen konnte.

Ich zuckte mit den Achseln und schnalzte den Pferden zu. Wenn die Pferde ein bißchen flotter trabten, dann würde Opa vielleicht auch schneller zur Sache kommen.

„Wenn wir erst die Lehrerin bei uns wohnen haben, dann wird’s auch leichter sein, eine Haushaltshilfe zu kriegen“, sagte er eilig.

„Wie bitte???“ Opa wollte doch wohl nicht allen Ernstes vorschlagen, daß wir uns nicht nur eine, sondern gleich zwei Frauen ins Haus holten!

„Furchtbar einfach, nicht?“ sagte Opa.

„Und wo soll die dann schlafen?“ fragte ich, mit meiner Weisheit fast am Ende angelangt.

„Also, wie ich die Sache sehe, stehen bei uns zwei Zimmer leer“, stellte Opa nüchtern fest.

Uropas Zimmer! Das Zimmer neben der Küche. Darauf wäre ich nie gekommen. Es überraschte mich, daß Opa auch nur im entferntesten daran denken konnte, dieses Zimmer zu vermieten.

Wieder schien er meine Gedanken erraten zu haben, denn er redete unbeirrt weiter.

„Ein Zimmer ist dazu da, benutzt zu werden, Junge, nicht als Heiligenschrein. Das eine Mädchen kann das Zimmer im oberen Stockwerk haben, und das andere kann unten wohnen. Mir ist's egal; das sollen sie unter sich ausmachen. Charlie braucht dringend Hilfe, aber weder du noch ich haben Zeit, in der Küche zu wirtschaften. Deine neuen Farmmethoden sind gut, wirklich prima, aber sie verursachen auch 'ne Menge zusätzliche Arbeit. Das weißt du ja selbst am besten. Kein Mensch kann zwei Sachen auf einmal machen. Im Moment ..."

Aber ich unterbrach ihn. Ich hatte mich jetzt besser in der Hand und sprach beherrschter.

„Hast du schon mit Onkel Charlie gesprochen?" Bestimmt würde ich Onkel Charlie auf meiner Seite haben.

„Nein, noch nicht", antwortete Opa. „Wollte zuerst fragen, wie du darüber denkst."

Plötzlich nahm sich die ganze Sache schon anders aus. Es freute mich ungemein, daß meine Meinung zählte, aber restlos überzeugt hatte Opa mich deshalb noch nicht. Ich fand seine Idee unmöglich, aber ich wußte, daß ich mit Streiten keinen Schritt weiterkam. Ich mußte stichhaltige Argumente vorbringen.

„Und woher weißt du, ob die Schulbehörde auch ihre Einwilligung dazu gibt, daß die Lehrerin bei uns untergebracht wird?"

„Hab' schon mit dem Vorsitzenden gesprochen", gestand Opa.

„Und wenn die Lehrerin ablehnt?"

„Hat sie aber nicht. Sagt, von uns aus hat sie keinen langen Schulweg, und außerdem wohnt sie lieber bei Leuten, die keine kleinen Kinder haben."

Anscheinend handelte es sich also nicht um irgendeinen urplötzlichen Einfall von Opa. Er hatte ihn ja schon teilweise in die Tat umgesetzt – und zwar hinter unserem Rücken!

„Woher nehmen wir die Haushaltshilfe?" fragte ich als nächstes und hoffte, ihm dadurch den Wind aus den Segeln zu nehmen. In unserer Nachbarschaft gab's nämlich nicht allzu viele Mädchen, die alt genug waren, einen Haushalt zu versorgen, aber noch keinen eigenen hatten.

„MaryTurley“, sagte Opa kurz und bündig.

„Mary? Aber Mary wird doch daheim gebraucht.“

„Jetzt nicht mehr. Ihrer Mutter geht’s wieder gut, und außerdem hat Mary zwei jüngere Schwestern, die …“

In dem Punkt hatte er mich schachmatt gesetzt. Ich versuchte es mit einem neuen Argument.

„Wer garantiert dir denn, daß sie überhaupt kommen würde? Immerhin …“

„Sie selbst“, stellte Opa trocken fest.

Allmählich stieg die Wut in mir hoch. Da rückte Opa mir nichts, dir nichts mit seiner total verrückten Idee heraus. Er hatte weder mit Onkel Charlie noch mit mir darüber gesprochen, hatte alles klammheimlich in die Wege geleitet, ohne uns auch nur eine Spur einzuweihen. So … so geheimniskrämerhaft hatte ich ihn noch nie erlebt.

„Moment mal“, sagte ich und hob die Hand, wie Opa es selbst oft tat. „Meinst du nicht auch, daß das ’n bißchen vorschnell von dir war? Also, da schleichst du herum und tust, was dir einfällt, ohne Onkel Charlie und mich zu fragen, was wir eigentlich von deinem Plan halten. Findest du nicht auch, daß du uns wenigstens um unsere Meinung fragen könntest? Schließlich …“

„Das tu’ ich doch gerade“, entgegnete Opa unschuldig.

„Na, das kommt aber reichlich spät“, regte ich mich auf. „Du hast ja schon alles fest vereinbart …“

„Noch gar nichts ist fest.“

„Aber du hast doch schon gefragt.“

„Hab’ nur ein paar Fühler ausgestreckt, weiter nichts“, widersprach Opa.

„’ne ganze Menge Fühler, würde ich sagen“, gab ich ziemlich hitzig zurück.

„Zwei“, verteidigte Opa sich. „Erstens hab’ ich mich danach erkundigt, ob wir die Lehrerin bei uns aufnehmen können, und zweitens danach, ob wir eine Haushaltshilfe einstellen können.“

„Wir haben ja noch nicht mal davon gesprochen, woher wir das Geld nehmen sollen, um das Mädchen zu bezahlen“, gab ich zu bedenken. „Was wird, wenn die Ernte schlecht ausfällt? Was, wenn …“

Zu meiner Überraschung fing Opa an zu lachen.

„Das ist ja gerade das Famose an der ganzen Sache“, sagte er. „Mit dem Kostgeld der Lehrerin bezahlen wir das Hausmädchen.“

Ich konnte ihn nur anstarren. Er hatte tatsächlich an alles gedacht.

Hilflos zuckte ich mit den Achseln. Das Ganze gefiel mir noch immer ganz und gar nicht. Was in aller Welt sollten wir bloß mit zwei Frauen im Haus? Wir hatten jahrelang allein gelebt, und jeder von uns hatte so seine Eigenarten. Wie sollten wir uns da auf zwei Frauen einstellen? Wie konnte Opa auch nur im entferntesten glauben, daß das gutgehen würde? Aber immerhin gehörte das Haus ja ihm.

Dann dachte ich an Onkel Charlie. Es stimmte zwar, daß ihm die Hausarbeit große Mühe bereitete, aber wenigstens hatte er das Gefühl, sich nützlich machen zu können. Onkel Charlie würde es niemals zulassen, daß eine Frau ihn aus seiner Küche verdrängte. Damit hätte er ja zugegeben, daß er zu nichts mehr nütze war. Nein, so leicht würde Onkel Charlie sich nicht abschieben lassen.

„Wie ich die Sache sehe“, sagte ich und nahm meinen ganzen Mut zusammen, „ist das eigentlich Onkel Charlies Entscheidung. Schließlich ist er ja für das Haus zuständig.“

„Haargenau!“ stimmte Opa aus ganzem Herzen zu. „So sehe ich's eigentlich auch.“

Ich ließ den Pferden die Zügel über die Schultern knallen. Kannte Opa Onkel Charlie etwa besser als ich?

Von langer Hand vorbereitet

Sarah bettelte darum, mit mir einkaufen zu gehen, und ich konnte ihrem flehentlichen Blick nicht widerstehen.

„Du weißt ja, daß deine Mama und dein Papa nicht gern sehen, wenn ich dir Bonbons kaufe“, warnte ich sie, als ich sie bei der Hand nahm und mit ihr zu dem wartenden Gespann ging.

„Ja, ich weiß“, sagte sie munter, „aber ich komm' trotzdem gern mit dir, Onkel Josch.“

Meinen Namen konnte sie inzwischen mühelos aussprechen. Obendrein konnte sie einen ebenso mühelos um den kleinen Finger wickeln. Ich warf einen Blick auf ihr Gesicht, aber sie schaute völlig unschuldig und unbekümmert drein. Ich nahm ihre Hand fester in meine.

„Ich hab' dich auch gern bei mir“, versicherte ich ihr.

„Wohin fahren wir denn zuerst?“ erkundigte sie sich, als ich sie auf den Wagensitz hob.

„Zuerst zum Tierfutterladen, dann zur Post und zum Eisenwarenladen und zum Schluß noch ins Lebensmittelgeschäft.“

Damit schien sie zufrieden zu sein.

Beim Futterladen hielten wir uns nicht lange auf; ich warf die beiden Futtersäcke in den Wagen und kutschierte weiter.

Im Postamt herrschte reger Betrieb, und ich mußte mich anstellen. Es dauerte eine Weile, bis ich endlich an die Reihe kam und mir die Post von dem Beamten geben lassen konnte. Das Warten hatte sich aber durchaus gelohnt, denn ein Brief von Willi war darunter. Ich riß den Umschlag auf und überflog die Seiten, bevor ich wieder zum Wagen zurückging.

„Was hast du da? Einen Brief an dich?“ wollte Sarah

oben auf dem Wagensitz wissen. Ich nickte und setzte mich neben sie.

„Liest du den jetzt?“ fragte sie, was eigentlich ’ne überflüssige Frage war, denn sie konnte doch sehen, daß ich schon mit Lesen beschäftigt war. Dann wurde mir erst klar, daß die Frage mich nur daran erinnern sollte, daß sie schließlich auch noch da war und etwas von meiner Aufmerksamkeit für sich haben wollte.

„Wir haben auch ’nen neuen Katalog bekommen“, sagte ich. „Würdest du dir den gern anschauen, während ich meinen Brief lese?“

Dieser Vorschlag fand sogleich ihre Zustimmung.

„Da lesen wir jetzt beide unsere Post, nicht?“ sagte sie kichernd.

Die ersten Seiten von Willis Brief handelten von nichts anderem als von Carmen, von ihrer gegenseitigen Verliebtheit, von ihren Zukunftsplänen und davon, welch ein wunderbarer Mensch sie doch sei und wieviel sie schon dazugelernt habe. Ich las flink darüber hinweg, da mir das alles immer noch eine Spur zu schaffen machte.

Dann kam ich an eine Stelle, die mich wirklich interessierte. Carmen hatte nämlich ihren Vater besucht.

„Aber so schwer es auch für sie war, so ist sie doch froh, die Reise gemacht zu haben“, hieß es in dem Brief. „Schon allein deshalb, weil sie ihre Mutter jetzt viel besser verstehen kann. Als wir zu Weihnachten daheim waren, hatte Carmen versucht, ihre Mutter dazu zu bewegen, zu ihrem Vater zurückzugehen. Doch diese hatte nur den Kopf geschüttelt, wollte sich aber nicht weiter dazu äußern. Das hatte Carmen ihr ziemlich übelgenommen.

Du kannst Dir vorstellen, wie überrascht Carmen war, als sie dann erfuhr, daß Frau Foggelson nicht etwa von sich aus in unserer Stadt geblieben ist, sondern daß sie einfach zurückgelassen wurde. Herr Foggelson hat nicht die geringste Absicht, seine Ehe weiterzuführen. Er hat Carmen erzählt, ihre Mutter habe ihm zweimal geschrieben, um ihn dafür um Verzeihung zu bitten, daß sie zu wenig Verständnis für ihn aufgebracht und nicht an ihrem christlichen Glauben festgehalten habe. Sie hat ihm auch ihre Bereitwilligkeit erklärt, es noch einmal zu versuchen, aber daß sie dazu die Freiheit brauchte, ihrem Glauben gemäß leben zu dürfen, wie vor ihrer Ehe.

Endlich wurde Carmen klar, daß ihre Mutter zu ihrem Mann zurückgegangen wäre, nur daß sie sich diesmal ganz klar zum christlichen Glauben bekannt hatte. Ich brauche Dir nicht erst zu sagen, daß er damit nicht einverstanden war. Eigentlich war er schon lange, bevor er von zu Hause ausgezogen war, zu dem Entschluß gekommen, sie zu verlassen. Er hat Carmen gesagt, daß er inzwischen eine Bekannte habe, die ‚besser zu seinen Anschauungen paßt'. Es war eine entsetzliche Enttäuschung für Carmen."

Einige Augenblicke lang verspürte ich einen solchen Zorn auf Herrn Foggelson, daß ich die Hände zu Fäusten ballte. Doch allmählich machte ich mir klar, daß er ja eigentlich nur ein Opfer von Lug und Trug war. Seine irrigen Anschauungen hatten ihn auf falsche, dunkle Wege geführt. Gott allein konnte ihm die Augen für die Wahrheit öffnen.

Carmen tat mir furchtbar leid. Wie erschütternd für sie, die Wahrheit über ihren Vater zu erfahren, den sie jahrelang abgöttisch geliebt hatte!

„Aber eigentlich schreibe ich Dir aus einem ganz anderen Grund", hieß es weiter in Willis Brief. „Ich habe nämlich eine gute Nachricht! Letzte Woche bin ich vom Missionskomitee angenommen worden! In zwei Wochen soll ich nach Südafrika in See stechen. Wie Du Dir vorstellen kannst, reise ich mit gemischten Gefühlen von hier fort. Ich kann es kaum ertragen, Carmen hier zurückzulassen, aber sie nimmt alles mit bewundernswerter Tapferkeit hin. Sie ..."

Der Rest von Willis Brief war ein einziges Loblied auf die Tugenden seiner Verlobten.

Ein Zupfen an meinem Ärmel erinnerte mich daran, daß ich nicht allein war. Sarah sah mich aus sehnsuchtsvollen Augen an.

„Bist du fertig?" fragte sie und reichte mir den Katalog zurück. „Ich schon längst!"

Ich nickte.

„Ja, ich bin auch fertig“, antwortete ich. Ich hatte zwar noch einiges, über das ich in Ruhe nachdenken mußte, aber dazu war jetzt nicht die richtige Zeit. Später würde ich den Brief nochmals gründlich durchlesen und überdenken.

„Und wohin fahren wir jetzt?“ wollte Sarah wissen, als ich die Zügel nahm.

„Zum Eisenwarenladen. Ich brauche Nägel, und zum Zaumzeugflicken brauche ich Nieten.“

Sarah wartete geduldig, bis ich meine Besorgungen erledigt hatte. Anschließend gingen wir über die Straße zum Lebensmittelgeschäft.

Als ich meine Tüten und Pakete in der Kutsche ablegte, sah Sarah mich aus ihren großen blauen Augen an.

„Brauchst du zufällig noch was aus der Drogerie?“ fragte sie.

Ich schüttelte den Kopf und wollte sie gerade auf den Sitz heben.

„Warum?“ fragte ich aber dann doch zurück.

„Och, ich dachte nur!“ sagte sie und zuckte mit den schmalen Schultern.

Nun dämmerte es mir.

„Ich hab' dir doch gleich zu Anfang gesagt, daß ich dir heute keine Süßigkeiten kaufen kann.“

„Ja, ich weiß“, sagte sie und seufzte. Dann legte sie den Kopf schräg und fügte mit einem vielsagenden Lächeln hinzu: „Aber eine Limo ist eigentlich keine Süßigkeit, oder?“

„Du kleines Schlitzohr!“ lachte ich und nahm sie bei der Hand. „Na, komm schon! Ob 'ne Limo das Richtige ist, weiß ich nicht, aber gegen ein Eis ist bestimmt nichts einzuwenden.“

Mit strahlendem Gesicht hüpfte sie neben mir her.

„Ich hätt' gern ein Schokoladeneis“, zwitscherte sie. „Was nimmst du denn, Onkel Josch?“

Als ich Sarah wieder bei Tante Lou abliefern und Opa zur Heimfahrt abholen wollte, bekam ich eine Unterhaltung mit, die eigentlich nicht für meine Ohren bestimmt war. Nicht, daß ich mit Absicht gelauscht hätte; ich kam wohl nur zu leise und zur falschen Zeit bei Tante Lou an.

Sarah war nicht mit mir ins Haus gekommen. Draußen vor dem Zaun sahen wir die kleine Janie Cromstock von nebenan. Sie war Sarahs Spielgefährtin. Als sie Sarah entdeckte, rief sie sie gleich zu sich, um mit ihrer neuen Schaukel zu spielen.

„Darf ich, Onkel Josch? Bitte?“ flehte Sarah.

„Da mußt du deine Mama fragen“, ermahnte ich sie.

„Kannst du das nicht für mich machen? Bitte, bitte!“ Sie sah mich aus großen Augen an. „Du gehst doch sowieso gerad' ins Haus, oder?“

„Na schön“, sagte ich. „Ich frag' deine Mama, aber wenn sie was dagegen hat und ich dich rufe, dann mußt du auf der Stelle nach Hause kommen, abgemacht?“

Sie nickte und rannte zu ihrer kleinen Freundin.

Aus Rücksicht auf Jonathan, der um diese Zeit meistens seinen Mittagsschlaf hielt, ging ich auf leisen Sohlen durch die hintere Tür ins Haus. Plötzlich hörte ich meinen Namen und blieb stehen.

„... findet Josch das alles denn?“ erkundigte Tante Lou sich gerade.

„Der hat sich natürlich mit Händen und Füßen gewehrt“, antwortete Opa und kicherte leise, „aber nicht gar so heftig, wie ich befürchtet hatte.“

„Dann wirst du's also tun?“

„Muß Charlie das Ganze zuerst schmackhaft machen“, sagte Opa nüchtern.

„Und glaubst du, er wird einverstanden sein?“ fragte Tante Lou weiter.

„Das kommt darauf an“, antwortete Opa nachdenklich. „Ich weiß zwar, daß Charlie Hilfe braucht, aber ich weiß genausogut, daß er das Gefühl braucht, sich nützlich machen zu können. Wenn er seinen Haushalt abgeben kann, ohne sich dabei wie 'n fünftes Rad am Wagen vorzukommen, dann wird er bestimmt dafür sein. Es kommt halt ganz darauf an.“

Jetzt war mir klar, daß Opa soeben auch Tante Lou in seinen hirnverbrannten Plan eingeweiht hatte. Gerade wollte ich hineinstürzen, um Tante Lou haarklein zu erklären, was ich von der ganzen Idee hielt, als ich sie sagen hörte: „Das wäre mir ja eine solche Erleichterung! Ich mache mir oft Sorgen um euch, weißt du. Damit tätest du dir selbst den größten Gefallen aller Zeiten." Mit einem leisen Lachen fügte sie hinzu: „Abgesehen davon, mich zur Tochter zu haben, versteht sich!"

Unmöglich konnte ich ihr gegenüber meinem Zorn Luft machen. Ich zögerte, schloß geräuschvoll die Tür und klopfte leicht an, bevor ich die Küche betrat. Opa und Tante Lou saßen am Tisch und tranken Limonade aus hohen Gläsern. Tante Lou sah auf.

„Hast du Sarah etwa unterwegs verkauft?" erkundigte sie sich amüsiert.

„Sie wollte unbedingt bei Janie daheim die neue Schaukel ausprobieren. Ich hab' ihr versprochen, dich für sie um Erlaubnis zu fragen. Darf sie?"

Tante Lou zuckte lachend mit den Achseln.

„Na, sie scheint ja schon munter dabei zu sein, ob mit oder ohne Erlaubnis", antwortete sie.

„Schon, aber ich rufe sie zurück, wenn's dir nicht recht ist."

„Laß nur, ist schon gut. Wenigstens ein paar Minuten darf sie bleiben. Ich rufe sie dann schon selbst, wenn sie ein Weilchen gespielt hat."

Tante Lou stand auf, um mir ein Glas Limonade einzuschenken, und schob mir den Teller mit den Haferkeksen zu.

„Hast du alles gekauft, was du brauchst?" wollte Opa wissen. Ich nickte.

„Hab' auch einen Brief von Willi bekommen", sagte ich.

„Was gibt's denn Neues?"

Ich wandte mich zu Tante Lou um, die die Frage gestellt hatte. Eigentlich hielt ich nichts von Klatsch und Tratsch, aber in diesem Fall fand ich, daß Tante Lou ein Anrecht darauf hatte, ein paar Einzelheiten aus Willis Brief zu erfahren.

„Du triffst dich doch regelmäßig mit Frau Foggelson und liest mit ihr in der Bibel, seitdem sie wieder zur Kirche geht. Ich weiß auch, wie du dich darüber freust, daß sie Gott wieder nachfolgen will." Ich zögerte. „Allerdings weiß ich auch, wie ... na ja, wie falsch du's findest, daß sie noch nicht zu ihrem Mann gezogen ist."

Tante Lou nickte ernst.

„Weißt du, Carmen hat ihren Vater besucht und dabei erfahren, wie sich alles in Wirklichkeit verhält", fügte ich hinzu. Plötzlich konnte ich nicht weiterreden. Mir war so, als würde ich im nächsten Moment die ganze Familie Foggelson in Verruf bringen.

Ich schluckte mühsam.

„Es liegt nicht an Frau Foggelson, daß sie nicht bei ihrem Mann ist. Er hat neuerdings eine ... eine Bekannte, die angeblich besser zu ihm paßt."

Tante Lou schien der Atem zu stocken. Dann füllten sich ihre Augen mit Tränen.

„Ach, die Ärmste!" flüsterte sie. „Darüber hat sie nie ein Wort gesagt. Es muß ja furchtbar schwer für sie sein; schließlich denkt jedermann schlecht von ihr."

Ich nickte.

Im nächsten Moment kam Jonathan schlaftrunken in die Küche gestolpert, mit roten Wangen und zerzausten Haaren, das Hemdchen von dem warmen Bett zerknittert. Er schleifte eine lumpige Puppe von Sarah hinter sich her. Als er uns sah, strahlte er gleich und steuerte geradewegs auf Opas offene Arme zu.

Opa zog ihn an sich und gab ihm einen Kuß auf die rosigen Wangen.

„Hab' schon geglaubt, du würdest den lieben langen Tag verschlafen, Junge", sagte er zu dem Kleinen. „Dann hätt' ich dich heute gar nicht zu sehen gekriegt!"

Jonathan zeigte auf den Teller mit den Plätzchen und wand sich aus Opas Umarmung frei. Ich fühlte mich geschmeichelt, als er gleich auf mich zurannte, sobald er festen Boden unter den Füßen hatte. Nur daß das Gefühl nicht lange anhielt. Wie sich herausstellte, saß ich lediglich dichter an dem Plätzchenteller als Opa, und kaum hatte ich mir das Kerlchen auf den Schoß gehoben, als er auch schon mit beiden Händen nach den Plätzchen griff.

Ich setzte ihn auf meinem Schoß zurecht und schob die Plätzchen bis auf eins aus seiner Reichweite. Gemütlich an mich gelehnt, knabberte er dann an seinem Plätzchen.

Ich hielt ihn auf dem Schoß, bis das Plätzchen verschwunden war, und dann stand Opa auf.

„Am besten machen wir uns jetzt auf den Heimweg, Junge“, sagte Opa mit einem Blick auf die Wanduhr.

„Habt ihr schon mit der Ernte angefangen?“ erkundigte Tante Lou sich, während Opa seinen fleckigen, schlappigen Hut aufsetzte.

Ich wußte, daß die Frage mir galt. Ich war inzwischen derjenige, der die wichtigen Entscheidungen auf der Farm zu treffen hatte. Opa und Onkel Charlie hatten mir die Verantwortung übertragen, ohne daß je ein Wort darüber gefallen wäre.

„Noch nicht. Wir fangen an, sobald es trocken wird.“

„Versprichst du dir gute Erträge?“

„Sieht ganz danach aus, wenn's nur keinen Hagel gibt.“

„Dann wirst du wohl die nächsten paar Wochen jede Menge an Arbeit haben“, fuhr Tante Lou fort.

„Allerdings.“

„Wir werden dich kaum zu sehen kriegen.“

„Nur sonntags.“

„Vielleicht kann ich ab und zu kommen und in der Küche helfen“, sagte sie. „Eigentlich könntet ihr gut eine Hilfe im Haushalt gebrauchen, weißt du.“

Ich mußte einfach schmunzeln. Ich hoffte nur, daß Tante Lou ihr kleines Manöver nicht für gekonnt unauffällig hielt. Es war ja zu offensichtlich, worauf sie hinauswollte! Und es war ebenso offensichtlich, auf wessen Seite sie stand.

Neue Zeiten

Opa vergeudete nicht viel Zeit, um Onkel Charlie einzuweihen. Im stillen hatte ich mich schon gefragt, wie er das wohl anfangen würde. Wahrscheinlich würde er die Katze aus dem Sack lassen, sobald ich im Bett war und er mit Onkel Charlie allein in der Küche seine letzte Tasse Kaffee trank. Ich hatte sogar schon überlegt, ob ich mich auf die Treppe schleichen sollte, um mir anzuhören, was er Onkel Charlie zu sagen hatte.

Aber es kam ganz anders. Opa glaubte wohl, seinen Bruder gut genug zu kennen, um sich seiner Sache restlos sicher zu sein. Onkel Charlie würde sich bestimmt auf seine Seite schlagen, schien er zu glauben.

Wie dem auch sei, jedenfalls hatten wir gerade die Stallarbeit hinter uns und das Geschirr gespült, und Onkel Charlie hatte die Spülschüssel zurück an den Haken gehängt, als Opa schnurstracks zur Sache kam.

„Hab' heute auf dem Weg in die Stadt zu Josch gesagt, daß wir uns eigentlich nach 'ner Hilfe umsehen sollten", begann er.

Ich war völlig verdutzt über Opas unverblümte Worte, aber Onkel Charlie schien nicht die Bohne überrascht zu sein. Ohne mit der Wimper zu zucken, fuhr er mit dem Spüllappen über das karierte Wachstuch auf dem Tisch.

„Wofür denn?" fragte er zurück.

„Zum Kochen und Backen. Saubermachen. Zum Kochen für die Dreschmannschaft und zum Einmachen."

„Denkst du an jemand Bestimmtes?" fragte Onkel Charlie. Zu meiner Überraschung zwinkerte er dabei mit den Augen.

„Mary Turley", antwortete Opa.

„Aha", sagte Onkel Charlie mit dem gleichen Augenzwinkern. „Dann soll Josch uns also die Hilfe ins Haus holen, nicht du?“

Ich wollte gerade etwas sagen, als Opa mir zuvorkam.

„Worauf willst du denn damit hinaus?“

„Hinauswollen? Auf gar nichts, versteht sich! Ich dachte nur, so wie du gerad’ geredet hast, daß du ’ne Ehefrau für jemanden ins Haus holen willst.“

„’ne Ehefrau?“ grunzte Opa. „Unfug! Josch kann sich selbst ’ne Frau suchen.“

„Freut mich außerordentlich, daß wir da einer Meinung sind“, bemerkte ich trocken.

„Was hast du dir denn nun vorgestellt?“ fragte Onkel Charlie und wischte die letzten Krümel vom Tisch.

„Eine Haushaltshilfe“, erklärte Opa.

„Ach so“, sagte Onkel Charlie. Einfach nur: „Ach so.“

„Mary Turley sagt, sie hat nichts dagegen, ’ne Zeitlang im Haushalt bei uns zu arbeiten“, fuhr Opa fort.

„Ich finde, bei meiner Idee haben wir aber länger was davon“, grinste Onkel Charlie. „Wie lange wird ’n Mädchen wie Mary Turley – und in ihrem Alter – schon drei eingefleischte Junggesellen bemuttern wollen?“

„Von wegen bemuttern!“ protestierte Opa. Onkel Charlie schien es nicht einmal bemerkt zu haben.

„Und wie sollen wir sie bezahlen?“ fragte er statt dessen. Ich hielt die Luft an. Genau das war das Verrückteste an Opas ganzem Vorhaben. Warte nur, Onkel Charlie, bis du das gehört hast!

„Wir nehmen die neue Lehrerin bei uns auf“, rückte Opa mit der Sprache heraus.

Das ließ sogar Onkel Charlie aufhorchen. Er stellte sich so aufrecht hin, wie sein kranker Rücken es zuließ, und warf Opa einen messerscharfen Blick zu.

Ich konnte ihm die Fragen ansehen, die ihm durch den Kopf schossen, aber er sprach keine davon aus. Opa nutzte die Pause, um hastig weiterzureden.

„Bei uns stehen zwei Zimmer leer. Die Lehrerin kriegt das eine, das Hausmädchen das andere. Auf die Art und Weise kann sich keine beklagen, allein mit drei Männern unter einem Dach wohnen zu müssen. Wir nehmen das

Kostgeld von der Lehrerin und bezahlen damit das Hausmädchen. So kommt jeder zu seinem Recht."

Onkel Charlie pfiff durch die Zähne. Er hegte bestimmt Zweifel an der Sache.

„Na sag schon, woran hapert's denn?" drängte Opa etwas hitzig.

Jetzt konnte ich nicht länger an mich halten. Ich lehnte mich auf meinem Stuhl zurück und legte die Hände auf den Tisch.

„'ne hirnverbrannte Idee ist das Ganze, einfach unsinnig", erläuterte ich Onkel Charlie. „Das ist doch wohl das Allerletzte: ein Haus voller Frauen! All die Jahre sind wir prima ohne Frauen ausgekommen. Wüßte nicht, weshalb sich das auf einmal ändern sollte. Die Frauen würden ja doch bloß weiße Tischtücher auf den Tisch tun, uns die Hemden stärken und uns zwingen, die Stallstiefel im Haus auszuziehen und ..."

Ich war längst noch nicht fertig, aber Onkel Charlie ging ein paar Schritte von uns weg. Ich glaubte schon, er wollte damit den ganzen Plan von sich weisen, aber dann sah ich, daß er nur das Spültuch aufhängen wollte.

Als er an den Tisch zurückkam, redete ich gleich weiter.

„Ich weiß, zur Ernte geht's ein bißchen hektisch zu, aber die Ernte dauert schließlich nicht ewig, und für die paar Tage kriegen wir schon jemanden, der uns hilft. Ich wette, wir könnten Frau ..."

„Kommt nicht in Frage!" fiel Onkel Charlie mir ins Wort. „Hat mich ja fast auf die Palme gebracht, die Frau!"

„Dann halt jemand anders. Es gibt schließlich jede Menge Frauen, die während der Ernte beim Kochen helfen. Wir ..."

„Ach ja? Wen denn zum Beispiel?" unterbrach mich Opa. „Weißt du noch, wie lange wir letztes Jahr jemand für die Ernte gesucht haben?"

Das war ein ernüchternder Gedanke. Es war tatsächlich schwierig gewesen. Alle Frauen in der Umgegung waren vollauf mit Kochen für die eigene Erntemannschaft und mit Einmachen beschäftigt gewesen.

„Trotzdem brauchen wir uns nicht gleich eine Hilfe ins

Haus zu holen, die uns alles durcheinanderbringt. Wir machen den Haushalt auf unsere Weise. Mit ’ner Haushaltshilfe hier würden wir uns plötzlich ganz komisch vorkommen.“

Onkel Charlie ließ sich langsam auf einen Stuhl sinken. Ich konnte ihm ansehen, wie sein Rücken ihm wieder zu schaffen machte.

„Und wo sollten wir sie auch unterbringen?“ ereiferte ich mich weiter. „Das obere Zimmer gehört Tante Lou, und das untere“, und ich zeigte auf das kleine Zimmer neben der Küche, „das untere gehört Uropa.“

Onkel Charlie schien mir nicht zuzuhören, und Opa sagte nicht viel.

„Wir wissen ja nicht mal, wie die neue Lehrerin überhaupt ist. Vielleicht ist sie ja … vielleicht ist sie ja ’n richtiges Ekel!“

Mir fiel nichts Bestimmtes ein, dessen ich sie beschuldigen könnte.

Onkel Charlie hob die Augenbrauen und warf Opa einen Blick zu. Der begriff auf der Stelle und beantwortete die unausgesprochene Frage.

„Hab’ natürlich ein paar Erkundigungen über sie eingeholt. Schließlich wollen wir nicht, daß sie uns den Tabak in die Wandritzen spuckt, oder?“

Onkel Charlies Schnurrbart zuckte leicht; er unterdrückte wohl mit Mühe ein Grinsen.

„Sie kommt aus einer angesehenen, gläubigen Familie in der Nähe von Edgeworth. Hat erstklassige Referenzen und möchte gern Mitglied in unserer Kirche werden. Sie hat ausdrücklich darum gebeten, bei einer christlichen Familie untergebracht zu werden, als sie sich um die Stelle beworben hat“, fuhr Opa fort.

Trotzdem schien Onkel Charlie noch reichlich skeptisch zu sein. Er ließ sich lange Zeit, bevor er fragte: „Und würden ihre Eltern sie bei uns wohnen lassen?“

„Sie haben Erkundungen über uns eingeholt“, gestand Opa in aller Offenheit.

„Wer würde seine Tochter schon bei drei alten Junggesellen einziehen lassen?“ winkte ich ab. „Bestimmt …“

„Also gut, ich bin dafür“, unterbrach mich Onkel Charlie.

Ich wollte meinen Ohren nicht trauen.

„Was meinst du denn dazu, Josch?“ fragte Onkel Charlie zu meiner grenzenlosen Verwunderung. Hatte er etwa kein Wort von dem gehört, was ich die ganze Zeit gesagt hatte?

„Er hat gemeint, es wäre schließlich deine Küche und damit auch deine Entscheidung“, kam Opa mir mit der Antwort zuvor.

„Wirklich?“ Onkel Charlie warf mir einen forschenden Blick zu.

„Ja, schon, aber ...“ fing ich wieder an.

„Dann machen wir's“, sagte Onkel Charlie mit Entschlossenheit. „Ich finde, es ist höchste Zeit, daß 'ne Frau in dieses Haus kommt.“

Ich fiel aus allen Wolken. Ich konnte es kaum fassen, daß Opa seinen Bruder zu so einer hirnverbrannten Idee überredet hatte. Dann machte ich mir klar, daß Opa die ganze Zeit über kaum ein Wort gesagt hatte. Das Reden hatte hauptsächlich ich besorgt, und womöglich hatte ich mich soeben selbst an die Wand geredet.

Das wurde mir sogar noch deutlicher, als ich gerade zu Bett gehen wollte und Onkel Charlies Stimme bis ins obere Stockwerk zu hören war.

„Ich mach' mir Sorgen wegen Josch“, sagte er.

„Weswegen?“ fragte Opa.

„Hast du's nicht gemerkt? Er hat ja gerade so geredet, als ob er Angst vor Frauen hätte! Entweder das, oder er findet sie lästig anstatt nützlich. Ständig hat er davon gequasselt, daß 'ne Frau ihm nur alles durcheinanderbringen würde.“

„Recht haste“, seufzte Opa. „Lou ist ja die einzige Frau, die er je näher gekannt hat.“

„Wenn wir da mal nur nicht zu spät sind“, sagte Onkel Charlie, und es klang aufrichtig besorgt.

Ich machte meine Zimmertür zu. Was ich da gehört hatte, stimmte mich reichlich ärgerlich. Andererseits jagte es mir aber auch 'nen schönen Schrecken ein. Hatte ich tatsächlich Angst vor Frauen? War alles für mich zu spät? Zugegeben, der Gedanke, mit zwei Vertreterinnen des anderen Geschlechts unter einem Dach wohnen zu müssen, war mir ein Greuel. Aber warum war das so? Ich hing schließlich sehr an Tante Lou. Die kleine Sarah hatte ich ins Herz geschlossen. Ich mochte Carmen sehr – oder besser gesagt: ich hatte sie einmal sehr gemocht. Wovor hatte ich also Angst? Wogegen wehrte ich mich?

Und dann fiel's mir wie Schuppen von den Augen: Onkel Charlie war genausowenig wie ich von Opas Vorhaben angetan. Das konnte ich ihm anmerken. Trotzdem hatte er ohne jede Widerrede gesagt: „Ja, so machen wir's!" Der Grund war niemand anders als ich. Onkel Charlie hatte herzlich wenig Lust, sich die Arbeit von einer Frau aus der Hand nehmen zu lassen. Vielleicht kam er sich sogar unnütz und überflüssig vor, aber das nahm er alles in Kauf, weil er befürchtete, daß etwas mit mir nicht stimmte.

Ich nahm mir vor, kein Wort mehr über den ganzen Plan zu verlieren, und als Opa mich am nächsten Morgen geradeheraus nach meiner Meinung fragte, sagte ich, von mir aus sollte er ruhig tun, was er für richtig hielt. Was das sein würde, konnte ich mir selbst ausmalen.

Mary zog als erste ein. Opa fuhr mit der Kutsche zu den Turleys, um sie abzuholen. Sie kam mit einem kleinen Koffer und einer abgenutzten Truhe an, und ich half Opa, alles ins Haus zu tragen.

Marys Anwesenheit war mir nicht allzu unangenehm. Schließlich kannten wir einander schon seit unserer Kindheit, und außerdem gehörte sie ja zu unserer Kirchengemeinde. Es war nicht gerade, als zöge eine völlig Fremde bei uns ein. Trotzdem fiel's mir schwer, mich an einen zusätzlichen Hausbewohner zu gewöhnen.

Sie bat sich das Zimmer im unteren Stockwerk aus, weil sie, wie sie sagte, ohnehin die meiste Zeit in der Küche verbringen würde, und das untere Zimmer lag ja gleich neben der Küche.

Im Haushalt war Mary ziemlich erfahren, soviel stand fest. Sie hatte daheim schon den Haushalt geführt, als sie noch ein junges Mädchen gewesen war. Sie übernahm ohne Zögern das Kommando in der Küche, aber eins mußte ich ihr dabei hoch anrechnen: sie schob Onkel Charlie nicht einfach beiseite. Sie fragte ihn dies und lobte das, bis sie ihn um den kleinen Finger gewickelt hatte, und dazu brauchte sie nicht mal sonderlich lange. Obendrein ließ sie sich mehr an Kleinigkeiten einfallen, die er erledigen konnte, als ich je für möglich gehalten hätte.

Sie arbeiteten zusammen in der Küche. Immer wenn ich ins Haus kam, hörte ich die beiden miteinander plaudern und lachen. Zuerst störte mich das, aber dann machte ich mir klar, wie gut Onkel Charlie das tat. Mit der Zeit war ich sogar dankbar für Mary und ihr Einfühlungsvermögen.

Zu den Mahlzeiten gab's jetzt öfter besondere Köstlichkeiten: pikant eingelegte grüne Tomaten, frische Butterhörnchen und gebackene Kürbisstücke. Onkel Charlie hatte zwar immer sein Bestes getan, aber Mary übertraf ihn weit.

Mary war erst eine Woche bei uns, als die neue Lehrerin einzog. Mary hatte Tante Lous Zimmer gefegt und gewienert, bis alles nur so blitzte. Sie stellte sogar einen kleinen Strauß mit Herbstblumen und ein Körbchen mit Äpfeln, die sie auf Hochglanz poliert hatte, auf den Tisch.

Mary mochte sich vielleicht auf die Lehrerin freuen, aber mir graute regelrecht davor, 'ne penible Schulmeisterin bei uns im Haus zu haben. An dem Tag, als Fräulein Matilda Hopkins eintreffen sollte, machte ich mich rar im Haus. An Vorwänden mangelte es mir dabei nicht. Wir hatten mit der Ernte angefangen, und es gab ganze Berge an Arbeit.

Fräulein Hopkins sollte mit der Eisenbahn ankommen, und Opa hatte sich erboten, sie am Bahnhof abzuholen.

Ich arbeitete länger als sonst. Zur Essenszeit blieb ich absichtlich draußen auf dem Feld. Es war noch hell genug, um mit der Arbeit weiterzumachen. Mein Magen knurrte und beklagte sich bitter, aber das scherte mich nicht. Ich hatte es nicht besonders eilig, in eine Küche zu kommen, wo's vor Frauen wimmelte.

Als es schließlich doch zu dunkel zum Arbeiten wurde, spannte ich die Pferde ab und führte sie in die Scheune. Ich ließ mir reichlich Zeit dabei, ihnen Wasser und Futter zu geben und sie gründlich zu striegeln. Ein Blick in den Stall sagte mir, daß Opa hier schon die Runde gemacht hatte.

Normalerweise wäre ich ihm dafür dankbar gewesen, aber heute ging's mir irgendwie gegen den Strich. Jetzt hatte ich keinen Vorwand mehr, um der Küche noch länger fernzubleiben.

Mißgelaunt und von der Arbeit schmutzig ging ich schließlich ins Haus. Ich wußte, daß ich mich dort vorzustellen hatte, aber ich wußte auch, daß ich nicht gerade gepflegt aussah. Ach, das war mir jetzt egal. Was kümmerte es schon eine alte Jungfer, wie ich aussah?

Ich stapfte über die hintere Veranda und öffnete die Tür. Die Küche war bis auf Opa und Onkel Charlie leer.

„Du machst aber heute spät Feierabend!“ stellte Opa fest.

Ich sah mich ziemlich verwundert um, stellte aber keine Fragen. Dann trat ich an das Waschbecken in der Ecke, goß mir reichlich Wasser ein und spritzte es mir gründlich über Gesicht und Hände. Als ich damit fertig war, sah ich, daß ich es ebenso gründlich über Marys frisch geschrubbten Fußboden und den blitzsauberen Waschtisch gespritzt hatte. Ich gab vor, es nicht bemerkt zu haben, und trat an den Tisch.

„Wo ist das Essen?“ fragte ich. Es sollte beiläufig klingen.

„Mit dem Essen waren wir vor zwei Stunden fertig“, erklärte Opa, ohne von der Zeitung aufzuschauen, die er sich anscheinend irgendwo besorgt hatte.

„Dein Essen steht im Ofen“, sagte Onkel Charlie über den Rand seines Zeitungsteils hinweg.

Ich ging zum Ofen, wo ich eine großzügige Portion entdeckte. Ich hatte gar nicht gewußt, wie hungrig ich war, bis ich das Essen sah und roch. Trotzdem sagte mir mein Verstand, daß das Essen vor zwei Stunden wahrscheinlich noch appetitlicher gewesen sein mußte. Na ja, das war nicht Marys Schuld; soviel mußte ich ehrlicherweise zugeben.

„Woher habt ihr denn die Zeitung?“ erkundigte ich mich zwischen zwei Bissen.

„Von Matilda“, sagte Opa nur.

„Matilda?“

Opa brummte etwas.

„Meinst du Fräulein Hopkins?"
„Wir sollen sie Matilda nennen", erklärte Opa.
Während die beiden Männer ihre Zeitungsseiten studierten, herrschte Schweigen. Wir hatten nicht oft 'ne Tageszeitung im Haus, und diese schien besonders interessant zu sein.
„Sie ist also angekommen, oder?" versuchte ich's nochmal.
„Mhm", sagte Onkel Charlie und fing an, Opa einen Zeitungsartikel vorzulesen. Opa hörte zu, und dann lasen beide schweigend weiter. Bald stieß Opa auf einen Artikel, den er Onkel Charlie vorlesen mußte. So war es bestimmt schon den ganzen Abend gegangen, und den Rest des Abends würde es bestimmt auch so weitergehen. Na, das konnte ja heiter werden!
Ich schob meinen leeren Teller von mir.
„Gibt's Nachtisch?" erkundigte ich mich.
Opa winkte mit der einen Hand, ohne die Zeitung loszulassen.
„Auf dem Regal", sagte er, ohne auch nur aufzuschauen.
Ich fand frischen Vanillepudding, meinen Lieblingspudding, und nahm mir eine große Portion. Eins hatte es schon für sich, Mary bei uns zu haben: Sie konnte erstklassigen Puddig kochen! Ich nahm mir Nachschlag.
Die beiden Männer hatten sich immer noch nicht vom Fleck gerührt und lasen einander hin und wieder 'nen Artikel aus der Zeitung vor. Sie taten gerade so, als wäre die Zeitung das Interessanteste der Welt.
Mein Blick wanderte zu Marys Zimmertür. Sie stand einen Spaltbreit offen, und ich konnte das ordentlich gemachte Bett und den kleinen Schreibtisch in der Ecke sehen. Es gab keinen Zweifel an der Tatsache, daß Mary nicht im Haus war.
Endlich hielt ich's nicht mehr aus.
„Ziemlich still hier", sagte ich. „Wo sind denn alle?"
Opa senkte die Zeitung ein Stück, um mir über den Rand 'nen Blick zuzuwerfen.
„Wir sind doch hier", sagte er schlicht und einfach.
Ich wurde 'n bißchen rot und fuhr mir mit der Hand über

die widerspenstigen Haare. Opa schenkte mir immer noch keine Beachtung.

Onkel Charlie faltete seinen Zeitungsteil sorgsam wieder zusammen und legte ihn auf den Tisch. Er nahm seine runde Lesebrille ab.

„Weißt du“, sagte er zu Opa, „ich finde, Matilda hat recht. Man muß wirklich die Tageszeitung lesen, wenn man auf dem laufenden bleiben will. Kaum zu fassen, was ich an einem einzigen Abend alles dazugelernt hab’!“

Opa grunzte seine Zustimmung und blätterte weiter.

Ich trug mein leeres Puddingschälchen zur Anrichte und stapelte es auf meinen Teller – eher aus Gewohnheit als aus Rücksichtnahme. Ich wollte mich gerade für die Nacht abmelden, als Opa aufschaute.

„Übrigens, Josch“, sagte er, „Mary hat Matilda mit zu ihren Eltern genommen, um sie dort vorzustellen. Ich hab’ ihnen Chester und den leichten Buggy gegeben. Das macht dir sicher nichts aus.“

Ich stand nur da und schluckte. Da hatte sich das Weibervolk nicht bloß meine Küche und mein Haus angeeignet, sondern obendrein auch noch mein Pferd! In mir kochte die Wut, aber zugleich wußte ich auch, wie kindisch das von mir war. „Nur ruhig Blut!“ ermahnte ich mich im stillen, gab Opa irgendeine Antwort und stieg dann die Treppe hinauf.

„Gehste schon zu Bett?“ rief Onkel Charlie hinter mir her.

„Ja“, antwortete ich, ohne mich umzudrehen. „Hab’ ’nen langen Tag hinter mir.“

„Willste nicht auch eben noch ’nen Blick in die Zeitung hier werfen?“ fragte Opa.

Also, ich hatte keinerlei Bedürfnis danach, Matildas Zeitung zu lesen, das stand felsenfest! Aber sagen tat ich’s lieber nicht. Wenigstens nicht so direkt.

„Nee, danke. Ich geh’ lieber schlafen!“ antwortete ich statt dessen.

Aber einschlafen konnte ich nicht. Ich lag da und wälzte mich hin und her und horchte auf das Geräusch von Wagenrädern.

Endlich kamen sie. Dann hörte ich ihre flüsternden Stimmen, als sie sich dem Haus näherten, nachdem sie Chester in die Scheune gebracht hatten. Es klang gerade wie zwei junge Backfische, die sich nach dem Zapfenstreich zur Hintertür reinschleichen, aber weder waren die beiden junge Backfische, noch konnte von schleichen die Rede sein. Opa und Onkel Charlie saßen noch am Küchentisch.

Ich hörte das Klappern von Tassen, als Mary den letzten Abendkaffee kochte; dann hörte ich allgemeines Plaudern und leises Lachen und endlich Schritte auf der Treppe. Schließlich wurde es still im Haus.

Ich konnte immer noch nicht einschlafen. Alles war ein einziges Durcheinander. Das alte, vertraute Leben war wie weggeblasen.

Dann dachte ich an Opa und Onkel Charlie und ihre letzte Tasse Kaffee. Vielleicht hatte sich das Leben doch nicht so durchschlagend verändert.

Erntezeit

Meine Laune hatte sich nicht wesentlich gebessert, als ich am nächsten Morgen aufwachte. Erstens hatte ich nicht viel geschlafen, und zweitens hatte ich mir wohl mehr oder weniger vorgenommen, heute schlechter Laune zu sein.

Ich stand früh auf und ging nach draußen, um mit der Stallarbeit anzufangen. Zuerst sah ich bei Chester nach dem Rechten. Ich konnte nichts entdecken, was einen Wutausbruch rechtfertigen konnte, so daß ich als nächstes die Kühe zum Melken holte.

Es dauerte nicht lange, bis Opa zu mir in die Scheune kam.

„Bist aber früh auf den Beinen, Junge“, begrüßte er mich. „Hast dich wohl richtig gut ausgeschlafen, was?“

Dazu äußerte ich mich lieber nicht.

„Wie geht das Mähen voran?“ fragte Opa.

„Gut“, antwortete ich, wie es den Tatsachen entsprach.

„Sieht die Ernte so gut aus, wie wir gehofft hatten?“

Ich konnte meine Begeisterung kaum unterdrücken. Die Ernte war prima. Sie versprach die größten Erträge, die wir je gehabt hatten.

Ich vergaß meine schlechte Laune für ein paar Minuten und gab Opa einen Lagebericht. In seinen Augen funkelte es, während ich redete, und hin und wieder zuckte sein Schnurrbart vor Vergnügen.

Als ich mit meinem Begeisterungsausbruch über die Ernte fertig war, meldete Bleß sich laut muhend zum Gemolkenwerden. Opa und ich trennten uns; ich brachte den Schweinen ihr Futter, und Opa nahm sich den Melkeimer.

Ich hatte schon fast vergessen, wie sehr mir davor graute, zum Frühstück in die Küche gehen zu müssen; statt dessen dachte ich wieder an den Traktor, von dem ich schon eine

Weile träumte. Den Blick auf die Füße geheftet, ging ich zum Hühnerstall, als ich plötzlich gegen etwas stieß.

Den Weg zum Hühnerstall war ich im Lauf meines Lebens schon viele, viele Male gegangen, und ich wußte genau, daß es dort nichts gab, gegen das man stoßen konnte.

Mein Kopf fuhr in die Höhe. Mit dem Rücken zu mir, ebenso erschrocken um sich schauend wie ich, stand ein schmales junges Ding von Mädchen.

„Ich … äh, Verzeihung", murmelte ich. „Ich hab' nicht achtgegeben, wohin ich …"

Was hatte sie auch mitten auf dem Weg zum Hühnerstall zu suchen?

Sie schüttelte den Kopf. Der Schrecken in ihrem Gesicht wich einem strahlenden Leuchten.

„Das war meine Schuld. Ich hätte nicht einfach so dumm dastehen sollen. Ich … ich habe mich nur gerade an dem Sonnenaufgang satt getrunken."

Am Sonnenaufgang satt getrunken? So hatte ich's noch nie gehört. Ich drehte mich nach Osten um und stellte zu meiner Überraschung fest, daß der Sonnenaufgang tatsächlich eines solchen Ausdrucks würdig war. Ich stand da und starrte ihn an, als sähe ich ihn heute zum ersten Mal.

„Hübsch, nicht?" murmelte ich. „Kann ich dir irgendwie helfen?" fragte ich dann. „Suchst du jemanden?"

Sie sah mich verwirrt an und fing dann an zu lachen.

„Sie müssen Josch sein!" sagte sie, anstatt meine Frage zu beantworten.

Ich nickte, begriff aber nicht, was das mit ihr zu tun hatte.

„Ich bin Matilda", sagte sie schlicht und reichte mir ihre schmale Hand.

Der Mund muß mir sperrangelweit offengestanden sein. Ich hatte eine ältere Dame erwartet, eine mit 'ner strengen Frisur und einem dunkelblauen, knöchellangen Kleid mit Spitze an Kragen und Manschetten. Statt dessen stand ich vor einem Mädchen, das nicht älter als siebzehn sein konnte, krause, hellbraune Locken und funkelnde Augen besaß und ein nettes, grünkariertes Kleid trug.

„Matilda Hopkins“, wiederholte sie. „Die neue Lehrerin. Am liebsten möchte ich beim Vornamen und mit ‚du‘ angeredet werden, wenn es recht ist. Ich darf doch auch Josch sagen, nicht wahr?“

Mir fehlten noch immer die Worte. Ich nickte nur.

Dann wechselte sie das Thema.

„Du hast ein ganz phantastisches Pferd, Josch. Chester ist einfach großartig!“ Sie betonte jede Silbe mit Nachdruck.

„So ein wunderschönes Pferd habe ich noch nie gesehen“, fuhr sie fort, „und Mary sagt, er läßt sich auch reiten. Ich würde ihn ja zu gern einmal reiten!“

Sie holte Luft und fügte langsamer hinzu: „Natürlich nur, wenn du nichts dagegen hast.“

Ich erwischte mich dabei, wie ich nur mit den Achseln zuckte und murmelte: „Von mir aus gern“, und Matilda strahlte vor Freude und dankte mir überschwenglich.

„Aber jetzt muß ich flink wieder ins Haus. Wenn ich mich nicht beeile, komme ich gleich am ersten Schultag zu spät!“

Dann hüpfte sie auch schon den Weg entlang, wie's für eine Lehrerin nicht unpassender sein konnte.

Ich konnte ihr nur nachstarren. Und dann fing ich an zu lachen. Wozu hatte ich mich eigentlich so aufgeregt? Wovor hatte ich Angst gehabt? Sie war ja ein blutjunges Ding! Es gab überhaupt nichts zu befürchten. Es war nicht viel anders, als Sarah zu Besuch zu haben.

Den ganzen Weg zum Hühnerstall lachte ich leise vor mich hin.

Am Freitag abend veranstaltete unsere Gemeindejugend einen bunten Abend. Auf seine fuchsschlaue Art schlug Opa mir vor, mit der Feldarbeit ein bißchen früher aufzuhören und die Mädchen in die Stadt zu fahren. Zuerst wollte ich nicht so recht, aber dann überlegte ich's mir anders. Onkel Nat sagte immer, daß man die Farmarbeit nie vor die Gemeinde stellen sollte. Vielleicht war Opas Vorschlag gar nicht so schlecht.

Eigentlich hätte ich das Gespann nehmen sollen, aber um ehrlich zu sein, wollte ich wohl ein bißchen mit Chester angeben. Der leichte Buggy war schneller als die Kutsche, aber für drei Leute war er eigentlich etwas zu klein. Er war bloß für zwei Personen gedacht.

Opa sah mir mit erhobenen Augenbrauen beim Anspannen zu. Ich wußte genau, was er dachte.

„Keine Sorge“, sagte ich, bevor er Bedenken anmelden konnte. „Die Mädchen sind ja beide nur ’ne halbe Portion. Von denen kriegte ich auch vier auf dem Sitz hier unter, wenn’s sein müßte.“

Opa schwieg nur.

Als ich mich zum guten Schluß noch mit einem nassen Kamm gekämmt hatte, sah Onkel Charlie mich mit einem verschmitzten Grinsen an.

„Scheinst dich wohl auf allerhand Scherze gefaßt zu machen, wenn du gleich mit zwei Mädchen auftauchst, was, Josch?“ fragte er mich.

Auf diese Idee war ich überhaupt noch nicht gekommen.

„Mädchen?“ fragte ich zurück. „Das eine ist bloß Mary, und das andere – also, die ist ja noch fast ein Kind!“

Onkel Charlie nahm meine Beurteilung der Lage überrascht entgegen, antwortete aber nichts darauf.

Ich war längst vor den Mädchen fertig, etwas, was ich nie begreifen konnte. Immerhin hatte ich den ganzen Tag auf den Feldern geschuftet, bei der Stallarbeit geholfen und dann Chester angespannt, und trotzdem war ich derjenige, der warten mußte.

Mary kam zuerst. Sie sah wirklich nett aus, und ich mußte unwillkürlich denken, was Willi da entgangen war – bis ich daran dachte, wen Willi statt dessen für sich erobert hatte.

Wozu brauchte Matilda bloß so lange? Allmählich wurde ich ungeduldig, aber als sie dann die Treppe herunterkam, konnte ich meinen Augen kaum trauen. Ihre Haare trug sie hochgesteckt, und ihr Kleid war viel erwachsener. Schlagartig wurde mir klar, daß sie alles andere als noch ein Kind war. Mir wurde auch genauso klar, wie recht Onkel Charlie eben gehabt hatte. Womöglich würde ich tatsächlich allerhand an Schabernack über mich ergehen lassen müssen.

Aber jetzt war’s zu spät, um Chester wieder auszuspannen und die beiden anderen Pferde zu holen. Die Mädchen waren ja schon Feuer und Flamme wegen der Fahrt in dem leichten Buggy. Ich nahm die Zügel und kletterte auf den Buggy. Wie ich die Mädchen unterbringen sollte, wußte ich selbst noch nicht so recht.

Mary besorgte die Platzverteilung.

„Am besten setzt du dich in die Mitte, Josch, und wir sitzen dann rechts und links neben dir“, schlug sie vor.

Ich weiß selbst nicht genau, warum ich einwilligte, außer der Tatsache, daß mir auch keine bessere Lösung einfiel. So setzte ich mich also zwischen die beiden Mädchen. Es war ziemlich eng, und die Mädchen hatten wohl Angst, vom Wagen zu fallen, als Chester loslegte, wie's seine Art war. Beide Mädchen packten mich am Arm und hielten sich fest, als ginge es um ihr Leben. Ich hatte meine liebe Last mit den Zügeln.

Vor lauter Anstrengung geriet ich ins Schwitzen. Ich bezweifelte, ob man in dieser Lage beten durfte oder nicht, aber am liebsten hätte ich's getan. Ich hoffte inständig, daß keiner von den jungen Burschen vor der Kirche stand und mich ankommen sah. Aber es war ein warmer Herbstabend, und bei warmem Wetter standen die Burschen immer erst eine Weile draußen und unterhielten sich und lachten und sahen zu, wie einer nach dem anderen eintraf.

„Heiliger Strohsack!“ dachte ich. „Da hab' ich mir ja eine schöne Bescherung eingebrockt!“

Zuerst wollte ich den Mädchen die Schuld an allem geben. Was mußte Mary sich auch so herausputzen, und warum hatte Matilda sich ausgerechnet diesen Abend ausgesucht, um sich so erwachsen zurechtzumachen? Wie alt war sie eigentlich? Und warum hatte sie mich nicht vorher gewarnt?

Aber das war ungerecht von mir. Chester und der leichte Buggy waren schließlich meine Idee gewesen. Ich hatte mit meinem Pferd angeben wollen, und jetzt saß ich schön in der Patsche!

Mary und Matilda schienen sich nicht im geringsten an der Sache zu stören. Den ganzen Weg in die Stadt lachten und plauderten sie miteinander, geradewegs über mich hinweg.

Von irgendwo sprang ein großer Feldhase aus dem Straßengraben. Chester scheute und ruckte eine Stück nach rechts. Es war nichts Gefährliches; Chester war ein geschultes Pferd, und hatte sich nur etwas erschrocken. Der Zwischenfall reichte allerdings aus, um den Mädchen den größten Schrecken ihres Lebens einzujagen. Sie packten mich mit beiden Händen. Matilda kreischte und klammerte sich an mir fest. Mary erholte sich als erste wieder. Sie war eine Spur rot geworden, ließ mich los und murmelte eine Entschuldigung.

Anders Matilda. Ich glaube, sie genoß die Aufregung sogar und hätte sich gern noch einmal erschrecken lassen. Eine solche Lehrerin wie sie war mir mein Lebtag noch nicht begegnet!

Als wir die Kirche erreichten, stand der ganze Hof voller junger Burschen, die nichts Besseres zu tun hatten, als herumzustehen und zu warten. Ich spürte, wie ich puterrot wurde. Das konnte ja heiter werden!

Die Mädchen schienen nichts zu ahnen.

„He, Josch!" rief einer von den jungen Burschen. „Hast dein' Wagen vollgeladen, voll mit hübschen Mädchen, was?" Nicht genug damit: als nächstes mußte ich uns drei irgendwie aus dem Buggy auf den Boden kriegen. Ich wußte nicht so recht, wie ich das am besten anfangen sollte. Wie in aller Welt sollte ich Chester festhalten und gleichzeitig zwei jungen Damen – die eine links, die andere rechts von mir – manierlich aus dem Buggy helfen?

Onkel Nat rettete die Lage. Er wollte gerade vom Pfarrhaus zur Kirche gehen, als er uns entdeckte. Er kam auf uns zu, um uns munter zu begrüßen. Danach nahm er Chester beim Zaum und führte ihn zum Pfosten. Als ich die Hände frei hatte, kletterte ich an Mary vorbei und sprang zu Boden; dann half ich den Mädchen einzeln beim Aussteigen.

Während die Burschen noch dastanden und gafften, stellte Mary Mathilda in aller Ruhe Onkel Nat vor, was ich eigentlich längst erledigt haben sollte.

Der ganze Abend verlief so, wie ich's befürchtet hatte. Die Burschen ließen keine Gelegenheit ungenutzt, um mich gründlich zu foppen. Ich schwitzte tüchtig und schwor mir, nie wieder eine solche Dummheit wie heute zu begehen.

Als wir uns gerade verabschieden wollten, rief Tante Lou mich beiseite.

„Ich bin ja so froh, daß du die Mädchen mitgebracht hast, Josch", sagte sie. „Hoffentlich war das nicht das erste und letzte Mal! Matilda scheint gut in die Gruppe zu passen."

Ich nickte. Sie hatte tatsächlich den ganzen Abend im Mittelpunkt gestanden.

„Und noch was, Josch", fuhr Tante Lou flüsternd fort, „scher dich nur nicht wegen der anderen Jungs!" Sie deutete mit einer leichten Kopfbewegung auf die Burschen, die sich den ganzen Abend über mich lustig gemacht hatten, weil ich mit zwei Mädchen gekommen war. „Sie würden sich ja samt und sonders ein Bein dafür ausreißen, wenn sie heute abend mit dir tauschen dürften!"

Ich warf einen zweifelnden Blick auf meine Freunde und mußte dann grinsen. Tante Lou hatte recht! Entschlossen trat ich auf die beiden jungen Damen zu, mit denen ich meinen engen Einspänner teilte, und reichte jeder von ihnen einen Arm.

Von jetzt an änderte sich vieles bei uns daheim. Eigentlich hatte ich's gar nicht so übel getroffen. Manch einer beneidete mich sogar.

Marys Kochkünste gehörten wohl zu den besten weit und breit. Nicht nur das, sondern sie war auch freundlich und umsichtig und verschönte uns den Tag auf vielerlei Weise.

Und Matilda? Nun, sie war einfach Matilda. Sie war lebhaft und schlagfertig und witzig. Ihr Mund stand nie still. Sie war so verschieden von Mary, wie sich nur zwei Mädchen voneinander unterscheiden können. Jede trug auf ihre Weise zu unserer Hausgemeinschaft bei.

Ich war längst nicht mehr so skeptisch wie zu Anfang. Zugegeben, hin und wieder kam mir unsere große Farmküche viel zu eng vor, und ich sehnte mich nach mehr Platz und etwas Ruhe, aber alles in allem gewöhnten wir uns eigentlich ganz gut aneinander.

Und dann ging die Ernte richtig los. Ich hatte nichts anderes im Kopf, als diese Rekordernte von den Feldern in die Scheune zu bringen. Für alles andere hatte ich vorläufig keine Zeit.

Herbst

Das Einbringen der Ernte verlief zufriedenstellend in diesem Jahr. Wir hatten zwar die üblichen wetterbedingten Verzögerungen, aber immer nur für jeweils ein paar Tage. Das Getreide wurde geschnitten und gebündelt. Die warme Sonne besorgte dann das Trocknen.

Zum ersten Mal machte ich mit unserem Gespann bei der Dreschmannschaft mit. Wir zogen von Farm zu Farm und arbeiteten auf den Feldern. Über unsere Einsatztage wurde eine genaue Liste geführt; für jeden Tag, den wir arbeiteten, stand uns ein Arbeitstag eines Mannes mit seinem Gespann zu. Wenn ich achtzehn Tage arbeitete, bekam ich drei Tage lang eine sechsköpfige Mannschaft, ohne einen Penny dafür bezahlen zu müssen. Ich rechnete mir aus, daß wir in etwa drei Tagen bei uns mit dem Dreschen fertig sein könnten und daß achtzehn bis vierundzwanzig Tage gutes Wetter ausreichen würden, um sämtliches Getreide in der Nachbarschaft einzubringen.

Die Arbeit war hart und die Tage lang – sowohl für die Männer als auch die Tiere. Besonders anstrengend war es, wenn die Farm, wo gedroschen werden sollte, mehrere Meilen von der unsrigen entfernt war. Die meisten Farmen lagen im Umkreis von wenigen Meilen, aber eine war sieben Meilen entfernt und eine andere sechseinhalb. An solchen Tagen mußte ich in aller Frühe von zu Hause weg, um rechtzeitig zum Dreschbeginn zur Stelle zu sein, und abends kam ich erst in der Dunkelheit wieder nach Hause.

Manche der Männer nahmen sich einen Schlafsack mit und übernachteten im Stroh; ihre Gespanne banden sie am Zaun fest. Ich selbst machte es anders: Anstatt das Gespann Tag für Tag die weite Strecke zu kutschieren, nahm ich Chester bei der ersten Fahrt mit auf die Farm. Das Gespann blieb über Nacht dort, während ich am Abend auf meinem Pferd wieder nach Hause ritt. Diese Methode funktionierte prächtig. Auf Chester kam ich schneller voran, und außerdem kam er auf diese Weise zu seinem Auslauf. Es bekam ihm nämlich nicht, wenn er zu lange auf der Koppel stehen mußte.

Die Dreschmannschaft war bunt zusammengewürfelt: hochgewachsene und schmächtige Männer, alte und junge, wortkarge und gesprächige – und alle setzten sie sich für ein gemeinsames Ziel ein. Meistens waren wir zu sechst, dazu Herr Wilkes, der die Dreschmaschine bediente. Manche der Männer arbeiteten zwei oder drei Tage hintereinander, um dann Ersatz zu schicken, damit sie daheim die eigene Ernte mähen und zum Dreschen vorbereiten konnten. Zum Glück hatte ich alle Felder schon gemäht, als ich mich der Mannschaft anschloß.

Mike Turley und ich waren die beiden Jüngsten in der Mannschaft. Wir waren zusammen zur Schule gegangen – genau zu der Schule mit dem einen Klassenzimmer, wo Matilda jetzt unterrichtete. Mike war Marys älterer Bruder, und er stellte mir allerhand sonderbare Fragen, was Mary betraf. Bald dämmerte mir allerdings, daß er es damit in Wirklichkeit auf Auskünfte über Matilda abgesehen hatte. Mike hatte sie wohl ein paarmal gesehen und war ziemlich beeindruckt von ihr gewesen.

Ich war mir nicht so sicher, ob ich meinem Schulkameraden dabei behilflich sein sollte, Matilda näher kennenzulernen. Es hatte Zeiten gegeben, wo er mit Willi und mir in die Sonntagsschule gegangen war; damals hatte er keinen Sonntag verpaßt, obwohl er von daheim nicht gerade viel an Ermutigung bekommen hatte. Jetzt ließ er sich aber überhaupt nicht mehr in der Kirche blicken, sosehr Mary sich auch bemühte, ihn dazu zu bewegen. Nein, ich ging mit meinen Auskünften über Matilda sparsam um und gab Mike wenig Anlaß zur Hoffnung.

Das älteste Mitglied der Dreschmannschaft war Herr Smith. Ich glaube, er und Herr Wilkes hatten schon eine halbe Ewigkeit miteinander in der Dreschmannschaft gearbeitet. Seine beiden Fuchsstuten kannten die Felder in der Umgebung wie ihre Westentaschen; Herr Smith hätte getrost zu Hause bleiben können, und die Pferde hätten die Runden allein gezogen – nur daß sie nicht mit der Heugabel umgehen konnten!

Barkley Shaw und Jim Smith halfen nur zeitweise beim Dreschen. Beide waren etwa in Tante Lous Alter. Aus Barkley hatte ich mir eigentlich nie viel gemacht; er war immer ein rechter Angeber gewesen. Allerdings mußte ich ihm hoch anrechnen, daß er viel vernünftiger geworden war, seitdem er Ann Corbin geheiratet hatte und der Vater von vier Kindern geworden war.

Die ganze Dreschmannschaft bestand aus Nachbarn, die ich schon mein Leben lang gekannt hatte. Bei Tisch wurde nicht viel über das Weltgeschehen geredet. Meistens ging es darum, wen gerade der Hexenschuß plagte, wer über das beste Saatgut verfügte und wer mit wessen Tochter ausging. Beim bloßen Zuhören erfuhr ich eine Menge an Neuigkeiten.

Während ich mit der Dreschmannschaft unterwegs war, erledigte Opa sämtliche Stallarbeiten für mich. Onkel Charlie machte sich nützlich, so gut es ging, und Mary arbeitete weit über ihre Pflichten hinaus. Sogar Matilda half mit: sie fütterte die Hühner und schleppte Brennholz ins Haus.

Während der Ernte bekam ich nicht viel von unseren Hausbewohnern zu sehen, aber wenn ich spät abends nach Hause kam, waren alle noch auf, weil sie auf mich warten wollten. Matilda saß an ihren Lektionen für den nächsten Tag, und Mary flickte oder nähte an ein paar feinen Wäschestücken, wobei sie sich von Opa und Onkel Charlie allerhand an Späßen anhören mußte. Sie nähe sich wohl ihre Aussteuer, behaupteten sie. Opa und Onkel Charlie lasen abends oft die neuste Ausgabe von Matildas Zeitung.

Alle erkundigten sich teilnahmsvoll, wie die Arbeit verlaufen war, und Mary tischte uns einen Imbiß und den Abendkaffee für Opa und Onkel Charlie auf, während Matilda uns lustige Begebenheiten aus dem Klassenzimmer erzählte. Sobald wir fertig waren, gingen wir zu Bett. An manchen Abenden war ich so hundemüde, daß ich mich nur mühsam die quietschenden Stufen hinaufschleppen konnte. Am nächsten Morgen war ich dann wieder unterwegs, bevor die anderen im Haus auf den Beinen waren.

Elf Tage lang ging das so, und dann war unsere Farm an der Reihe. Vor lauter Aufregung war ich ganz kopflos. In diesem Jahr war ich zum ersten Mal für alles allein verantwortlich. Sämtliche Entscheidungen und Vorkehrungen mußte ich treffen.

Während der Ernte hatten wir immer mindestens zwei Frauen aus der Nachbarschaft zum Kochen eingestellt, aber in diesem Jahr bestand Mary darauf, zusammen mit Onkel Charlie die Verpflegung der Dreschmannschaft zu übernehmen. Ich muß wohl ein wenig skeptisch dreingeschaut haben. Ich hatte nämlich Farmen erlebt, wo das Essen reichlich knapp ausgefallen war, was bei den Männern alles andere als gut angekommen war. Eine solche Pleite wollte ich auf keinen Fall bei uns riskieren.

Als Onkel Charlie Partei für Mary ergriff, gab ich nach, aber insgeheim fragte ich mich, ob er das nur getan hatte, weil er es nicht ausstehen konnte, wenn fremde Frauen in seiner Küche herumwirtschafteten.

Meine Bedenken erwiesen sich als überflüssig. Noch vor Ablauf der drei Tage hatte Mary für einen erstklassigen Ruf unserer Küche gesorgt. Ihre Mahlzeiten waren schmackhaft, und sie brachte uns sogar zwischendurch einen Imbiß aufs Feld: dampfenden Kaffee, kalte Milch, belegte Brote, Kuchen und Plätzchen. Sie versorgte die Männer so reichlich, daß diese erst rund zwei Stunden nach dem Essen wieder richtig an die Arbeit gehen konnten.

Als wir am ersten Dreschtag zum Abendbrot ins Haus gingen, sah ich, wie Mike Turley durch das Küchenfenster spähte, bevor wir reingingen. Zuerst glaubte ich, er suche Mary, aber dann sah ich, wie er geradewegs über Mary hinwegsah, die gerade am Herd stand und große Schüsseln mit heißen Maiskolben füllte.

Im selben Moment betrat Matilda die Küche. Ihre weiße Schürze reichte fast um ihre ganze Taille und ließ sie noch zierlicher als sonst wirken. Ich hörte, wie Mike einen leisen Pfiff ausstieß.

Bei Tisch sagte er nicht viel, aber ich sah, wie er sich ab

und zu verstohlen nach Matilda umsah. Durch Mikes Neugier veranlaßt, sah ich mir Matilda auch ein wenig genauer an. Sie schien geradezu ein Teil unserer Familie zu sein, und ich hatte mich wohl regelrecht an ihre Gegenwart gewöhnt. Jetzt sah ich sie mit neuen Augen. Sie ging nicht, sie schwebte förmlich in ihrem langen, duftigen Kleid und den losen Haaren um ihr Gesicht. Sie reichte die Schüsseln herum, füllte Teller und machte lächelnde, geistreiche Bemerkungen, so daß die Männer sich bald nicht mehr so erschöpft wie vorhin fühlten, als sie sich zu Tisch gesetzt hatten. Ein paar von ihnen konterten sogar mit schlagfertigen Antworten und begannen, einander lustige Begebenheiten zu erzählen.

Mary arbeitete nicht weniger tüchtig, nur daß sie einem dabei nicht so sehr ins Auge fiel. Sie bewegte sich mit einer stillen Anmut, die mir noch nie an ihr aufgefallen war. Überhaupt war mir noch nicht viel an Marys Art, sich zu bewegen, aufgefallen; sie wollte ja nie im Mittelpunkt stehen. Sie besaß eine ruhige Selbstsicherheit, eine Gelassenheit, die man eher spürte als sah. Mary besaß die Fähigkeit, anderen das Gefühl der Behaglichkeit und der Zuversicht zu verleihen.

Doch Mike würdigte seine Schwester keines Blickes – jedenfalls nicht, soweit ich feststellen konnte. Und wenn Matilda wußte, daß sie beobachtet wurde, so ließ sie sich nichts davon anmerken.

Am nächsten Tag kam Mike in einem sauberen, besseren Hemd zur Arbeit. Zur Feldarbeit trugen wir meistens alte, geflickte, abgewetzte Sachen, weil das Heuschaufeln nicht nur unsere Muskeln, sondern auch unsere Kleidung strapazierte. Auf dem Feld war so ein Arbeitshemd ziemlich bald durchgeschwitzt und voller Strohhalme. Wagenräder mußten geschmiert und Pferde gestriegelt werden. Am Ende eines solchen Arbeitstages sah ein Hemd oft recht mitgenommen aus, und niemand wollte in einem Hemd zur Feldarbeit gehen, das noch für bessere Anlässe zu gebrauchen war. Doch jetzt tauchte Mike sage und schreibe in einem solchen Aufzug auf, als wäre er in die Stadt oder zu einem Schulausflug unterwegs.

Den übrigen Männern war das wohl auch nicht entgangen, und weil sie selbst einmal jung gewesen waren, konnten sie sich den Grund an ihren fünf Fingern abzählen. Ich hörte Flüstern und verstohlenes Gelächter und vermutete, daß etwas im Gange war. Der Anstifter des Ganzen schien Barkley Shaw zu sein; vielleicht stach ihn zuweilen doch noch der Hafer ein wenig.

Wir brachten gerade die letzten beiden Ladungen für diesen Tag ein. Inzwischen hatte ich meinen Verdacht längst vergessen und war demzufolge völlig arglos. Herrn Smiths Wagen war der vorletzte, dicht gefolgt von Mikes. Für das Ausladen schickte ich jedem Kutscher zwei Männer zur Hilfe. Barkley und Jim drangen eifrig darauf, Mike zu helfen. Ich dachte mir nichts dabei; die beiden hatten es wohl einfach nur eilig, zum Essen ins Haus zu kommen.

Smiths Wagen war bald abgeladen. Er kutschierte ihn aus dem Weg, damit Mike den seinen heranfahren konnte. Auch dieser Wagen war schnell leer. Als Mike das Gespann wenden wollte, krachte plötzlich etwas, und die eine Seite des Wagens hing tiefer als die andere.

Er hielt das Gespann an und beugte sich vor, um nachzusehen, was los war. Zu seiner Überraschung hatte sich ein Hinterrad völlig gelöst. Er gab ein paar Worte von sich, die ich hier nicht wiederholen möchte, knotete die Zügel am Mittelpfosten fest und stieg vom Kutschbock. Jim und Barkley waren im Nu zur Stelle und boten diensteifrig ihre Hilfe an.

Sie sprachen eine Weile über das Rad, dann ging Barkley zu seinem Wagen und kehrte mit einer Ölkanne zurück.

„Hab' da 'ne besonders gute Sorte Wagenschmiere", sagte er. „Damit läßt sich das Rad bestimmt viel leichter wieder aufsetzen."

Wenn Mike ihn so gründlich wie ich gekannt hätte, wäre er spätestens jetzt etwas argwöhnisch geworden. Doch er schien keinen Verdacht zu schöpfen, sondern bedankte sich nur bei Barkley und machte sich daran, den Deckel zu lösen.

„Hier, probier's mal damit!" sagte Barkley und reichte ihm einen Metallhaken. Mike nahm ihn. Ich sah, wie sich der Deckel allmählich löste, als Mike mit dem Haken unter dem Deckelrand entlangfuhr. Als der Deckel gerade abgelöst war, stolperte Barkley plötzlich über eine Unebenheit am Boden, die die ganze Zeit über schon dagewesen war, und landete geradewegs in Mikes ausgestreckten Armen. Die Ölkanne flog mitsamt ihrem Inhalt in die Luft, und dann war Mike auch schon von Kopf bis Fuß mit schmutzigem, schwarzen Öl übergossen.

„Menschenskinder!“ rief Barkley aus und schüttelte ungläubig den Kopf. „Da muß ich wohl die falsche Ölkanne erwischt haben!“

Mike stand da und sah auf sein gutes Hemd hinunter. Es triefte vor Öl.

„Hier“, sagte Jim mitfühlend, „ich helf’ dir!“ Er packte eine Handvoll Stroh, mit dem er Mikes Brustkorb abrieb.

Zuerst stand Mike still da und ließ sich von Jim abreiben. Bis er plötzlich merkte, daß das Stroh auch ölgetränkte Erdklumpen enthielt. Jedes Wischen hinterließ eine dunkle Spur von Jonesschem Farmland auf dem Hemd.

Inzwischen hatten sich auch die übrigen Männer um den Wagen versammelt und machten sich auf Mikes Kosten lustig. Ich fand, das Ganze war weit genug gegangen.

„Schon gut, Jungs!“ sagte ich so bestimmend, wie ich nur konnte. „Das Abendessen wartet.“

Die meisten der Männer trollten sich, und ich ging zu Mike, um ihm dabei zu helfen, das Rad wieder an den Wagen zu kriegen.

„Ich leih’ dir gleich ein Hemd, wenn wir reingehen“, versprach ich ihm leise und fügte dann nachträglich hinzu: „Kein elegantes, aber wenigstens ein sauberes.“

Einleben bei uns

Ich war noch ein paar Tage mit der Dreschmannschaft unterwegs, und dann war die Arbeit für diesen Herbst erledigt. Wie immer wurde es nach der Ernte viel ruhiger auf der Farm. Wir hatten zwar noch jede Menge Arbeit, aber wenigstens kamen wir zwischendurch zu unserem wohlverdienten Schlaf. Ich war froh, zu Hause anstatt unterwegs zu sein, und ich glaube, Opa und Onkel Charlie waren auch froh, mich daheim zu haben.

Sobald wir das Getreide zum Verkauf, als Tierfutter und Saatgut sortiert hatten, holten wir Bleistift und Papier hervor und fingen an, uns die Erträge auszurechnen.

Das Rechnen besorgten wir gemeinsam. Matilda war wirklich prima in Mathematik und rechnete sogar mich ab und zu an die Wand. Mary hatte zwar nicht soviel fachliches Wissen wie wir, aber sie zeigte ein seltenes Geschick im Abschätzen von Summen. Sie überraschte uns mehrmals mit einer Zahl, die dem Ergebnis erstaunlich nahe war – und zwar in Sekundenschnelle!

Es gab mehrere Gründe, weshalb die diesjährigen Erträge von Interesse waren, aber mir ging es in erster Linie darum, festzustellen, ob wir genug Geld erübrigen konnten, um den Traktor anzuschaffen, den ich mir in den Kopf gesetzt hatte. Ich hatte mit Opa und Onkel Charlie darüber gesprochen, und sie waren beinahe genauso begeistert von der Idee wie ich.

Nach langem Hin und Her wurde beschlossen, daß wir nicht nur genug Geld für einen Traktor hatten, sondern außerdem noch einen Betrag auf die Sparkasse bringen konnten. Als die Entscheidung endlich gefallen war, platzte ich fast vor Ungeduld.

Der Traktor wurde bestellt und sollte als Frachtgut geliefert werden. Die lange Wartezeit verkürzte ich mir mit anderen Dingen.

Matilda plante einen bunten Abend in der Schule und versuchte nach allen Regeln der Kunst, uns zum Mitkommen zu überreden. Ich glaube, keiner von uns hätte ihr diesen Gefallen abgeschlagen, aber zum Spaß taten wir so, als könnten wir uns einfach nicht recht zum Mitkommen durchringen. Als der Abend dann kam, war sie schrecklich aufgeregt. Es war ein großes Unterfangen, das sie sich da aufgeladen hatte. Spiele, musikalische Beiträge und ein Imbiß standen auf dem Programm, und Matilda mußte das alles organisieren.

Ich glaube, sie war erleichtert, als sie aus ihrem Zimmer kam und uns in unseren Sonntagsanzügen vorfand. Sie stieß einen kleinen Jubelschrei aus und fiel Opa um den Hals.

Onkel Charlie und ich sahen einander nur an und grinsten. Wir hatten die ganze Zeit gewußt, daß wir mitkommen würden.

Diesmal waren wir tatsächlich zu zahlreich, um den leichten Buggy nehmen zu können, und für den großen Schlitten lag noch nicht genug Schnee. Wegen der unhandlichen Kutsche mußten wir zeitig aufbrechen, damit Matilda die letzten Vorbereitungen treffen konnte. Als die Leute dann ankamen, war alles fertig.

Ich bemerkte Mike, sobald er zur Tür hereinkam. Er war während der letzten paar Wochen mehrmals bei uns gewesen – um Mary zu besuchen, wie er gesagt hatte. Onkel Charlie und Opa hatten nur ein Augenzwinkern dafür übrig. Mary hatte sich immer aufrichtig gefreut, wenn er gekommen war. Ich wußte, daß sie für ihn betete und hoffte, daß er bald wieder zur Kirche kommen würde. Heute trug er einen nagelneuen Anzug, den er sich von seinem Erntegeld gekauft haben mußte. Richtig stattlich sah er darin aus. Einen Augenblick wünschte ich mir, den Traktor nicht bestellt zu haben. Hätte ganz gut selbst einen neuen Anzug gebrauchen können.

Matilda eröffnete den Abend mit ein paar Gesellschaftsspielen, um das Eis zu brechen und Gespräche in Gang zu bringen. Während der Ernte hatten die Leute keine Zeit für Geselligkeit gehabt.

Nach einer halben Stunde ging Matilda zum nächsten Programmpunkt über. Mehrere Schulkinder trugen Lieder und Gedichte vor. Manche machten ihre Sache prima, andere weniger gut, aber wir klatschten trotzdem bei jedem Beifall, und ein paar von den jungen Burschen, die sich an der hinteren Wand aufgestellt hatten, stießen schrille Pfiffe aus.

Die Pfiffe gellten mir empfindlich in den Ohren, aber dann fiel mir ein, daß ich ja früher mit meinen Freunden das gleiche getan hatte, weil uns einfach nichts Besseres eingefallen war. Heute war mir das Pfeifen einfach zu laut.

Der letzte Programmpunkt war eine große Überraschung für mich: Matilda sang ein Lied. Ich hatte nicht geahnt, daß sie eine solche Stimme besaß. Es war einfach überwältigend. Unglaublich, wie eine so volle, reine Stimme aus einer so zierlichen Person kommen konnte! Selbst die Säuglinge hörten auf zu krähen und zu schreien, und als Matilda geendet hatte, klatschen alle begeistert Applaus, und die Jungs pfiffen noch schriller. „Zugabe! Zugabe!" riefen die Leute, bis eine errötete Matilda uns noch ein Lied vortrug. Ein drittes Lied konnten wir ihr dann allerdings nicht mehr entlocken, sosehr wir auch darum baten.

Als es Zeit für den Imbiß war, wurden Matilda und Mary von Nachbarsfrauen unterstützt. Sie hatten belegte Brote und Süßgebäck von daheim mitgebracht.

Als wir uns die Decken über unsere Knie breiteten und uns auf den Heimweg machten, gratulierten wir Matilda zu ihrem gelungenen Abend. Es war eine klare Vollmondnacht, und die Pferde hatten keine Schwierigkeiten, den Weg zu finden.

Wieder einmal saß ich auf dem Bock mit den Zügeln in der Hand, zu beiden Seiten eins der Mädchen. Opa und Onkel Charlie waren auf den hinteren Wagensitz geklettert und hatten sich die schwere Flickendecke über die Knie gebreitet. Bei der Kälte machte Onkel Charlie sein Rheuma besonders arg zu schaffen, doch Mary hatte dafür gesorgt, daß wir genug Decken bei uns hatten.

Zuerst waren wir recht schweigsam; nur hin und wieder fiel eine Bemerkung, gefolgt von allgemeinem Gelächter. Eine Sternschnuppe am Himmel entlockte den Mädchen ein andächtiges Staunen. Dann lobte Mary Matildas Stimme und bat sie, das Lied noch einmal zu singen. Matilda fing an zu singen, leise zuerst, und dann stimmte auch Mary ein, und der zarte Gesang klang in die mondhelle Landschaft hinein. Es war ein bekannter Choral, und bei der zweiten Strophe hörte ich Opa die Melodie mitbrummen. Dann hörte er auf zu brummen und sang, und zuletzt sang auch Onkel Charlie mit, leise und schüchtern.

Matilda versetzte mir einen sanften Rippenstoß, und schließlich stimmte ich auch ein, ein wenig zögernd zuerst, aber dann kräftiger. Bald sangen wir alle aus voller Kehle. Nach der letzten Strophe fingen wir ein anderes Lied an, und dann noch eins und ein drittes. Immer wenn wir ein Lied zu Ende gesungen hatten, stimmte jemand das nächste an.

Auf dem ganzen Heimweg sangen wir. So etwas hatte ich noch nie erlebt. Irgendwie verband uns das Singen miteinander gegen die Kälte und Dunkelheit der Nacht um uns her. Es war so natürlich, so wohltuend und schön.

Zum ersten Mal tat es mir leid, die Farm auftauchen zu sehen. Ich hätte noch stundenlang weiterkutschieren und singen können mit den Menschen, die mir so viel bedeuteten. Gerade als wir vor dem Haus anhielten, fiel eine Sternschnuppe mit einem hellen Schweif zur Erde und verglühte. Der Zauber war gebrochen.

Sarah kam zu Besuch. Es war schon eine ganze Weile her, seitdem sie das letzte Mal bei uns gewesen war, und wir hatten sie vermißt.

„Meine Güte!“ rief Onkel Charlie mit gespieltem Entsetzen. „Was fange ich jetzt bloß mit *zwei* Generälen in der Küche an?“

Mary und Sarah lachten nur.

Ich kam am Nachmittag aus der Stadt nach Hause und fand Mary und Sarah bis zum Ellbogen voller Mehl am Küchentisch vor, wo sie Teig ausrollten und Plätzchen ausstachen. Onkel Charlie saß auf seinem Lieblingsstuhl am

Fenster und löste Kreuzworträtsel, aber ab und zu sah er von seiner Zeitung zu dem munteren Treiben am Tisch hinüber. Ich glaube, er genoß den Spaß, den die beiden Mädchen miteinander hatten, fast so sehr wie sie selbst.

„Was sollen wir denn für dich backen, Onkel Josch?" fragte Sarah mich. Wie aus der Pistole geschossen antwortete ich: „Einen Traktor." Das Warten auf den Traktor kam mir schon fast wie eine halbe Ewigkeit vor.

Sarah lachte, aber Mary warf mir ein verständnisvolles Lächeln zu.

„Ich weiß aber gar nicht, wie man einen Traktor macht", kicherte Sarah.

„Das ist aber schade", sagte ich kopfschüttelnd. „Wenn du mir einen backen könntest, würde ich meine Bestellung wieder zurücknehmen."

Onkel Charlie sah von seinem Kreuzworträtsel auf.

„Hast du immer noch keinen Bescheid?"

Ich schüttelte bedauernd den Kopf.

„Ich dachte, du brauchst den Traktor erst im Frühjahr", sagte Sarah, während sie das abgebrochene Bein eines Plätzchenhundes wieder anklebte.

„Das stimmt."

„Warum bist du dann so ungeduldsam?"

Sie hielt den Kopf zur Seite und leckte den Teig von einem Finger, während sie auf meine Antwort wartete. Auch ich wartete. Ich wußte nämlich nicht, was ich sagen sollte. Endlich mußte ich einfach schmunzeln.

„Weißt du, ich bin so ‚ungeduldsam'", sagte ich in aller Aufrichtigkeit, „weil ich den Traktor so dringend haben *will*, nicht weil ich ihn so dringend *brauche*. Zwischen Wollen und Brauchen ist 'n großer Unterschied."

„Ach so!" nickte Sarah. Für so etwas hatte sie Verständnis.

Sie überlegte eine Weile, dann erhellte sich ihr Gesicht.

„Ich weiß was!" sagte sie. „Du mußt beten! Bete mal, daß Jesus dir abwarten hilft. Einmal war ich auch schrecklich ungeduldsam vor meinem Geburtstag, und da hat Mama mir gesagt, ich soll beten, und das hab' ich getan, und da hat Jesus mir warten geholfen."

Es klang so einfach. Vielleicht war es das tatsächlich. Ich strich Sarah über den Lockenschopf.

„Vielleicht probier' ich's auch", sagte ich mit heiserer Stimme.

Sarah schien zufrieden zu sein, das Problem gelöst zu haben, und ging zu anderen Dingen über.

„Hättest du gern ein Pferd?" fragte sie.

„Ein Pferd hab' ich schon", gab ich zur Antwort.

Wieder kicherte sie.

„Dieses hier braucht aber kein Heu und Hafer", sagte sie und reichte mir ein leicht krumm geratenes Plätzchenpferd.

Ich verspeiste es mit zwei großen Bissen.

„So was erlaubt Mama mir aber nicht", mahnte Sarah ernst. „Sie meint, ich könnte mich verschlucken und kotzen."

Gerade wollte ich Sarah zurechtweisen, daß eine Dame solche Wörter nicht in den Mund nehmen sollte, als Mary mich mit einem stummen Seitenblick daran erinnerte, daß ich das Ganze selbst herbeigeführt hatte.

„Und ich hätte's auch nicht tun sollen", gestand ich kleinlaut. „Ich verspreche dir, es nicht noch einmal zu tun."

Damit klopfte ich Sarah auf die Schulter, warf Mary ein schüchternes Grinsen zu und ging in mein Zimmer nach oben.

Die Frage, wo Sarah nun bei uns schlafen sollte, war noch immer nicht richtig geklärt. Ich erbot mich, auf der Liege zu übernachten, aber davon wollte Opa nichts hören. Er sagte es zwar nicht direkt, aber ich glaube, es hatte etwas damit zu tun, daß die beiden zusätzlichen Hausbewohner in unseren Gästezimmern seine Idee gewesen waren. Onkel Charlie wollte sich für die Liege melden, aber er mußte sich ohnehin schon genug plagen, in seinem eigenen Bett zu seinem Schlaf zu kommen.

Die erste Nacht schlief Opa selbst auf der Liege. Am nächsten Morgen sah er ziemlich zerschlagen aus.

Wir überlegten, Sarah auf der Liege übernachten zu lassen, doch das erschien uns auch nicht ratsam. Nicht von der Größe her – Sarah hätte viel besser auf der Liege Platz gefunden als Opa –, sondern weil sie am Abend zu lange wachgehalten würde. Sie würde kein Auge zumachen, bis endlich in der Küche völlige Ruhe eingekehrt war, doch schon um halb acht wollten wir Erwachsenen nicht gerade in unsere Betten verbannt werden.

Schließlich sorgte Mary für die Lösung.

„Wie wär's, wenn wir die Liege einfach in meinem Zimmer aufstellten?“ schlug sie vor. „Da ist genug Platz; Sarah kann pünktlich schlafen gehen, und wir übrigen behalten unsere Betten.“

„Das ist zwar nett, Mary“, wollte Opa widersprechen, „aber das brauchst du doch nicht …“

„Unsinn!“ sagte sie. „Ich hab' Sarah gern bei mir. Das wißt ihr alle.“

So wurde die Liege also in Marys Zimmer geschafft, und Sarah wurde dort zu Bett gebracht. Auf diese Weise kamen wir alle viel besser zurecht. Nachdem Sarah am nächsten Tag wieder abgeholt worden war, erbot ich mich, die Liege in die Küche zurückzubringen, aber Mary war dagegen.

„Laß sie doch einfach in meinem Zimmer!“ sagte sie. „Da stört sie mich nicht, und wenn Sarah das nächste Mal kommt, kann sie wieder darauf schlafen.“

Der erste Schneefall war leicht, aber bald schneite es immer heftiger, bis eine tiefe Schneedecke lag. Ich machte mir Gedanken wegen Matilda, die jeden Morgen quer über das offene Feld zur Schule losmarschierte. Der Schnee lag knietief, und einen Pfad gab es nicht.

„Nimm doch Chester und reite zur Schule!“ bot ich ihr an.

„Keine Sorge!“ beruhigte sie mich. „Ein bißchen Schnee wird mir schon nicht schaden. Der Fußmarsch tut mir gut. Außerdem wird es noch schlimmer kommen, bis der Winter vorbei ist. Genausogut kann ich mich von Anfang an daran gewöhnen.“

Ich ließ es dabei bewenden, wenn ich auch ab und zu aus dem Fenster sah, bis sie außer Sichtweite war, um auch ganz sicher zu sein, daß sie heil an der Schule ankam.

Ein Schneesturm folgte auf den anderen, und wir lebten wieder einmal im tiefsten Winter. Bald hatten wir uns daran gewöhnt, und ich machte mir keine Sorgen mehr, wenn Matilda morgens, die Bücher im Arm, in ihren Stiefeln durch den Schnee stapfte.

Kurz vor Weihnachten kam endlich der Traktor an. Der Bahnhofsvorsteher hatte uns durch einen Nachbarn Bescheid geben lassen. Herr Smith schien sich äußerst wichtig vorzukommen, mit dieser Nachricht beauftragt worden zu sein. In unserer Gegend gab es nicht allzu viele Traktoren.

Ich machte mich sofort auf den Weg in die Stadt. Fast alle Bewohner hatten sich eingefunden, um mir beim Abholen des Traktors zuzusehen.

Die Broschüren, die ich gelesen hatte, hatten das Lenken eines Traktors als ein wahres Kinderspiel dargestellt, aber jetzt hatten wir unsere liebe Last, das Ding in Gang zu kriegen. Als der Schmied dann endlich eintraf, um mir zu helfen, begrüßte ich ihn mit rotem Gesicht und finsterer Laune.

Ich mußte das Monstrum rückwärts steuern, um es zu wenden. Das war schwieriger als mit Pferd und Wagen. Erst beim dritten Versuch klappte es, weil ich zwischendurch den Motor immer wieder abwürgte. Endlich hatte ich den Traktor in die richtige Richtung manövriert, wobei die Blicke sämtlicher Stadtbewohner auf mir ruhten. In meinem Bestreben, nicht die ganze Straße für mich in Anspruch zu nehmen, geriet ich dann etwas zu dicht an den Straßenrand. Die großen Stahlräder rissen mich geradewegs in den Straßengraben hinein, und wieder blieb der Motor stehen. Mit Hilfe des freundlichen Schmieds bekam ich ihn wieder in Gang, war mir aber nicht sicher, wie ich es nun schaffen sollte, aus dem Graben herauszukommen. Zu meiner Überraschung steuerten mich aber die gleichen Stahlräder, die mich in den Graben gerissen hatten, wieder auf die Straße zurück, und weiter ging's in Richtung Farm.

Es war eine kalte Fahrt. Der Traktor kroch im Schneckentempo voran, und da er aus Stahl bestand, war kein warmes Fleckchen an ihm – jedenfalls nicht da, wo ich saß.

Als ich daheim ankam, stellte ich den Traktor erleichtert neben dem Kornspeicher ab und kletterte vom Sitz. Das Ding ließ sich nicht halb so leicht lenken wie ein Pferdegespann, und es dauerte fast den ganzen Nachmittag, bis ich die Kälte aus meinen Knochen vertrieben hatte.

Anschließend machte ich mir ein paar Gedanken über meine neueste Errungenschaft, die mir bisher noch nicht in den Sinn gekommen waren. Wir hatten also einen Traktor. So weit, so gut. Aber was nun? Schon beim ersten Hinsehen hatte ich festgestellt, daß die Farmgeräte, die wir immer hinter die Pferde gespannt hatten, nicht hinter den Traktor passen würden. Wahrscheinlich würden wir als nächstes sämtliche Farmgeräte neu kaufen müssen.

An diesem Abend schrieb ich einen langen Brief an Willi, den ersten seit geraumer Zeit. Ich hatte ein paar Briefe von ihm bekommen und wußte, daß er dort in Südafrika genauso beschäftigt war wie ich zu Hause.

Mit Begeisterung lebte er sich in seiner neuen Umgebung ein. Natürlich fehlte Carmen ihm schrecklich, und seine Verwandten und Freunde bestimmt auch, aber er war überglücklich, endlich mit der Arbeit beginnen zu können, auf die er sich durch eine lange Ausbildung vorbereitet hatte. Gott hatte ihm eine tiefe Liebe zu den Schwarzen, unter denen er arbeitete, ins Herz gelegt. Sie waren so freundlich und offen, schrieb er, daß er sich jetzt schon auf sein Wirken als Missionar freute.

Von Opas verrückter Idee, uns zwei Frauen ins Haus zu holen, hatte ich ihm schon geschrieben. Später hatte ich ihm sogar gebeichtet, daß das Ganze gar nicht so schlimm ausgegangen war, wie ich befürchtet hatte. Aber von dem bunten Abend, unserer guten Ernte und dem neuen Traktor wußte er noch nichts.

Ich schrieb ihm auch, wie gut es Frau Foggelson ging, seitdem sie wieder zum Glauben an Gott gefunden hatte. Nicht, daß sie etwa in der ganzen Stadt predigte oder an jeder Straßenecke Traktate verteilte, aber in aller Stille war ein reiferer Mensch aus ihr geworden.

„Du fehlst mir, Willi", schloß ich, „und ich will froh sein, dich endlich wiederzusehen. Vier Jahre sind schließlich eine lange Zeit. Ich wünsche Dir Gottes Segen für Deine Arbeit! – Es grüßt Dich herzlich Dein bester Freund Josch."

Winterleiden

Wieder stand Weihnachten vor der Tür. Wir besuchten alle die Weihnachtsfeier in der Schule. Matilda hatte viele Stunden mit den Vorbereitungen dazu verbracht. Die Kinder machten ihre Sache gut, und die Nachbarn, die sich zu der Feier eingefunden hatten, bestanden darauf, daß Matilda etwas vorsang. Sie sang zwei hübsche Lieder und bat Mary dann, mit ihr zu singen. Mary tat es ohne Widerrede, und nach dem Duett klatschten die Leute sogar noch begeisterter.

Die Weihnachtsfeier in der Kirche am Sonntagabend war zum größten Teil Tante Lous Bemühungen zu verdanken, wenn Matilda ihr auch ein wenig dabei geholfen hatte.

Die kleine Sarah sang mit klarer Stimme ihr erstes Solo: „Herbei, o ihr Gläubigen." Sie sang, ohne den Faden zu verlieren, bis Jonathan plötzlich von seinem Platz neben Frau Lewis, die auf ihn aufpassen sollte, aufsprang, und nach vorn rannte, um seiner Schwester beim Singen zu „helfen".

Tante Lou wußte nicht, was sie tun sollte. Wenn sie hinter Jonathan herlief, würde sie Sarahs Gesang damit unterbrechen, aber wenn sie ihn gewähren ließ, würde die Störung womöglich noch größer werden.

Zuerst stand er einfach nur neben Sarah, sah ihr ins Gesicht und wiegte sich zu der Melodie hin und her. Dann beschloß er mitzusingen, aber der kleine Mann kannte den Text nicht. Statt dessen brachte er nur ein lautstarkes „Aaaaa" zustande. Sarah warf ihm einen finsteren Blick zu, sang aber unbeirrt weiter. Es dauerte nicht lange, bis Jonathans „Aaaaaa" ihren Gesang übertönte. Mitten in der Liedzeile verstummte sie.

„Geh zu Frau Lewis!" zischte sie ihrem Bruder vernehmlich zu.

Er schüttelte den Kopf und fing wieder zu singen an.
„Dann geh halt zu Mama!“ befahl Sarah und schob ihn von sich.

Jonathan weigerte sich zu gehorchen. Ich hörte hier und da ein Kichern und sah, wie Onkel Nat nach vorn kam, aber Sarah hatte ihn nicht bemerkt.

„Los! Geh schon!“ zischte sie und schubste ihn ein wenig heftiger.

„Nein!“ protestierte Jonathan. „Auch singen!“ Als er seiner Schwester entkommen wollte, verfing er sich in dem geschmückten Weihnachtsbaum, der mit lautem Krachen umstürzte. Vor lauter Schrecken heulte Jonathan los, so laut er konnte. Als Onkel Nat die Bühne erreicht hatte, weinten alle beide seiner Sprößlinge, und aus der Bühne war das reinste Schlachtfeld geworden.

„Ja, ja, die lieben Pfarrerskinder!“ sagte Onkel Nat zu der belustigten Gemeinde und verdrehte halb im Scherz, halb verzweifelt die Augen. Er packte sich die beiden Wichte, während Tante Lou die Ordnung wiederherstellte.

Am Montag brachten wir Matilda an den Zug; sie wollte die Feiertage bei ihrer Familie verbringen. Vor Aufregung darüber, ihre Angehörigen bald wiederzusehen, war sie ganz aus dem Häuschen, aber das war bei ihr nichts Ungewöhnliches: Sie lebte ständig im Zustand des himmelhoch Jauchzens. Sie und Mary hatten sich inzwischen gut miteinander angefreundet, und die beiden fielen sich ein ums andere Mal in die Arme. Das Umarmen nahm derart reichliche Ausmaße an, daß ich der einzige war, der dabei leer ausging. Wäre mir auch ziemlich peinlich gewesen, hier mitten auf dem Bahnsteig vor all den Leuten und so. Die meisten hatten ja keine Ahnung, wie's bei uns zuging.

Als wir wieder daheim waren, kam mir das Haus plötzlich ein wenig zu still vor. Mary tischte uns ein schmackhaftes Mittagessen auf, wusch das Geschirr ab und ging dann in ihr Zimmer. Bald darauf kam sie mit ihrem kleinen Stoffbeutel wieder zum Vorschein.

„Dein Opa hat mir die Weihnachtswoche freigegeben. Er hat gemeint, wo Matilda schon in Urlaub ist, kämt ihr auch ohne mich aus.“

Das bezweifelte ich im stillen. Wir hatten uns schon längere Zeit nicht mehr im Kochen geübt, und plötzlich wieder damit anzufangen würde uns bestimmt nicht leichtfallen.

„Ich habe auf Vorrat gebacken“, fuhr Mary fort. „Ihr findet alles in der Speisekammer.“

Ich nickte.

„Wenn ihr mich notfalls brauchen solltet ...“

„Keine Sorge, wir kommen schon zurecht!“ versicherte ich ihr zuversichtlicher, als mir in Wirklichkeit zumute war.

Sie zog ihren warmen Mantel an. Da wurde mir plötzlich klar, wie kalt es draußen war und daß es über eine Meile bis zu den Turleys war.

„Ich hole Chester und bring' dich heim!“ erbot ich mich.

Ihre Antwort wartete ich erst gar nicht ab, sondern nahm mir Jacke und Mütze und ging zur Scheune.

Ich spannte Chester vor den einspännigen Schlitten, und los ging's. Die Luft war klar und eiskalt, und unter den Kufen knirschte der Schnee.

„Matilda wird mir fehlen“, seufzte Mary nach einem langen Schweigen.

Um ein Haar hätte ich gesagt, daß es mir genauso ging.

„Sie ist einfach so ... so voller Leben“, fuhr sie fort.

Das stimmte voll und ganz. Ich hielt Chester im Zaum; wie immer wäre er am liebsten losgaloppiert.“

„Sie kommt ja bald wieder.“

„Oh, ich wünschte, sie wäre schon wieder da!“ Mary stieß einen tiefen Seufzer aus.

Sie lud mich ein, mit ins Haus zu kommen, aber ich wehrte ab.

„Muß nach Hause. Die Stallarbeit wartet“, sagte ich. Dann fügte ich ein wenig schüchtern hinzu: „Bis in ein paar Tagen dann. Frohe Weihnachten!“

Sie stellte sich vor mich. Wir waren allein; kein Mensch beobachtete uns.

„Dank' dir, Josch!“ flüsterte sie. Bevor ich mich's versah, hatte sie mich blitzschnell umarmt. Dann war sie auch schon im Haus verschwunden.

Wie sich herausstellte, sollten wir Mary tatsächlich vor Ablauf ihrer freien Woche brauchen. Zwei Tage nach Weihnachten wurde Onkel Charlie krank. Damit wären wir noch fertig geworden, aber am Tag darauf wurde Opa auch krank. Ich wußte mir keinen Rat. Schließlich hatte ich die gesamte Stallarbeit allein zu erledigen, und obendrein waren die beiden Männer so elend, daß sie Pflege brauchten. Im meiner Verzweiflung sattelte ich Chester und ritt wieder zu den Turleys.

Mary errötete ein wenig, als sie Chester sah, aber dann lachte sie.

„Hält er denn zwei Reiter aus?“ fragte sie.

„Wie dumm von mir!“ Jetzt wurde auch ich rot. „Hätte den Schlitten mitbringen sollen. Klar, man kann zu zweit auf ihm reiten, aber …“

„Dann ist ja gut, Josch!“ beruhigte sie mich. „Ich meine, solange Chester nichts dagegen hat.“

Sie saß hinter mir, die Arme um mich geschlungen, als sei das die natürlichste Sache der Welt.

Während der nächsten paar Tage verschlechterte sich Onkel Charlies Zustand, und obwohl Mary ihm die beste Pflege angedeihen ließ, zu der sie nur imstande war, und ihm Fleisch- und Hühnerbrühen kochte, konnte er einfach nichts bei sich behalten. Wieder sattelte ich Chester und holte den Arzt.

Nach ein paar Tagen schien Onkel Charlie mit Hilfe der Arznei, die der Doktor uns gegeben hatte, endlich auf dem Weg zur Besserung zu sein. Als sowohl er als auch Opa sich langsam wieder erholt hatten, war Matilda wieder da und Weihnachten vorbei.

Zwei Tage lang lief alles seinen gewohnten Gang, dann wurde Matilda vom Schüttelfrost gepackt. Der Unterricht wurde bis auf weiteres abgesagt, und Mary betätigte sich wieder als Krankenschwester.

Als schließlich ich von der Krankheit erwischt wurde, konnte ich kaum fassen, daß man sich nur so elend fühlen konnte. Mein ganzer Körper schmerzte, ich brach in Schweiß aus und wurde dann vom Schüttelfrost gepackt, daß das ganze Bett wackelte. Schon allein der Gedanke an Essen war mir zuwider. Ich war so schwach, daß ich kaum den Kopf auf dem Kissen wenden konnte.

Ich weiß nicht, wie Mary die viele Arbeit geschafft hat. Sie ließ Mike zwar für die Stallarbeit kommen, aber trotzdem glaube ich, daß sie selbst Tag und Nacht auf den Beinen war. Kaum regte ich mich unruhig, als ich auch schon feuchte Tücher auf meiner fieberheißen Stirn spürte und einen Schluck kühles Wasser gereicht bekam.

Ich schwebte zwischen Wirklichkeit und Phantasie hin und her. Manchmal träumte ich, daß ich im Himmel war und lauter Engel mich umsorgten, mir das Haar aus der Stirn strichen und mir das Gesicht kühlten. Dann gab es Zeiten, wo ich bei Sinnen war. Mary und Matilda wechselten sich ab, mir das Gesicht, die Brust und den Rücken mit feuchten Tüchern zu kühlen. Ich glaube, der Doktor war ein paarmal da. Richtig gesehen hatte ich ihn zwar nicht, aber ich erinnerte mich vage an seine Stimme, als er jemandem eine Anweisung gegeben hatte.

Ich hatte keine Ahnung, wie viele Tage vergangen waren. Als ich endlich klar genug war, um mich nach dem Datum zu erkundigen, war ich darüber erschrocken, daß der Januar schon so weit fortgeschritten war. Von nun an hatte ich fast ständig Besuch: Mary brachte mir heiße Brühe und Suppe, und Pixie lag am Fußende von meinem Bett. Onkel Charlie saß einfach auf einem Stuhl und räusperte sich dann und wann. Matilda brachte mir Bücher und las mir stundenlang mit lebendiger, munterer Stimme daraus vor.

Als ich endlich wieder für kurze Zeit aufsitzen konnte, waren Opa und Onkel Charlie längst wieder auf dem Damm, und Matilda hielt schon seit zwei Wochen wieder Unterricht.

So krank war ich noch nie im Leben gewesen. Und nach diesen Tagen, die ich hilflos und elend im Bett zugebracht hatte, mußte ich eines zugeben: Ich war heilfroh, daß wir zwei Frauen im Haus hatten!

Wie sich herausstellte, mußte Mike unsere Stallarbeit noch bis Mitte Februar übernehmen. Ich behauptete zwar, meine Arbeit wieder selbst tun zu können, aber der Doktor ließ sich nicht erweichen. Die Zeit der Genesung bot mir manche Gelegenheit, mich endlich wieder einmal mit Büchern zu beschäftigen. Ich hatte in letzter Zeit meine Muskeln derartig strapaziert, daß ich fast vergessen hatte, wie man sein Gehirn gebraucht.

Ich entdeckte auch, daß die Tageszeitung, die Matilda einmal in der Woche an das Postamt in der Stadt geliefert bekam, längst nicht so unnütz war, wie ich gedacht hatte. Aus Langeweile blätterte ich darin und fand ein paar hochinteressante Artikel in der Sparte „Landwirtschaft und Märkte".

Landwirtschaft umfaßte viel mehr als nur Aussaat und Ernte. Es war nicht ausgeschlossen, daß unsere Farm auf lange Sicht recht stattliche Erträge abwerfen könnte, und der Gedanke daran erfüllte mich mit neuem Schwung. Leute wie Willi mußten finanziell unterstützt werden, um sich auf dem Missionsfeld halten zu können. Meiner Familie sagte ich zwar vorläufig noch nichts davon, aber ich legte meine Idee Gott vor. Ich malte mir aus, wie unsere Farm ihren Platz in Gottes Plan haben könnte, indem sie mit ihren Erträgen die Missionsarbeit unterstützte – besonders die Arbeit von Leuten wie Willi. Ich nahm mir vor, mein Allerbestes zu tun, um gute Erträge zu erwirtschaften, damit Willi sich niemals wegen seines Unterhalts sorgen müßte, solange er auf dem Missionsfeld war.

Chester

Ich saß gerade mit Matilda am Tisch und unterhielt mich mit ihr über ein paar reichlich absonderliche Dinge, die mir in einem ihrer Bücher begegnet waren. Plötzlich hörte ich Geräusche und trat ans Küchenfenster, um hinauszusehen.

Ich mußte schmunzeln. Es gab überhaupt keinen Grund zur Beunruhigung. Die Pferde tollten nur übermütig herum. Ich musterte den Himmel. Wahrscheinlich zog wieder ein Schneesturm herauf.

„Warum rennen sie nur so wild umher?“ fragte Matilda, die sich neben mich gestellt hatte.

„Es ist ihnen halt danach zumute“, antwortete ich. „Oder vielleicht gibt's auch wieder 'nen Sturm. Pferde führen sich oft ein bißchen übermütig auf, bevor ein Sturm losbricht.“ Wir blieben am Fenster stehen und schauten den Pferden zu.

Chester war am wildesten von allen. Er galoppierte für sein Leben gern, und dazu nahm er auch jede Gelegenheit wahr, die sich nur bot.

Mary traf zu uns. Ihr Gesicht war von einem Lächeln erhellt.

„Ich seh' ihnen furchtbar gern zu, wißt ihr.“

Zu dritt standen wir da und schauten den Pferden beim Herumtollen auf dem Hof zu.

„Er ist wunderhübsch!“ rief Matilda begeistert. Sie hielt Pixie auf dem Arm und kraulte sie sanft unter einem Ohr. „Schaut nur, wie er den Kopf zurückwirft und den Schweif wie ein Pfau …“

Aber weiter kam sie nicht. Chester, der gerade im Galopp einen engen Kreis vor der Scheune gezogen hatte, war plötzlich ausgerutscht, wohl auf einer Eisfläche, die sich an milderen Tagen unter dem Dachvorsprung gebildet hatte.

Ich suchte gar nicht erst nach Worten, sondern stürzte aus dem Haus ins Freie. Hätte mir eine Jacke nehmen sollen, besonders weil ich gerade krank gewesen war, tat's aber nicht.

Während ich zur Scheune rannte, strampelte Chester noch im Schnee. Er richtete sich halbwegs auf, um gleich darauf wieder zu Boden zu sinken. Seine Hufe flogen in die Luft, und der Schnee wirbelte umher. Während ich auf ihn zurannte, fragte ich mich, warum er noch nicht aufrecht stand.

Ich hatte ihn fast erreicht, als er sich schnaubend und aufgeregt in den Stand aufrichtete. Schon wollte ich erleichtert aufatmen ... da sah ich es: Chesters rechter Vorderfuß hing merkwürdig verkrümmt an ihm herab. Er hatte sich ein Bein gebrochen!

Ich blieb wie angewurzelt stehen und wandte mich ab. Mein Arm fuhr an mein Gesicht, und ich vergrub den Kopf gegen den Zaun, um nur nichts mehr sehen zu müssen. Ein trockenes Schluchzen zerrte an meiner Kehle; dann spürte ich, wie jemand sachte den Arm um mich legte.

„Hier, zieh das an!“ Es war Mary. Sie half mir in meine Jacke.

Dann sah auch sie, was mit Chester geschehen war, und es verschlug ihr den Atem.

Ich weiß nicht, wann Matilda dazugekommen war. Auf einmal stand auch sie neben uns. Ihr Atem flog als kleine zitternde Wolken davon.

„Alles in Ordnung?“ fragte sie besorgt.

Chester versuchte sich zu regen, doch vor Schmerz stieß er einen gequälten Laut aus. Matildas Entsetzensschrei war die Antwort.

„Nein! Nein!“ rief sie ein ums andere Mal. Ich legte die Arme um sie. Sie klammerte sich an mir fest und schluchzte haltlos.

Als Opa dazukam, standen wir aneinandergekauert da und versuchten, uns gegenseitig zu trösten.

„Ist es schlimm?“ hörte ich Opa fragen.

„Sein Vorderfuß“, murmelte ich zur Antwort.

Matilda brach erneut in Tränen aus.

„Ich halt's nicht aus!" rief sie. „Ich halt's nicht aus, ihn so zu sehen!"

Wieder warf ich einen Blick auf Chester. Er stand einfach nur mit wogendem Kopf da und schnaubte, völlig verstört vor Schmerz.

Ich rang um meine Fassung.

„Mary", sagte ich, „bring Matilda ins Haus!"

Gehorsam führte sie die weinende Matilda weg.

Zum ersten Mal sah ich mir Chester gründlich an. Seine wogenden Seiten waren noch von Schnee bedeckt. Mit jedem Atemzug zitterte er heftig, und sein Bein hing kraftlos an seinem massiven Rumpf herab.

Ich strich ihm mit der Hand über den Hals. Er bebte und wollte einen Schritt machen. Sein ganzer Leib zitterte vor Schmerzen, und einen entsetzlichen Augenblick befürchtete ich, er könnte wieder zu Boden sinken. Von dem Anblick übermannt, wandte ich mich ab und übergab mich. Die Krankheit, von der ich mich gerade erst erholt hatte, war wohl auch ein Grund dafür. Aber ich mußte mich zusammenreißen. Chester brauchte meine Hilfe.

Opa wußte kaum, ob er sich zuerst mir oder Chester zuwenden sollte. Ich bedeutete ihm mit einem Kopfnicken, daß er sich nicht um mich zu sorgen brauchte. Er ging auf Chester zu und redete leise auf ihn ein, strich ihm über den Hals, um ihn zu beruhigen, und fuhr dann mit der Hand über das verletzte Bein.

Das Pferd fuhr ein Stück zurück, und vor Schmerz stieß er wieder einen qualvollen Laut aus.

Entschlossen wandte ich mich ab und lief ins Haus. Ich steuerte geradewegs auf die hintere Veranda zu und blieb nur lange genug stehen, bis ich mich davon überzeugt hatte, daß Opas alte Winchester geladen war. Gerade wollte ich wieder loslaufen, als ich hörte, wie die Tür geöffnet und geschlossen wurde. Flinke Schritte eilten mir nach, und dann spürte ich eine Hand auf meinem Arm.

„Nein! Tu's nicht!"

Ich riß mich los und wollte weiter.

„Josch, hör mir zu!" Aber ich ließ mich nicht beirren, sondern lief weiter. Mary baute sich zwischen mir und der

Tür auf. Ihre schmalen Schultern hoben und senkten sich heftig mit jedem Atemzug. Sie hatte auch geweint; Tränenspuren waren noch auf ihrem Gesicht zu sehen.

Sie stand mir trotzig im Weg und schüttelte den Kopf.

„Tu's nicht!" flehte sie wieder.

Ich wollte sie beiseite schieben.

„Glaubst du vielleicht, das macht mir Spaß?" Es war fast ein Schrei.

Die Antwort wußten wir beide.

„Dann tu's doch nicht!" schrie sie wieder, ohne sich vom Fleck zu rühren.

„Er leidet furchtbar!" stieß ich hervor. „Siehst du das denn nicht? Er leidet!"

Mary packte mich bei der Jacke. In ihren geweiteten Augen standen Furcht und Entschlossenheit zugleich.

„Ja", sagte sie mit fester Stimme, „ja, er leidet. Aber das Leben ist voller Leiden, Josch. Du hast gelitten. Ich habe gelitten." Sie holte noch einmal tief Luft und zitterte am ganzen Leib. „Jahrelang ... jahrelang habe ich meine Mutter leiden gesehen, Tag um Tag, Woche um Woche. Ich habe sie liebgehabt, Josch. Glaube mir, ich habe sie liebgehabt. Aber ich habe die Hoffnung nie aufgegeben. Ich habe gekämpft. Ich habe um ihr Leben gekämpft. Chester ist eine Kämpfernatur. Ein Vollblut und eine Kämpfernatur. Der ist noch nicht fertig mit dem Leben. Er hat noch nicht aufgegeben. Und wir dürfen's auch nicht ... nicht, bis wir unser Äußerstes für ihn getan haben."

Damit nahm Mary mir das Gewehr aus den Händen und gab den Weg durch die Tür frei. Ich hörte das Geräusch von Metall auf Metall, als sie es wieder an den Haken hängte. Alles um mich her begann sich zu drehen, und ich befürchtete, mich erneut übergeben zu müssen.

Ich brauchte mehrere Minuten, bis ich mich unter Kontrolle hatte. Als ich wieder klar denken konnte, ließ ich mir Marys Bitte, um Chesters Leben zu kämpfen, durch den Kopf gehen. Unmöglich! So etwas würde niemals funktionieren. Chesters Bein war gebrochen; das konnte man doch auf den ersten Blick sehen. Er war nicht mehr zu retten. Wenn wir es trotzdem versuchten, würde er nur entsetzliche Qualen leiden, und am Ende würden wir ihm dann doch den Gnadentod geben müssen. Da war es besser, wenn wir seinem Leiden jetzt gleich ein Ende bereiteten.

Ich sah mich nach dem Gewehr um, ließ aber dann mutlos die Schultern sinken, wandte mich ab und ging wieder zur Scheune.

Irgendwie war es Mary und Opa gelungen, Chester in seine Box zu bringen. Sie sprachen mit gedämpfter Stimme, als ich dazukam.

„Ein sauberer Bruch", sagte Opa gerade, „und der Knochen liegt nicht offen."

„Wir müssen dafür sorgen, daß das Bein nicht mit seinem Gewicht belastet wird", antwortete Mary sachte; mit ihren Händen und auch ihrer Stimme war sie bemüht, Chester zu besänftigen.

„Wie?" Mit dem einen Wort hatte Opa das ausgesprochen, was auch mir auf den Nägeln brannte.

„Wir müssen eine Art Schlinge bauen, die ihn hält – ich meine, damit sein Fuß den Boden nicht berührt."

Opa musterte die Box. Einfach würde so etwas nicht sein.

„Mein Vater hat einmal eine Schlinge für eins von unseren Tieren gebaut", fuhr Mary fort. „Die Seile hat er über einen Flaschenzug geleitet."

Opa kaute nachdenklich auf seinem Schnurrbartzipfel herum.

„Könnte klappen", meinte er schließlich.

„Halt ihn warm und ruhig. Ich hole meinen Vater", sagte Mary. Ich wußte nicht, ob sie Opa oder mich damit meinte.

Es dauerte unendlich lange, bis Herr Turley endlich auftauchte. Mary kam nicht erst mit in die Scheune, sondern ging gleich ins Haus. Ich war die ganze Zeit über nicht von Chesters Seite gewichen. Wir hatten eine warme Pferdedecke über ihn gebreitet und ihn mit sauberem Stroh abgerieben. Inzwischen hatte er sich etwas beruhigt. Von dem anfänglichen Entsetzen schien er sich erholt zu haben. Ab und zu zitterte er noch und schnaubte laut, sobald er versuchte, sein Gewicht zu verlagern.

Marys Vater machte sich ohne lange Vorrede an die Arbeit. Er gab so viele Anweisungen, daß ich mich beeilen mußte, um sie alle zu befolgen. Zwei Stunden später war die Schlinge für Chester fertig, und mit dem Flaschenzugsystem, das Herr Turley über seiner Box angebracht hatte, zogen wir ihn sachte in die Höhe, bis seine drei gesunden Hufe den Boden kaum noch berührten. Chesters rechten Vorderhuf hatten wir etwas höher angehoben, damit er ihn auf keinen Fall belasten konnte.

Chester begriff nichts von dem, was vorging, und wollte sich schnaubend zur Wehr setzen. Es dauerte eine Weile, bis wir ihn beruhigt hatten. Ich war fest davon überzeugt, daß alles umsonst sein würde.

Als das Tier ruhiger geworden war, sah Herr Turley sich das Bein genauer an. Es war inzwischen ziemlich dick geschwollen, so daß er den Bruch nur mit Mühe ertasten konnte. Jede Berührung verursachte Chester erneute Schmerzen.

Endlich richtete sich Herr Turley wieder auf.

„Schade drum!“ sagte er nüchtern. „So ’n schönes Pferd!“

Ich glaubte schon, er wäre zu dem gleichen Schluß wie ich gekommen, nämlich daß Chester nicht mehr zu helfen sei – aber so war’s nicht.

„Glatter Bruch!“ sagte er statt dessen. „Dürfte gut verheilen, wenn’s keine Komlikationen gibt.“

Ich stieß den Atem, den ich angehalten hatte, langsam wieder aus.

Dann legte Herr Turley mit meiner und Opas Hilfe eine Schiene an das verletzte Bein. Als wir endlich fertig waren, fühlten wir uns allesamt abgekämpft.

Opa lud Herrn Turley zu einer Tasse Kaffee ins Haus ein, und ich ließ mich ins Stroh sinken, den Rücken gegen die Futterkrippe gelehnt und eine Hand auf Chester. Da saß ich nun und überlegte, betete und hoffte von ganzem Herzen, daß es noch Hoffnung für dieses schöne Tier geben könnte.

Ich hörte nicht einmal, wie die Tür geöffnet wurde.

„Josch?“ Es war Mary. Sie flüsterte. „Josch?“

Die Scheunenlaterne flackerte in dem sanften Luftzug von der Tür her, und der Lichtschein tanzte zitternd über Marys Gesicht. Sie reichte mir eine dampfende Tasse mit Hühnersuppe. Ich nahm die Tasse mit noch immer zitternden Händen.

Ohne ein weiteres Wort hockte sie sich neben mich ins Stroh und legte mir eine Hand auf den Arm.

„Es wird schon werden!" flüsterte sie. „Chester wird wieder gesund."

Ich bemühte mich um ein Lächeln.

„Wie geht's Matilda?" fragte ich, weil ich einen Augenblick lang Chesters Schmerzen vergessen wollte.

„Die hat sich wieder erholt und macht uns gerade einen Nachtisch. Sie hat die ganze Zeit nur gebetet."

Mit einem Seufzen schaute ich wieder auf Chester.

„Glaubst du wirklich, daß er durchkommt?" fragte ich zweifelnd.

Marys Lächeln war ein wenig zaghaft.

„Schau ihn dir doch an!" sagte sie nüchtern, anstatt mir das Blaue vom Himmel zu versprechen. „Mein Pa meint, so schlecht sieht's gar nicht aus mit dem Bruch. Der Knochen ist glatt gebrochen. Es wird halt seine Zeit brauchen."

Prüfend betrachtete ich Chester. Er war inzwischen viel ruhiger geworden. Fast war ich geneigt, ihr zu glauben.

Ich wandte mich zu ihr um.

„Danke", sagte ich und nahm ihre Hand. „Danke!"

Eigentlich hätte ich viel mehr sagen sollen. Danke, daß du mich davon abgehalten hast, eine große Dummheit zu begehen. Danke, daß du bei Schnee und Eis auf der alten Maude losgeritten bist, um deinen Vater zu holen. Danke für die heiße Suppe. Danke für deinen Beistand. Aber mehr als nur ein einfaches „Danke" brachte ich nicht heraus.

Sie drückte meine Hand leicht, stand wieder auf und ging ins Haus zurück.

Willi

Chester gewöhnte sich erstaunlich gut an die Schlinge. Vielleicht sonnte er sich auch in der allgemeinen Aufmerksamkeit, mit der er überschüttet wurde. Oft wich ich stundenlang nicht von seiner Seite, und Matilda besuchte ihn nie ohne einen Apfel oder ein Zuckerstückchen zum Naschen für ihn. Mary untersuchte ihn täglich auf Druckstellen unter der Schlinge.

Die Schwellung ließ nach, und nachdem Herr Turley ein paarmal nach Chester gesehen hatte, schlug er vor, eine neue Schiene anzulegen. Chester wehrte sich kaum, als das geschah.

Nach ein paar Wochen nahmen wir die Schiene ab, ließen aber das Pferd in der Schlinge, damit es den Huf noch nicht belastete. Ich fing an, das Bein zu massieren und zu bewegen, damit die Gelenke nicht steif wurden. Chester konnte das Bein ohne Schwierigkeiten beugen und strecken – mit meiner Hilfe, versteht sich.

Endlich kam der Tag, an dem wir die Schlinge herunterkurbelten, damit Chester auf allen vier Hufen stehen konnte. Zuerst wollte er nicht recht und schnaubte. Ich strich ihm über den Hals und redete sanft auf ihn ein, bis er sich beruhigt hatte.

Wir ließen ihn nicht lange stehen. Er durfte keinesfalls überfordert werden, aber von da an ließen wir ihn jeden Tag ein wenig länger auf allen vieren stehen.

Schließlich führte ich ihn zu kurzen Gängen auf dem Hof umher. Zuerst humpelte er leicht, aber bald gab sich auch das. Es war fast zu schön, um wahr zu sein, aber es hatte ganz den Anschein, als sollte Chester sich wieder völlig erholen.

Der Winter nahm seinen Lauf. Wir alle hatten unsere täglichen Pflichten, denen wir nachkamen. Ab und zu ließ ich unseren neuen Traktor an, um sicherzugehen, daß er auch noch funktionierte. Dann hatte Opa die glänzende Idee, einen Baumstamm hinter den Traktor zu spannen, um den Schnee damit von unserer Straße wegzuräumen. Onkel Charlie konnte es sich nicht verbeißen, eine belustigte Bemerkung über mein „neues Spielzeug“ zu machen.

Die Abende verbrachten wir zusammen in der großen Farmküche. Pixie suchte sich immer ein warmes Plätzchen bei einem von uns auf dem Schoß. Diese Abende waren etwas ganz Besonderes. Es war ein gemütliches Gefühl, in der warmen Küche zu sitzen, wo ein Feuer in dem großen Herd knisterte, während es draußen schneite und stürmte und der heulende Wind an der losen Dachrinne zerrte. Jedesmal wenn ich es vom Dach her klappern hörte, nahm ich mir vor, die Dachrinne zu reparieren, sobald das Wetter besser wurde. Kaum wurde aber dann das Wetter besser, als ich alle Hände voll mit anderen Sachen zu tun hatte.

Sooft ich in die Stadt fuhr – und bei dem Winterwetter fuhr ich nur, wenn es unbedingt notwendig war –, holte ich ein neues Bündel Zeitungen für Matilda ab. An den langen Abenden vertrieben wir uns mit ihnen die Zeit. Es war mehrere Wochen her, seitdem ich von Willi gehört hatte, und ich rechnete fast täglich mit einem Brief von ihm. Es kam aber keiner.

Dann hörte ich eines Tages den Hofhund bellen, und durch das von Eisblumen verzierte Fenster sah ich, wie Onkel Nat die Zügel seines Pferdes am Zaunpfosten festband. Mit langen, zügigen Schritten ging er auf das Haus zu. Ich fragte mich, ob er fror oder es einfach nur eilig hatte.

Begeistert begrüßte ich ihn an der Tür. Es war schon eine ganze Weile her, seitdem er bei uns zu Besuch gewesen war.

Mary schob die Kaffeekanne auf die Herdplatte und legte frisches Brennholz nach, damit Onkel Nat sich ein wenig aufwärmen konnte, und Opa und Onkel Charlie rückten Stühle um den Tisch zurecht.

Onkel Nat setzte sich und bedeutete mir, mich auf den Stuhl neben seinem zu setzen. Ich tat es und beugte mich vor. Ich war kolossal darauf gespannt, was es in der Stadt an Neuigkeiten gab.

„Wie geht's Chester?" erkundigte sich Onkel Nat.

Ich strahlte wie ein Honigkuchenpferd.

„Dem geht's prima. Wirklich kaum zu glauben! Du mußt ihn unbedingt sehen. Er läuft fast so gut wie früher."

Onkel Nat nickte lächelnd.

„Und wie geht's Lou und den Kindern?" Mit dieser Frage hatte Opa für uns alle gesprochen.

„Die haben ständig zu tun", lachte Onkel Nat. „Dieser Jonathan! Bei dem kalten Wetter weiß Lou kaum, wie sie ihn beschäftigt halten soll!"

Weil wir alle wußten, welch ein Windfang Jonathan war, tat Tante Lou uns mächtig leid.

„Biste zu Hausbesuchen unterwegs?" fragte Opa.

„Nein", antwortete Onkel Nat langsam. Er senkte den Kopf, und seine Miene wurde ernster. Wir warteten auf das, was er zu berichten hatte. Endlich hob er den Kopf wieder und sah mich an.

„Ich fürchte, ich habe schlechte Nachrichten für dich", sagte er. „Ich dachte, du solltest es gleich erfahren. Es ist Willi."

„Willi?"

„Er ist nicht mehr, Josch."

Ich begriff nicht.

„Er ist nicht mehr? Was soll das heißen?"

„Die Corbins haben heute morgen ein Telegramm bekommen. Willi ist vor zwei Tagen gestorben."

„Aber das muß ein Irrtum sein!" Ich erkannte meine eigene Stimme kaum, so rauh vor Entsetzen klang sie. „Willi ist doch in Südafrika. Woher wissen sie da ..."

„Die Missionsgesellschaft hat das Telegramm aufgegeben."

„Aber das muß irgendein Irrtum sein!" stieß ich hervor. Ich wollte einfach nicht glauben, was ich da gehört hatte. Fassungslos sprang ich von meinem Stuhl auf. Onkel Nat legte mir die Hand auf die Schulter und drückte mich wieder auf meinen Stuhl zurück.

„Es ist kein Irrtum, Josch", sagte er traurig. „Die Missionsgesellschaft sprach der Familie ihr tiefstes Beileid aus. Willi ist tot."

Ich hörte jemanden aufschluchzen. Dann merkte ich, daß ich selbst es war. Ich vergrub das Gesicht in der Armbeuge und schluchzte, bis es mich am ganzen Leib schüttelte.

„Nicht Willi!" schrie meine Stimme ein ums andere Mal. „Lieber Gott, nicht Willi!"

Und die ganze Zeit über redete etwas in mir auf mich ein: „Es ist alles ein großer Irrtum. Du wirst's schon sehen. Bald klärt sich alles auf. Es war jemand anders. Nicht Willi."

Im Hintergrund hörte ich Stimmen, aber was sie sagten, nahm ich nicht wahr. Jemand versuchte, eine weinende Mary zu trösten. Jemand anders redete tröstend auf mich ein.

Es dauerte lange, bis ich mich halbwegs wieder gefaßt hatte. Opa stellte gerade weitere Fragen.

„Wie ist es denn passiert?"

„Ein Fieber, hat es geheißen – vermutlich Malaria."

„War er lange krank?"

„Das weiß man nicht."

„Wie geht es seinen Eltern?"

„Es ist hart für sie."

Es erschien mir alles so unwirklich, so sinnlos. Vor kurzem war Willi erst auf dem Missionsfeld angekommen, und jetzt war er tot!

Plötzlich fiel mir Carmen ein. Und wieder kamen mir die Tränen. „Die arme Carmen! Die arme Carmen!" murmelte ich immer wieder.

Auch dieser Sturm legte sich. Mit gesenktem Kopf saß ich da, zitternd und um Atem ringend trocknete ich mir Nase und Augen mit dem Taschentuch, das ich in meinen Händen fand.

„Möchtest du in dein Zimmer gehen?" fragte Onkel Nat. Ich muß wohl genickt haben; jedenfalls half er mir die Treppe hinauf bis zu meinem Bett. Ich warf mich darauf und fing von neuem an zu schluchzen, aber nicht lange. Es war doch zwecklos. Statt dessen betete ich. Für Willi, obwohl ich selbst nicht weiß, warum; der war schließlich jetzt in den besten Händen. Für Familie Corbin; die ganze Familie war bestimmt außer sich vor Schmerz. Ich mußte unbedingt hingehen, mußte ihnen sagen, wie sehr ich ihren Kummer über Willis frühen Tod teilte.

Auch für Frau Foggelson betete ich. Willi hätte eigentlich ihr Schwiegersohn werden sollen. Am meisten aber betete ich für Carmen. Wie würde sie es nur tragen? Sie war ganz allein an ihrem College, wo sie sich auf den Missionsdienst an Willis Seite vorbereitet hatte.

Jetzt würde sie nach Hause zurückkehren, mit gebrochenem Herzen vielleicht, aber zurückkommen würde sie bestimmt.

Ich ging wieder in die Küche und kühlte mir das geschwollene Gesicht mit Wasser. Onkel Nat war schon fort, Opa und Onkel Charlie saßen schweigend am Küchentisch. Vor ihnen standen unberührte Kaffeetassen. Wortlos sahen die beiden Männer mich an. Mary war nirgends zu sehen; ihre Zimmertür war fest verschlossen.

„Ich reite zu den Corbins", sagte ich gefaßt. Opa nickte.

Ich wollte Chester den Ritt noch nicht zumuten und holte mir statt dessen die alte Maude aus der Scheune.

Die Mühe, sie zu satteln, machte ich mir erst gar nicht; nahm mir nur die Zügel und ritt los. Maude war nicht gerade einfach zu reiten, aber vielleicht tat mir das in meinem Kummer gut.

Die Corbins fand ich tränenüberströmt und verzweifelt vor. Frau Corbin saß auf einem Schaukelstuhl neben dem Herd und sagte immer nur: „Mein armer Junge! Mein armer Junge! Mein armer Willi!" Als sie mich sah, streckte sie mir die Arme entgegen, und ich ging auf sie zu. Sie drückte mich so fest an sich, daß ich kaum noch Luft bekam. Ich wußte, daß sie auf diese Weise Willi umarmt hätte.

Herr Corbin ging in der Küche auf und ab, mit versteinertem Gesicht und hängenden Schultern. Andere Familienmitglieder saßen in kleinen Gruppen verstreut in der Küche und flüsterten und weinten.

Und dann geschah etwas sehr Sonderbares. Ann, die gerade noch mit den übrigen geweint hatte, wischte sich die Tränen fort und lächelte mühsam.

„Gott macht keine Fehler. Das weiß ich genau!" sagte

sie. „Es wird schon alles seinen Sinn haben, auch wenn wir's jetzt noch nicht verstehen."

Sie fingen an zu reden, zuerst nur flüsternd und oft von Weinen und Schluchzen unterbrochen, doch allmählich versiegten die Tränen, und was ein jeder zu sagen hatte, klang schon ein wenig zuversichtlicher. Hin und wieder war sogar ein verhaltenes Lachen zu hören, wenn jemand eine lustige Begebenheit aus Willis Jugendzeit erzählte. Bald hatte sich die Stimmung in der Küche verändert. Frau Corbin hatte aufgehört, zu schaukeln und zu jammern, und Herr Corbin ging nicht mehr so verbittert in der Küche auf und ab. Jemand holte die Familienbibel, und dann wurde sie von einem zum andern gereicht, damit jeder ein paar tröstende Verse daraus vorlesen konnte.

Als ich später wieder nach Hause ritt, waren die Corbins zwar noch immer bekümmert, aber jedes Mitglied der Familie hatte jetzt eine Quelle des Trostes gefunden.

Ich wartete ein paar Tage, bevor ich zu Frau Foggelson ging. Diesen Besuch hätte ich vorher nicht verkraftet. Noch immer spürte ich einen dumpfen Schmerz und befürchtete, in Tränen auszubrechen, sobald ich versuchte, von Willi zu sprechen.

Frau Foggelson begrüßte mich an der Tür.

„Ach Josch!" rief sie und kam mit ausgestreckten Armen auf mich zu.

Ich drückte sie einen Moment an mich. Sie weinte an meiner Schulter, aber als sie dann einen Schritt zurück machte, wischte sie sich hastig die Tränen fort und deutete auf das Sofa.

Wir redeten lange über Willi; ich glaube, wir brauchten es beide. Schließlich erkundigte ich mich nach Carmen.

„Wie hat sie es denn aufgenommen?" fragte ich.

„Oh, sie ist natürlich furchtbar verstört", antwortete Frau Foggelson, „aber sie wird es überstehen. Ich habe ein paarmal mit ihr am Telefon gesprochen."

„Wann kommt sie nach Hause?"

„Heute. Mit dem Nachmittagszug. Früher ging es nicht."

Eine Pause entstand; dann fügte sie hinzu: „Es ist zwar ein weiter Weg für so einen kurzen Besuch, aber wir fanden es beide sehr wichtig, daß sie zur Trauerfeier hier ist."

„Ein kurzer Besuch? Ich verstehe nicht ..."

„Ja, sie muß gleich wieder zurückfahren. Nächste Woche hat sie wichtige Prüfungen abzulegen."

„Dann bleibt sie also am College?" Ich war fassungslos. Warum nur? Was sollte ihr die ganze Ausbildung ohne Willi nützen?

Bestimmt wollte Carmen das angefangene Studienjahr nicht einfach abbrechen, überlegte ich. Das rechnete ich ihr hoch an. Obwohl ... die Ausbildung zur Innenarchitektin hatte sie auch abgebrochen. Ich konnte mir keinen Reim auf das Ganze machen.

„Wenn sie diese Prüfungen verpaßt, verliert sie das ganze Semester und das wäre sehr schade."

Ich nickte, wenn es mich auch sehr überraschte, daß Carmen trotz allem noch Krankenschwester werden wollte.

Ich begleitete Frau Foggelson zum Bahnhof, um Carmen abzuholen. Auch ein paar von den Corbins hatten sich eingefunden. Wieder gab es Tränen. Carmen wurde von allen reihum in die Arme genommen. Als ich an der Reihe war, fehlten uns beiden die Worte. Ich hielt sie nur einfach in meinen Armen und ließ sie weinen. Das Herz wollte mir schier brechen. Zu dritt gingen wir dann durch die schneidende Winterluft nach Hause, und Frau Foggelson kochte uns eine Kanne Tee.

„Deine Mutter sagt, du müßtest bald wieder abreisen", begann ich das Gespräch mit Carmen.

Sie nickte langsam und fuhr sich mit einer müden Handbewegung über die Stirn.

„Du willst also immer noch Krankenschwester werden?"

„Willi hat gesagt, daß es dort sehr an Krankenschwestern fehlt – und wer weiß? Vielleicht wäre Willi noch am Leben, wenn nur eine Krankenschwester zur Stelle gewesen wäre."

Das sah ich zwar ein, aber was das mit ihr selbst zu tun hatte, begriff ich nicht.

„Es tut mir nur so unendlich leid, soviel kostbare Zeit vergeudet zu haben", fuhr sie wie zu sich selbst fort. „Wenn ich mit meiner Ausbildung zur gleichen Zeit wie Willi mit seiner angefangen hätte, dann …“ Sie ließ den Satz unvollendet im Raum stehen.

„Aber du hast's ja nicht geahnt.“

„Nein, das habe ich nicht.“ Ihre Stimme klang müde und leer. Schließlich lächelte sie verhalten. „Aber wenigstens ist mir jetzt die Freude beschieden, den Menschen zu helfen, die Willi so sehr ans Herz gewachsen waren.“

Endlich dämmerte es mir: Carmen hatte trotz allem vor, aufs Missionsfeld zu gehen.

„Du willst also trotzdem nach Afrika?“ Es erschien mir so sinnlos.

„Natürlich“, antwortete sie nur, als sei das die selbstverständlichste Sache der Welt. „Ich werde doch dort gebraucht.“

Gottes Ruf

Irgendwie brachten wir die Trauerfeier hinter uns. Frau Foggelson hatte mich gebeten, neben ihr und Carmen zu sitzen.

Und dann brachten wir Carmen wieder an den Zug. Sie hielt ihre Mutter lange umarmt, und die Tränen flossen ungehindert.

„Mama, ich habe dich so lieb!" schluchzte sie. „Ich würde furchtbar gern bei dir bleiben; das weißt du ja. Aber es muß sein. Ich muß abreisen."

Frau Foggelson schien sie zu verstehen. Sie sah Carmen in die Augen und sagte ernst: „Höre nur stets auf dein Gewissen, Kind, und tue das, was Gott dir aufträgt."

Noch ein letztes Mal fielen sie einander in die Arme. Dann wandte Carmen sich an mich.

„Ich danke dir, Josch, daß du immer für mich dagewesen bist. Und daß du Willi und mir so ein treuer Freund gewesen bist." Ich fand keine Antwort, sondern hielt sie nur einen Augenblick umarmt. Dann ließ ich sie wieder los.

Die nächsten paar Tage war ich unruhig. Ich konnte weder richtig denken noch schlafen, noch essen; selbst beim Beten war ich nicht recht bei der Sache. Meine Gebete bestanden aus halben Sätzen, aus einzelnen Wörtern und Gedankenfetzen.

Wie betäubt durchlebte ich diese Tage. Ich tat meine Arbeit. Die Tiere wurden versorgt. Chester wurde täglich massiert und über den Hof geführt. Ich ging. Ich bewegte mich. Ich sprach. Ab und zu hörte ich mich sogar lachen, aber es war, als steckte ein Fremder in meiner Haut.

Eines Tages mußte ich in die Stadt fahren. Wir brauchten ein paar Lebensmittel, und alle Bewohner des Hauses freuten sich auf einen Stapel frischer Zeitungen.

Ich machte meine übliche Runde und holte die Zeitungen an der Post ab. Ich überflog unsere Post. Ein Brief aus Südafrika war dabei. Von Willi. Ein taubes Gefühl überkam mich.

Aber Willi war doch tot! Willi war gar nicht mehr in Südafrika!

Mein Blick fiel auf den Poststempel. Das Datum lag mehrere Wochen zurück. Der Brief war lange unterwegs gewesen.

Ich steckte ihn in die Jackentasche. Wußte nicht, ob ich je den Mut finden würde, ihn zu öffnen. Aber zugleich wußte ich auch, daß mich nichts auf der Welt davon abhalten konnte, ihn zu lesen.

Ich öffnete den Brief erst später, nachdem ich wieder daheim war, die Pferde versorgt und die Stallarbeit erledigt hatte, zu Abend gegessen und mich für die Nacht in mein Zimmer zurückgezogen hatte. Ich sagte keinem etwas von dem Brief; ich wußte nicht, welche Auswirkungen sein Inhalt auf mich haben würde.

Endlich öffnete ich langsam den Umschlag und ließ meinen Blick über die vertrauten Schriftzüge wandern. Mit zitternden Händen hielt ich die Briefbögen vor das Licht der Kerosinlampe.

Auf seine typische Weise berichtete Willi von den Leuten, die er kennenlernte, und darüber, wie sie mit der Zeit Zutrauen zu ihm faßten und zuhörten, wenn er ihnen von Jesus erzählte. Willis Nächstenliebe sprach aus jedem Wort, das er schrieb. Man merkte, wie sehr er in seiner Missionsarbeit aufging.

Er nahm auf meinen letzten Brief an ihn Bezug und erkundigte sich nach meiner Familie und der Nachbarschaft. Er ließ Mary herzlich grüßen und machte sogar eine witzige Bemerkung darüber, daß ich jetzt nicht nur eine, sondern gleich zwei heiratsfähige Frauen im Haus wohnen hatte.

Schließlich kam er auf Carmen zu sprechen. „Du kannst Dir kaum vorstellen, wie froh ich bin, daß Gott uns zusammengeführt hat! Ich habe Carmen schon immer sehr gemocht, gleich vom ersten Tag an, als sie neu in unserer Schule war. Schweigend und mit gemischten Gefühlen habe ich zugesehen, wie Du Dich mit ihr anfreundetest.

Und jetzt hat Gott alles ganz anders gewendet: Carmen wird meine Frau. Ich kann kaum fassen, wie reich Gott mich gesegnet hat, und ich hoffe von ganzem Herzen, daß Du Dich nicht verletzt fühlst. Es wird noch lange dauern, bis Carmen endlich zu mir kommen kann; ich zähle die Stunden bis dahin. Andererseits bin ich hier so sehr beschäftigt, daß die Zeit schnell vergeht, und bevor wir's uns versehen, wird Carmen hier sein."

Und dann schrieb Willi: „Josch, eigentlich brauche ich Dir das gar nicht zu sagen, aber das Schönste auf der ganzen Welt ist es, täglich nach dem Willen Gottes zu leben. Er hat einen vollkommenen Plan für uns, und wenn wir ihm gehorsam sind, wird er diesen Plan in die Wirklichkeit umsetzen, egal, ob in fünfzig Jahren, in zwanzig Jahren oder in einem einzigen Tag."

Ein Schluchzen würgte mir in der Kehle. Ich las den Abschnitt noch einmal. Dann las ich weiter:

„Ich bin Gott sehr dankbar für mein gutes Elternhaus, für unsere Gemeinde und meine guten Freunde, die mir allesamt geholfen haben, die Wahrheit zu erkennen und anzunehmen, ohne mich dagegen aufzulehnen. Ich weiß, Du hast Dich oft gefragt, warum Gott Dich nicht zum Pfarramt oder zum Missionsdienst berufen hat. Die Hauptsache ist nicht, wo wir dienen, sondern wie. Frage nicht: ‚Was hat Gott in Zukunft mit mir vor?', sondern: ‚Bin ich seinem Willen in diesem Augenblick gehorsam?' Und diesen Gehorsam kannst Du ausleben, Josch, wo Du auch bist.

Möge Gott Dich auf allen Deinen Wegen leiten, Josch, wo sie Dich auch hinführen mögen. Einen treueren Kameraden als Dich kann sich niemand wünschen.

Es grüßt Dich herzlich

Dein Willi"

Über diesen Brief vergoß ich viele Tränen. Im Lauf der nächsten Tage las ich ihn so oft, daß ich ihn bald auswendig kannte, wenn ich auch nicht alles verstand, was Willi mir darin sagen wollte.

An einem Vormittag war ich gerade in der Scheune bei Chester, um ihm das Bein zu massieren, als Onkel Nat hereinkam. Nach einer frohen Begrüßung kam er näher, um mein Pferd zu begutachten. Er war fast so begeistert wie ich selbst über die Fortschritte, die Chester machte.

„Er sieht ja prächtig aus, Josch!“ sagte er zu mir. „Bald läuft er wieder im Galopp, sollst nur sehen!“

Ich grinste.

„Bis dahin sind Eis und Schnee hoffentlich weggetaut“, sagte ich. „Noch so einen Sturz wünsche ich ihm nämlich nicht.“

„Nur keine Sorge!“ meinte Onkel Nat zuversichtlich.

„Dieser Winter will anscheinend überhaupt kein Ende nehmen“, meinte ich kopfschüttelnd.

Onkel Nat musterte mich mit einem prüfenden Blick. Ich konnte ihm anmerken, daß er etwas auf dem Herzen hatte. Er rückte sich einen Melkschemel zurecht und setzte sich.

„Wie geht's dir denn eigentlich, Josch?“ Es war mehr als nur eine oberflächliche Alltagsfrage.

Ich ließ Chester in seine Box zurückgehen und setzte mich auf einen weichen Heuballen.

„Weiß selbst nicht genau“, sagte ich aufrichtig. „Es war ein harter Winter für mich.“

Onkel Nat nickte.

„Harte Zeiten gehören zur Schule des Lebens, Josch“, sagte er nur.

Das ließ ich mir in Ruhe durch den Kopf gehen. Ich glaube, in diesem Winter hatte ich tatsächlich allerhand dazugelernt.

„Die Farm macht sich prima“, fuhr Onkel Nat fort. Er wartete darauf, daß ich zu reden anfing.

„Hmm“, nickte ich und dachte an die vollen Kornspeicher, an die gesunde Viehherde auf der Weide und den Traktor.

„Du kannst mit Fug und Recht stolz auf dich sein“, meinte Onkel Nat. „Wir übrigen sind's auch.“

„Wirklich? Das ist nett, aber ...“

„Macht dir die Farmarbeit etwa keine Freude?“ Onkel Nats Frage kam völlig unerwartet.

„Aber klar!“ beeilte ich mich klarzustellen. „Sie macht

mir Freude – viel sogar. Es ist schön, die Ernte reifen zu sehen ... und zu wissen, daß man selbst zum Erfolg beigetragen hat."

„Aber irgend etwas geht dir doch gegen den Strich, oder nicht?"

„Also, ich ... ich weiß halt immer noch nicht, was Gott mit meinem Leben vorhat. Eigentlich hatte ich damit gerechnet, längst zu wissen, was ich tun sollte, aber Gott hat mir einfach noch keine Weisung gegeben. Mit zweiundzwanzig sollte man eigentlich eine Vorstellung davon haben, was man mal werden will, finde ich."

Onkel Nat versetzte mir zum Spaß einen Rippenstoß.

„Und ich dachte schon, du hättest Liebeskummer", scherzte er. „Kannst dich wohl nicht zwischen den beiden netten jungen Damen hier entscheiden ..."

„Nein", antwortete ich. „Mit Liebeskummer hat das nichts zu tun." Trotzdem gaben Onkel Nats Worte mir zu denken.

„Es käme mir überhaupt nicht in den Sinn, jetzt schon ans Heiraten zu denken", fügte ich abwehrend hinzu. „Jedenfalls nicht, bis ich weiß, welchen Plan Gott mit meinem Leben hat."

„Ach so", sagte Onkel Nat.

Wir schwiegen eine Zeitlang.

„Aber die Farmarbeit macht dir doch Freude, oder nicht?" fragte Onkel Nat, als wollte er diesen Punkt ein für allemal klarstellen. „Du bereust es doch nicht etwa, die letzten paar Jahre damit zugebracht zu haben?"

„Eine andere Wahl hatte ich doch gar nicht", sagte ich. Es überraschte mich, daß Onkel Nat das nicht von selbst gewußt hatte. „Opa und Onkel Charlie haben mich gebraucht. Niemand anders konnte ihnen helfen."

„Und mit deiner harten Arbeit und deiner guten Planung hast du einen wirtschaftlichen Betrieb aus der Farm gemacht. Die Erträge sind besser denn je."

Das war ein richtiges Kompliment, und ich mußte zugeben, daß etwas Wahres daran war.

„Und du meinst also, die beiden Männer kämen jetzt mit der Arbeit allein zurecht?"

Welch komische Frage! Es war nur zu offensichtlich, daß weder Opa noch Onkel Charlie in Zukunft in der Lage sein würden, schwere körperliche Arbeit zu leisten.

„Nein. Das weißt du doch!“ sagte ich ein wenig kurz angebunden.

„Demnach werden sie dich also auch weiterhin brauchen?“ Onkel Nat ließ die Frage im Raum stehen. Ich versuchte nicht einmal eine Antwort.

„Ist dir je in den Sinn gekommen, daß die Farm der Ort sein könnte, an den Gott dich berufen hat? Daß er dich zum Farmer bestimmt haben könnte?“

„Zum Farmer?“ Ich machte eine lange Pause. Dann sagte ich: „Eigentlich nicht. Ich hab' wohl immer damit gerechnet ...“ Ich schüttelte den Kopf.

„Aber die Farmarbeit macht dir Spaß?“ drängte Onkel Nat.

„Und ob! Aber jetzt ist alles zwecklos. Ich habe mir solche Mühe gegeben, die Farm zu einem Betrieb umzuwandeln, der gute Erträge abwirft.“ Ich senkte den Kopf und riß gedankenverloren einen Strohhalm aus dem Heuballen. „Ich hatte Gott sogar versprochen, das Geld in die Mission zu stecken und Missionare damit zu unterstützen – Leute wie Willi, weißt du. Aber jetzt ... jetzt ist alles umsonst.“ Meine letzten Worte erstickten in einem Schluchzen, das mir in der Kehle steckte. Onkel Nat saß eine Weile schweigend da, bis er sah, daß ich meine Fassung wiedergewonnen hatte.

„Willis früher Tod erscheint dir bestimmt auch umsonst, Josch.“

Damit hatte er meine verworrenen Gedanken fein säuberlich zu einem Paket verschnürt. Ich sagte nichts.

„Willis Tod begreife ich auch nicht“, fuhr Onkel Nat fort. „Daß er so früh sterben mußte, ist sehr traurig. Uns alle hat es tief geschmerzt, aber umsonst war es nicht. Gott macht keine Fehler, Josch.“

„Genau das hat Ann an dem Tag gesagt, als wir die Nachricht bekamen. Aber Onkel Nat, das will mir irgendwie nicht in den Kopf. Schau doch, wenn es je einen gab, der Gott treu war, dann war's Willi. Warum hat Gott ihn dann so jung sterben lassen, wo das ganze Leben noch vor ihm lag?"

Onkel Nat sah mich eindringlich an.

„Josch, niemand kann sagen, warum solche Dinge passieren. Vielleicht werden wir es niemals erfahren. Weil Gott dem Menschen einen freien Willen gegeben hat und der Mensch sich für die Sünde entschieden hat, leben wir in einer verdorbenen Welt ..."

„Aber Jesus hat uns doch von der Sünde befreit!" unterbrach ich ihn.

„Wenn wir uns ihm anvertrauen, ja. Befreit von der Strafe der Sünde. Aber solange wir auf dieser Erde leben, müssen wir mit den Folgen der Sünde leben."

„All dem Leid?"

„Leid und Krankheit, Unfälle, frühe Todesfälle: all das sind Dinge, die uns ungerecht erscheinen. Wir leben in einer durch die Sünde verdorbenen Welt, Josch. Menschen werden krank und sterben. Wir verstehen es vielleicht nicht, aber wir wissen ..."

„... daß Gott uns liebt und das Beste für uns will", vollendete ich den Satz. Irgendwo im Dunkel meiner Trauer und Verwirrung begann ich einen Lichtschein aufleuchten zu sehen.

„Wenn es nicht so wäre, dann hätte das Leben keinen Sinn", bestätigte Onkel Nat meine Worte mit sanfter, aber fester Stimme. „Ich kann nicht behaupten, die Gründe für das, was geschehen ist, zu begreifen, aber es steht ein Zweck dahinter. Gott läßt denen, die Ihn lieben, ‚alle Dinge zum Besten dienen', wie es in der Heiligen Schrift heißt – und das sind nicht nur leere Phrasen, Josch. Dessen bin ich mir ganz gewiß. Willis Leben hat das Ziel erreicht, das ihm gesetzt war. Er war Gott gehorsam. Er war dort, wo Gott ihn haben wollte, und zu der Zeit, die Gott ihm vorgegeben hatte. Er war Gott nicht davongelaufen; er hatte sich nicht gegen Gottes Plan gewehrt. Er war einfach nur gehorsam. Gott kann nur dann seinen Plan für unser Leben verwirklichen, wenn wir ihm Gehorsam erweisen, und zwar in den kleinen wie in den großen Entscheidungen des Lebens."

Ein Abschnitt aus Willis Brief kam mir wieder in den Sinn. Jetzt begriff ich, was er mir damit sagen wollte: Es ging einzig und allein darum, daß ich Gott jetzt und hier gehorsam war. Das Morgen konnte ich getrost in Gottes Hand lassen.

Jetzt sprach Onkel Nat weiter.

„Hast du das Gefühl, daß du Gott ungehorsam bist, indem du die Farm hier bewirtschaftest, Josch?"

„Nein", lautete meine aufrichtige Antwort. „Nein, ganz und gar nicht."

„Wenn du ihm also nicht ungehorsam bist, könnte es vielleicht sein, daß du damit seinem Ruf gefolgt bist?"

Ich starrte Onkel Nat nachdenklich an. Dann mußte ich leise lachen.

„Es klingt so einfach", sagte ich und warf eine Handvoll Stroh in die Luft.

„Vielleicht ist es das tatsächlich. Vielleicht machen wir uns solche Dinge nur unnötig kompliziert."

Plötzlich war mir, als sei eine schwere Last von meinen Schultern gehoben worden. Onkel Nat und ich umarmten einander; dann hielt er mich eine Armlänge entfernt und sagte leise: „Josch, es gibt andere Missionare, die finanzielle Unterstützung brauchen. Carmen zum Beispiel."

Tränen stiegen mir in die Augen. Es gab wohl keinen Missionar, den ich lieber unterstützt hätte, als Willis Carmen. Ich nickte. Vor lauter Tränen fand ich keine Worte.

„Willst du jetzt gehen?" fragte Onkel Nat.

Und ob ich gehen wollte. Ich hatte ja in letzter Zeit viel zu viele Stunden in der Scheune bei Chester zugebracht. Ihm ging es inzwischen prächtig. Er brauchte mich nicht mehr ständig um sich. „Gott will, daß ich ein Farmer bin – jedenfalls vorläufig, und er möchte, daß ich meine Sache so gut mache, wie ich nur kann", dachte ich. „Und das will ich auch tun, bis er mir eine andere Richtung weist."

Damit war das große Rätsel endlich gelöst. Endlich konnte ich ein paar andere Entscheidungen in Angriff nehmen, die ein junger Mann in meinem Alter zu treffen hat. Ich warf Onkel Nat ein Lächeln zu – das erste Lächeln seit langem, schien's. Wir gingen aus der Scheune ins Freie, und ich verriegelte das Tor hinter uns.

Während wir auf das Haus zugingen, ließ ich den Blick über die Farm schweifen, an der ich so sehr hing. Ein ferner Hauch von Frühling lag in der Luft.

Die Geschichte von Josch, der auf seinem Weg vom Jungen zum Mann so vieles von dem erlebt, worin wir uns selbst wiederfinden können: Freude und Leid, erste Liebe und Enttäuschung, tiefe Selbstzweifel und Ringen um den rechten Glauben.

NUR EINEN SOMMER LANG
Gebunden, 240 Seiten, Bestell-Nr. 15 363

WIE EIN BLATT IM HERBSTWIND
Gebunden, 240 Seiten, Bestell-Nr. 15 164

JEDER WINTER GEHT VORÜBER
Gebunden, 220 Seiten, Bestell-Nr. 15 178

In dieser mehrteiligen Familiensaga vermittelt Janette Oke einen Eindruck von den Härten und Freuden der Besiedlung des amerikanischen Westens. Die Geschichte dieser Familie ist beispielhaft für den großen Glauben und die Einsatzbereitschaft der damaligen Siedler.

LIEBE WÄCHST WIE EIN BAUM
Gebunden, 224 Seiten, Bestell-Nr. 15 364

LIEBE TRÄGT DURCH FREUD UND LEID
Gebunden, 240 Seiten, Bestell-Nr. 15 365

REISE IN EINE NEUE WELT
Gebunden, 256 Seiten, Bestell-Nr. 15 366

ÜBER ALLEM BLEIBT DIE FREUDE
Gebunden, 256 Seiten, Bestell-Nr. 15 367

NIEMALS HÖRT DIE LIEBE AUF
Gebunden, 288 Seiten, Bestell-Nr. 15 368

TRÄUME SIND WIE DER WIND
Gebunden, 256 Seiten, Bestell-Nr. 15 369

WOHIN DAS HERZ UNS FÜHRT
Gebunden, 272 Seiten, Bestell-Nr. 15 370

EIN ZUHAUSE FÜR BELINDA
Gebunden, 260 Seiten, Bestell-Nr. 15 127